1月20日の新刊 発売日1月18日（地域によっては19日以降になる場合があります）

愛の激しさを知る ハーレクイン・ロマンス

シークの囚われ人	♥エマ・ダーシー／八坂よしみ 訳	R-2158
愛しい嘘	ダフネ・クレア／大谷真理子 訳	R-2159
罪深い喜び（華麗なる日々Ⅲ）	♥ペニー・ジョーダン／萩原ちさと 訳	R-2160
妻を買った億万長者	シャロン・ケンドリック／中村美穂 訳	R-2161
復讐という名の愛	メラニー・ミルバーン／青海まこ 訳	R-2162
カンヌで恋して	キャスリン・ロス／有沢瞳子 訳	R-2163
終わらない誘惑	マーガレット・メイヨー／桃里留加 訳	R-2164
過ちの代償	♥キャロル・モーティマー／澤木香奈 訳	R-2165

人気作家の名作ミニシリーズ ハーレクイン・プレゼンツ 作家シリーズ

花嫁に真珠を（キング三兄弟の結婚Ⅱ）	エマ・ダーシー／有森ジュン 訳	P-290
砂漠の王子たちⅥ		P-291
スルタンの後継ぎ	アレキサンドラ・セラーズ／那珂ゆかり 訳	
スルタンと踊り子	アレキサンドラ・セラーズ／逢坂かおる 訳	

一冊で二つの恋が楽しめる ハーレクイン・リクエスト

一冊で二つの恋が楽しめる―億万長者に恋して		HR-133
子爵とともに	トレイシー・シンクレア／高木晶子 訳	
ミッドナイト・ウエディング	ソフィー・ウエストン／三好陽子 訳	
一冊で二つの恋が楽しめる―記憶をなくしたら		HR-134
抜け落ちた愛の記憶	ダフネ・クレア／春野ひろこ 訳	
シンデレラに靴を	マリー・フェラレーラ／児玉ありさ 訳	

ロマンティック・サスペンスの決定版 シルエット・ラブ ストリーム

氷の紳士を愛したら（キャバノー家の真実Ⅴ）	マリー・フェラレーラ／新号友子 訳	LS-313
略奪者に魅せられて（ファイナル・ミッション）	スーザン・カーニー／宮崎真紀 訳	LS-314
砕かれた永遠（狼たちの休息XⅦ）	♥ビバリー・バートン／村上あずさ 訳	LS-315

個性香る連作シリーズ

シルエット・コルトンズ ドクターの策略	テレサ・サウスウィック／高瀬まさ江 訳	SC-22
シルエット・サーティシックスアワーズ 孤独な大富豪	スーザン・マレリー／山田沙羅 訳	STH-13
パーフェクト・ファミリー 愛は試練に満ちて（上）	ペニー・ジョーダン／霜月　桂 訳	PF-12

クーポンを集めてキャンペーンに参加しよう！

どなたでも！「25枚集めてもらおう！」キャンペーン「10枚集めて応募しよう！」キャンペーン兼用クーポン

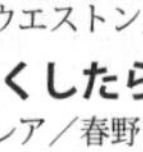

会員限定ポイント・コレクション用クーポン

♥マークは、今月のおすすめ

花嫁の醜聞

デボラ・ヘイル 作
辻　早苗 訳

ハーレクイン・ヒストリカル・ロマンス
東京・ロンドン・トロント・パリ・ニューヨーク・アテネ・アムステルダム
ハンブルク・ストックホルム・ミラノ・シドニー・マドリッド
ワルシャワ・ブダペスト

A Gentleman of Substance

by Deborah Hale

Published by Harlequin K.K., Tokyo, 2007

◇作者の横顔

デボラ・ヘイル　子どものころ、デボラは同郷カナダのL・M・モンゴメリーの作品をむさぼり読んだ。お気に入りは『アンの娘リラ』と『丘の家のジェーン』だという。学校の作文コンテストでもらった賞品がウィンストン・チャーチルの本で、それが歴史への興味を駆りたてた。一九九七年にアメリカ・ロマンス作家協会のゴールデン・ハート賞を受賞、翌年には米ハーレクイン社からデビューし、以来、数々の作品を発表している。ラテン語で〝新しいスコットランド〟という意味のノバ・スコシアに、夫と四人の子どもたちと共に住む。

主要登場人物

ルーシー・ラシュトン……………牧師の娘。
ラシュトン牧師…………………ルーシーの父。
ドレイク・ストリックランド……子爵。シルヴァーソーン卿。
ジェレミー・ストリックランド…ドレイクの弟。陸軍大尉。故人。
クランブルック侯爵未亡人………ドレイクの祖母。
ネヴィル・ストリックランド……ドレイクのいとこ。
フィリパ・ストリックランド……ドレイクのいとこ。
ユージーン・ダルリンプル………貴族。
チャールズ・ヴァロイ……………医者。ドレイクの友人。
ファニー・サワビー………………未亡人。

1

一八一二年、湖水地方

雨を含んだ土のかたまりが重そうな音をたてて柩《ひつぎ》の上に落ちた。ルーシー・ラシュトンは、その音を耳にして殴られたような衝撃を受けた。彼女は今、セント・モーズ教会にある墓地の苔《こけ》むした石壁の外側にひっそりとたたずんでいた。きつく結んだ唇からすすり泣きが小さくもれたが、湿った秋風がその声をさっと運び去った。埋葬されているのはジェレミー・ストリックランド大尉だ。彼はウェリントン公率いる半島戦争で致命傷を負い、亡くなったのだった。戦争のせいで、わたしはとんでもない悪夢の中に投げこまれてしまった……。ルーシーは胸が苦しかった。

未婚のまま、死んだ恋人の子どもを身ごもっているという悪夢に。

ルーシーは唇を噛《か》んだ。ぎゅっと噛めば、この恐ろしい夢から目が覚めるのではないかと祈るような気持ちで。ルーシーは二十年の人生の大半を、ハンサムでさっそうとしたジェレミーを遠くから眺め、彼を崇拝して生きてきた。すると、ジェレミーはある日突然ルーシーの気持ちに応《こた》え、出征を控えた若者に特有の熱に浮かされ言い寄った。アンバー・フォースの滝を見下ろす場所でルーシーに結婚を申しこみ、土手の人目につかない場所に誘って、ふたりの心の結びつきを完全なものにしようとささやいたのだ。

そしてふたりは結ばれ、ルーシーは妊娠した。いずれはそのことを周囲から非難され、どこかに追放されるだろうと思ったが、それでもルーシーはジェレミーとのことを後悔する気にはなれなかった。あのときジェレミーの頼みをはねつけていたら、彼の燃えるようなキスややさしい抱擁の思い出もないいま、最愛の人が埋葬されるのを眺めることになっただろう。そのほうがはるかにつらい。

セント・モーズ教会の牧師であるルーシーの父が最後の祈りを唱えると、ひと握りの会葬者たちが頭《こうべ》を垂れて唱和した。その中にひときわ背の高い男性がいた。いつもの服装とあまり変わらない地味な喪服を身につけ、険しい顔つきをしている。ルーシーは、シルヴァーソーン子爵ドレイク・ストリックランドを敵意もあらわににらみつけた。

子爵は異母弟の葬儀を家族だけで行うと決めてしまったのだ。そうでもなければ、セント・モーズの墓地は、勇敢で愛想のよい若き大尉の死を心から悼む小作人や村人たちでいっぱいになっていたはずだ。ルーシーだって、壁の外側ですねたりせず、みんなに交じって思う存分悲しむことができたはずなのだ。

ルーシーの敵意に満ちた視線に気づいたかのように、シルヴァーソーン卿《きょう》が出し抜けに振り向き、謎《なぞ》めいた黒い瞳で彼女を見据えた。ルーシーはひるまず、怒りをこめてにらみ返した。

よりによってこんな日に、よくもわたしを彼から引き離してくれたわね。ドレイク・ストリックランドに挑むようなまなざしを向ける。そもそもジェレミーが陸軍に入ったのは、あなたのせいなのよ。彼はいつだって、とんでもなく高いあなたの期待に応えようともがいては挫折《ざせつ》していたわ。名をあげようと常に必死だった。あなたの影から抜け出そうとがんばっていた。あなたさえいなければ、ジェレミーは今も生きていたかもしれない……。

祈りをしめくくるラシュトン牧師の声がした。

「土は土に。灰は灰に。塵《ちり》は塵に」

涙がこみ上げ、ルーシーの目から怒りの色を消した。彼女は憎らしいシルヴァーソーン卿から目をそらし、ジェレミーの子を宿したばかりの平らなおなかをそっと両手でかばった。ルーシーの愛と夢が迎えた結末がこれだった。灰と塵。

クランブルック侯爵未亡人はシルヴァーソーン屋敷の正餐用テーブルを見渡し、しわの寄った口もとを嫌悪ですぼめた。お気に入りの孫息子を失ったのは残念だったが、悲しみに打ちのめされてはいなかった。侯爵未亡人は七十五年の人生の中で夫を三人、息子を五人、孫息子を四人亡くした。愛する者を失うことは、生きていくうえで避けて通ることができない。起きてしまったことに文句を言うのは無意味だと彼女は悟っていたので、自分が影響を及ぼすことのできる事柄に関心を向けた。

「ドレイク、このお料理はなんなの？」彼女はキャベツのたっぷり入った珍しいシチューをうさんくさそうにスプーンでかき混ぜた。「わたしの口には合わないわ。それに黒パンだなんて。うちの使用人のほうがもっといいものを食べているわよ。きちんとした料理人を見つけるためだけにでも、あなたはわたしと一緒にロンドンに来るべきですよ」

侯爵未亡人はやってくるなり、ロンドンで妻探しをするよう孫息子のドレイクをせっつきはじめたのだった。テーブルの上座についているドレイクは天井を仰ぎ、窓に打ちつける雨音に負けないくらい大きくいらだちのため息をついた。

失礼な子だこと！　侯爵未亡人はむっとした。人をばかにしたふるまいに気づかないほど、わたしがもうろくしているとでも思っているの？

「うちの料理がお口に合わなくて申し訳ありません、お祖母《ばあ》さま」ドレイクは歯を食いしばりながら礼儀正しく言った。「客を迎えることに慣れていないいもので」彼は祖母、いとこのネヴィル・ストリックランド、別のいとこの未亡人であるレディ・フィリパ・ストリックランドに会釈した。

フィリパは陰鬱《いんうつ》な笑みで応え、上品ぶったしぐさで料理をつついた。凡庸で血色の悪いフィリパの、わざとらしい打ち沈んだ態度を見て、侯爵未亡人はいらいらした。ネヴィルのほうは料理を完全に無視してワインばかり飲んでいる。

「個人的には」ドレイクが続けた。「ミセス・メイバリーの料理はおいしくて栄養があると思っています。ぼくは質素な人間だから、好むものも質素な服に質素な料理……」

「だが、女性に関しては違うと賭《か》けるよ」ネヴィルが当世流行の単眼鏡の紐《ひも》を持ってくるくるまわしながらからかった。

侯爵未亡人はドレイクの返事を固唾《かたず》をのんで待った。彼をあんなふうにからかうなんて、ネヴィルは泥酔しているのかしら？　それともよほど愚かなの？　ドレイクは一度ならず、ネヴィルの増え続ける借金を肩代わりしてやったというのに。

「女性の話が出たところで……」これまで黙っていたフィリパが口を開いた。「ジェレミーの葬儀のとき、遠まきにこちらを見ていた若い女性はだれだったの？　とても取り乱しているようだったけれど」

ドレイクはフィリパの言葉に困惑した表情になった。「若い女性？　ああ、あれはルーシー……ミス・ラシュトンだよ。牧師の娘だ」

「ほう」ネヴィルが満面に笑みを浮かべた。「彼女はだれの葬儀にでも顔を出して、あんなふうに悲しむのかい？」

「ミス・ラシュトンが悲しんでも不思議はない。彼女は子どものころからジェレミーを知っていたから……」ドレイクは一瞬、言葉を失って憂いに沈んだが、はっと気を取り直してぶっきらぼうに続けた。

「それに、あの年ごろの女性は得てして大げさに反応するものだ。国のために勇敢に戦って死んだ若い男に対してはとくにね。近ごろでは、戦死を勇気ある行為のように思っている人が多すぎるよ」

「きみはジェレミーの死を悲劇だとは思わないのかい？」ネヴィルがきいた。

「無駄死にだと思っている」あたかも効果音のように激しい雷鳴がとどろいた。「気晴らしじゃあるまいし、陸軍に入ってふらふらとスペインに行く権利など、ジェレミーにはなかった。弟には当家や、うちの領民に対する責任があったのに」

「うちの領民？」ネヴィルが含み笑いをした。「小作人が自分の臣民であるかのような言いぐさだな」

羽根つきゲームの羽根を追うように孫息子たちを交互に見ながらやりとりを聞いていた侯爵未亡人は、強烈な反撃を期待してドレイクを見つめた。

けれどもがっかりしたことに、ドレイクは深呼吸をし、こう答えた。「義務の問題なんだよ、ネヴィル。きみだってそういう概念があることをまったく知らないわけじゃないだろう。うちの小作人や使用人たちはぼくを頼りにしているんだ。鉱山や工場や製革所が利益を上げれば、そこで働く者は子どもたちを食べさせたり学校へ行かせたりすることができる。彼らは地元の店をひいきにして、リヴァプールやマンチェスターに金を落とさなくなる」

「子爵じゃなくて商人みたいなことを言うんだな。紳士というのは、しけた工場や会社を経営して金儲《もう》けにあくせくしないものだ」

「生活に不自由しない財産を築くことは低俗で、賭《と》博《ばく》代に消えたり親戚《しんせき》の施しに頼る生活のほうがましだと言うのか？」ドレイクの口調は抑制の利いた静かなものだったが、彼が刻一刻といらだちをつのらせているのを侯爵未亡人は肌で感じた。彼の冷静で抑えた怒りを気弱さと取り違えているのだとしたら、ネヴィルはどうしようもない愚か者だ。

ネヴィルは警告を無視した。「謙虚すぎるよ。生活に不自由しない財産だって？」以前の壮麗な姿に修復されたばかりのダイニング・ルームを手ぶりで示す。「きみはイギリスでもっとも莫大《ばくだい》な財産を所有している貴族のひとりじゃないか。でも、ロンドンを避けるのは賢明だ。摂政皇太子から金の無心をされるかもしれないものな」

侯爵未亡人はネヴィルをにらんだが、彼は気づかなかった。

「財産を持つのは、もちろん低俗なことなんかじゃないさ。金を稼ぐことが低俗なんだ」ネヴィルは自分の冗談にばか笑いした。だれも一緒になって笑わなかった。「きみがなぜ財産を築くのに骨を折るのか理解できないよ。粗野な商人を父親に持つ、無器量な女相続人と結婚すれば楽に財産を手に入れられるというのに」

「それを実行するのはきみに任せるよ、ネヴィル」ドレイクの口調が鋭さを増した。「ぼくは自分の頭と腕を使って、有益で長続きする資産を持ちたいと思っているんでね」

「残念ながら、そういうまじめな仕事はぼくの性分に合わない。ぼくは社交界における野の百合《ゆり》なんだ。糸を紡がず、服も縫わない。それなのに、栄華をきわめた古代のソロモン王ですら、ぼくみたいに豪華な刺繍《ししゅう》の施されたベストは持ってなかった」ネヴィルは手足を広げて椅子にもたれ、ベストを見せびらかした。

彼のベストは喪服にしてはかなり問題がある、と侯爵未亡人は思った。もっとも、ネヴィルにそれほど腹をたてているわけではない。もうひとりの孫息子に言いたいと思っていたことを言う絶好のきっかけをくれたのだから。

「そこに座っているのは、あなたがたいへんな努力をして手に入れた財産を相続する人間なのよ、ドレイク」侯爵未亡人はばかにしたようにネヴィルに向かって手をひらひらとさせた。「ネヴィルはあなたの財産をどれくらいで使い果たすかしらね？　六カ月？　一年？」

「ぼくは元気で長生きするつもりですよ、お祖母さま」ドレイクの声はぞっとするほど低かった。まるで遠雷のようだ。

「ドレイクが言いたかったのはね、お祖母さま、ぼくがとっくに他界しているころ、彼は元気溌剌《はつらつ》とした老人になって、田舎をよろよろと歩きまわり、工場や鉱山に目を光らせ、ゆでキャベツと牛の胃袋の料理をがつがつ食べているだろうってことですよ。しかも独身で。それもきみの養生方法なんだよね、いとこどの？」

「彼につっかかるのはやめてちょうだい、ネヴィル」フィリパがぴしゃりと言った。「ドレイクは喪主としてわたしたちをもてなしてくれているのよ。それに、口論なんかしたらお祖母さまが動揺なさるわ」

「ばかばかしい！」もっときつい言葉をすぐに思いつけず、侯爵未亡人はそう叫んだ。「家族の口論ほど興味深いものはないわ。葬儀のあとに喧嘩《けんか》はつきものよ。そもそも、人間が不老不死ではないということを嘆かずにすみますからね」

ネヴィルが祖母に向かってグラスを掲げた。「あなたはすばらしい哲学者だ、お祖母さま」

「あからさまなお世辞はおやめなさい！　あなたには一生かかっても無理でしょうけど、わたしはさりげなくそういうことを言える殿方には不自由していないの」

彼女はドレイクがほんのかすかに笑みを浮かべたのを見てとった。彼をいい気にさせるつもりは、侯爵未亡人にはさらさらなかった。

「ネヴィルが言うことにも一理あるわ、ドレイク。死を永遠に免れる人間はいないのよ。あなたが死んだら、事業はどうなってしまうかしら？　称号を受け継ぎ、事業を続けてくれる息子が必要でしょう？　ロンドンに戻るわたしと一緒に来て、今シーズンの社交界——結婚市場で好きな女性を選びなさい」

「汚物だめで泳ぐほうがましですね」ドレイクは鼻に思いきりしわを寄せた。

「腹のたつ子ね！」侯爵未亡人はばかにされることに慣れていなかった。「跡継ぎはジェレミーを頼みにしていたの？　でも、こうなったらあなたが自分で跡継ぎを作るしかなくなったわね、坊や」

ドレイクがいきなり席を立った。〝坊や〟は最近ずいぶん貫禄《かんろく》が出てきたわね。祖母である侯爵未亡人はしぶしぶ認めた。骨ばった面がまえのせいで、ときに痩《や》せて見えることもあるけれど、ドレイクは亡き夫の筋肉質の引き締まった体格を受け継いでいる。家族が無事な成長をあきらめた病弱な子どもだったのが嘘《うそ》のようだ。

「この話は終わったと思ってください、お祖母さま。ぼくはもう杖《つえ》で叩《たた》けば言うことを聞かせられる子どもではありません。失礼して寝る前に馬に乗ってきます」

「ドレイク、本気じゃないでしょうね！」フィリパが高価なガラスをふんだんに用いた大きな窓を手ぶりで示した。そこに打ちつける激しさからして、雨は強い西風にあおられているようだ。

すでにドアのほうへ向かっていたドレイクが、広い肩をすくめた。「心配はいらないよ、フィリパ。雨に濡《ぬ》れて体が溶けたことはまだないから。それに、お祖母さまのお好きな身内の喧嘩よりも、個人的な感情とは無関係の自然の敵意のほうがいい。おやすみ、みなさん。喧嘩相手がいなくても、うちのポートワインを楽しんでくれ、ネヴィル」

ドレイクは部屋を出て、静かに、だが決然としてドアを閉めた。

厩《うまや》に着くころには、ドレイクはびしょ濡れになっていた。だが、冷たい雨もくすぶる怒りを静めてはくれなかった。

「こんばんは、子爵さま」馬丁のひとりが困惑の表情を浮かべながら帽子に手をかけて挨拶《あいさつ》した。「どんなご用でしょうか?」

ダイニング・ルームに比べ、厩は平穏に見えた。ドレイクは心を落ち着かせてくれる革と馬と甘い干し草の香りを深く吸いこんだ。

「寝る前に馬に乗りたいんだ。スペイン種に鞍《くら》をつけてくれ」

黒くて大きな雄馬は喜び勇んで嵐《あらし》の中に出た。ドレイクは暗闇《くらやみ》の中、開けた場所に向かって馬を走らせた。激しい風がドレイクの顔に雨を打ちつけ、息もままならない。雨がいくつもの細い筋となって涙のように頬を流れ落ちる。ドレイクはいつもまとっている洗練された物腰をかなぐり捨て、狂暴な嵐に身をゆだねた。胸の中で怒りと苦悶《くもん》がせめぎ合う。

この十五年というもの、ドレイクは亡き父が荒廃させたシルヴァーソーンをよみがえらせようと必死に励んできた。いったいなんのためだったのだ?ネヴィルがそれをすっかり抵当に入れ、賭事《かけごと》ですべてをすってしまうためにか? フィリパの息子のレジナルドの好きにさせるためにか? 祖母にはいろいろな面があるが、愚かでないことだけはたしかだ。弟のジェレミーが跡継ぎをもうけてくれることを、ドレイクはたしかに期待していたのだ。これまで必死で築いてきたものを先々残しておきたいと思うなら、そのおぞましい仕事を自分でやらなければならないのだろう。

ドレイクは若くてまだ無邪気なころ、一度ロンドンに行ったことがある。ところが、そこでひどい屈辱に遭い、そのせいで、二度と結婚など考えたくないと思うようになったのだ。ジェレミーはナポレオンとの戦争でイベリア半島に行く前に、なぜ妻をめとらなかったんだ？　そもそも、ジェレミーは何に取りつかれて任官辞令を手に入れることにしたのだろう？

ドレイクは馬をいきなり止め、屋敷に戻るために方向を変えた。今夜はもう充分自制心を失った。ひどい風邪をひいて高熱を出し、すべてを銀の皿にのせてネヴィルに差し出すつもりはない。だが、暖かいベッドに戻り、ミセス・メイバリーのいれてくれる熱いお茶を飲む前に、寄らなければならない場所がひとつあった。

石造りの古いセント・モーズ教会にかすかな明かりがちらついていた。ドレイクは風をよけられる東側の壁際に馬をつないだ。ここに来たのは愚かなことなのだろう。だが、今夜はこんな荒天の中を馬で駆けるという無茶をすでにしたのだ。いっそのこと、そんな行為をし尽くすのもいいかもしれない。ジェレミーの墓前にひざまずき、なぜぼくを見捨てたんだ、とききたかった。

古い墓地の墓石はでたらめに立っていた。ドレイクは、そのあいだの曲がりくねった小道を用心深く進んでいった。風がうなりをあげていたうえ、転ばないように足もとに注意を向けていたせいで、彼は泣き声に気づかず、ジェレミーの墓の脇《わき》にうずくまっている小さな体にもう少しでぶつかりそうになった。

こんな嵐の夜に子どもがひとりで墓地で何をしているんだ？　ドレイクに弱点があるとすれば、それは、途方に暮れ、彼の助けを必要としている人々に手を差し伸べずにはいられないことだった。弟の霊と語り合うのをあきらめ、ドレイクは小柄な迷子を抱き上げて礼拝堂に向かった。ドアに鍵《かぎ》がかかっていなかったので、肩で押し開ける。会衆席に腰を下ろし、抱いていた子どもを下ろしたとき、それがルーシー・ラシュトンだと気づいた。

「いったい……？　ミス・ラシュトン、ここで何をしているんだ？」

こと女性に関してはどちらかというと鈍いドレイクですら、彼女が荒れ狂う感情をこらえようとしているのがわかった。ルーシーは取り乱した様子で、目にかかった髪を払いのけた。いつもは顔のまわりで優美にカールしている、温かみのある濃い蜂蜜《はちみつ》色の髪が、雨にぐっしょりと濡れているせいで茶色く見えた。

「お許しください、子爵さま」彼女は鼻風邪をひいているかのようなくぐもった声で、ことさら堅苦しい言い方をした。「あなたが父の生活を支えてくださっているのは知っていますが、まさか墓地まで自分のものとみなしていらっしゃるとは思わなかったものですから。無断で墓地に入ったりして申し訳ありませんでした」

そのいやみな言葉に、ドレイクはなぜか賞賛の笑みを向けたくなった。彼女は雨水がしたたるほどびしょ濡れで、目と鼻は泣きはらしたせいで赤く腫《は》れ、顔は青白くやつれて、みじめなものだ。それなのに、どんな雨や不幸にも消すことのできないきらめきが、ルーシー・ラシュトンにはあった。

「墓地がぼくのものでないことくらい、きみだって知っているはずだが」彼はポケットからハンカチを出してルーシーに渡した。「ぼくのものだったとしても、きみが好きなときに訪れてかまわない」

地所を馬でまわっているときに、ドレイクは彼女をしばしば見かけた。木の下や階段に座って、伸ばした脚の上に本を広げ、食べかけのりんごを持っているルーシー・ラシュトンの姿を。本に夢中なのか、あるいは白日夢でも見ているのか、ルーシーはめったに彼に気づくことはなかった。けれど、そんな彼女を見るたびに、ドレイクは不思議と明るい気持ちになったものだ。

ルーシーは目をこすったが、さらに赤くなっただけだった。「そうかしら? 今日の午後、ストリックランド大尉が埋葬されたとき、わたしは歓迎されていないと感じたけれど」

ルーシーは思いきり大きな音をたててはなをかんだ。わざと無遠慮なふるまいに及んだのかもしれない。

「歓迎されなかった?」ドレイクは心底驚いた。

「とんでもない。ぼくは……」

「家族以外の人間を締め出して……ひどい葬儀だったわ。それはそうと、あの人たちはなんなの? けばけばしいベストと単眼鏡をつけた呆《あき》れた人がいたわね。彼は少しも悲しんでいるふうではなかったわ。きっとほくそ笑んでいたのよ」

「いとこのネヴィルだ。父の弟の息子だよ」ドレイクはいとこに対するルーシーの意見を否定する気はなかった。

「お祖母さまより若い女性もいらしたわね? シルヴァーソーンでは見かけたことのない人だわ」

「レディ・フィリパ・ストリックランドだ。亡くなったいとこのクラレンスの奥方だよ」ルーシーのぶしつけな質問になぜこんなふうに答えているのか、自分にもわからなかった。

「そう」ドレイクの答えを聞いて、ルーシーはちょっと困惑した顔つきになった。だが、すぐにまたわけのわからない怒りがぶり返したようだ。「あの人たちはストリックランド大尉の身内かもしれないけれど、彼のことをよく知っていたとは思えないし、気にかけていたとも思えないわ。昔からの友人のほうがよっぽど……」

茶色の目に新たな涙があふれてきて、ルーシーの言葉がとぎれた。ドレイクは彼女の手を握ろうと手を差し出したが、押しやられた。ほんの一瞬触れ合っただけで、ルーシーが震えているのがわかった。

「凍えているんだろう？　上着を貸してあげたいが、ぼくのもびしょ濡れだから役に立ちそうもないな」

「ち、父の……」ルーシーの体が本格的に震え出し、歯はがちがちと鳴った。「父の……予備の法衣が祭服室にあるわ」

ドレイクは大股に通路を下り、祭服室へ向かった。そして、牧師の予備の法衣を取ってきて、できるだけしっかりとルーシーをくるんだ。

「きみを軽んじるつもりはなかったんだよ、ミス・ラシュトン。小作人たちに葬儀に出なければという義務感を感じさせたくなかったんだ。前もって話してくれていたら、きみにも家族と一緒に出席してもらったのに。ジェレミーはきみのことがとても好きだったからね」

やさしくしようとしたドレイクに対し、ルーシーは女性特有のつむじ曲がりでわけのわからないやり方で応えた。またどっと泣き出したのだ。

「なんてことだ。今度はどうしたんだ？　きみは思慮分別のある女性だと思っていたのに。ジェレミーが死んだことでそんなに大げさな反応をするなんて、きみらしくないよ。弟の葬儀に出られなかったからといって、土砂降りの雨の中で彼の墓の番をして肺病になる危険を冒すことはないだろう」

やさしくしても叱《しか》っても、効果はなかった。ルーシー・ラシュトンは膝に頭がつくほど体を折り曲げ、華奢《きゃしゃ》な体を激しく震わせながら声をあげて泣いた。

「ほらほら」ドレイクはぎこちないしぐさでルーシーの肩をさすって慰めた。こんなことなら、シルヴァーソーンの屋敷にじっとしていればよかった、と思った。「そんなに泣かないで。ぼくがきみの気を悪くするようなことを言ったのなら謝るよ」ルーシーを大泣きさせるようなことを、ぼくは本当に言ったのだろうか。ドレイクは自分の言葉を思い出そうとした。「泣きやまないと、体の具合が悪くなるよ」

その言葉が合図であったかのように、ルーシーが敷石や祈祷台《きとう》や、さらにはドレイクのヘシアン・ブーツの上に胃の中のものを戻した。

珍しく直感がひらめき、ドレイクはルーシーの肩をつかんでまっすぐに彼女の目を見つめた。「そうか。きみはぼくの弟の子を身ごもっているんだな？」ドレイクは確信を持って言った。

ルーシーは顎を震わせたが、目はそらさなかった。かすかにうなずいて、ドレイクの唐突な問いを肯定する。ショックを受けた彼の両手がルーシーの肩からすべり落ちた。

「遠慮せずに思っていることを言えば？　売春婦、ふしだらな女だと」

ドレイクはジェレミーの遺体を掘り出して、首を絞めてやりたい激しい衝動に駆られた。ハンサムな顔と好感の持てる礼儀作法のおかげで、弟は昔からおおぜいの女性に好かれてきた。弟が女優や居酒屋の女への贈り物にどれだけ散財していたか、今まで気にもしなかった。だが、ルーシー・ラシュトンのような無垢《むく》な女性を誘惑したことは絶対に許せない！

「ふしだらな女？　お嬢さん、そんな女になんかなれっこないくせに」

ルーシーがかっとなって言った。「お嬢さんと呼ばれるほどわたしは子どもじゃありません！　もう二十歳なのよ。バースにだって行ったことがあるんだから」

だからなんなのだ？　彼女を侮辱するどころか、その反対のつもりだったのに。ドレイクはそう言いかけた。

ルーシーは彼に口をはさませてくれなかった。

「わたしに何ができて、何ができないか、どうしてわかるの？　わたしのことなんか、何も知らないくせに！　もう行って、わたしをひとりにしてちょうだい」

「きみと一緒にみじめな気持ちを分かち合ってはだめかな？　どうやらジェレミーが死んだせいで、ぼくたちふたりとも、厄介な状況に陥ったようだし」

「厄介な状況ですって？」金切り声が礼拝堂の石の壁にこだました。「身ごもっていることが人に知れたら、わたしはもう世間では生きていけないわ。赤ちゃんは見も知らぬ人のところに里子に出されるか、孤児院に入れられてしまう。あなたの言う厄介な状況とやらは、どのくらいひどいっていうの？　わたしと同じくらい？」

「跡継ぎをもうけるために、意に反して結婚しなくてはならないだけだ。さもなければ、あの気取ったいとこがシルヴァーソーンを相続してしまう」

「結婚しなくてはならない？　絞首刑になるみたいな言い方をするのね。ジェレミーは結婚をいやがってはいなかったわ。次の休暇のときに、わたしたち結婚するはずだったんですもの」

ドレイクは、自分もルーシーと同じように弟を信じられたらいいのに、と思った。

「弟が出征前にきみと結婚しなかったのが残念だ。そうしていれば、ぼくたちふたりは大きな災難を避けられたのに」

ルーシーの怒りは泡がはじけたように消えた。

「ごめんなさい、子爵さま。今夜のわたしはどうかしてるわ。あなたの気持ちも考えずに甘えてしまって……。父が心配して捜しに来る前に牧師館に戻らなければ。どうか、わたしの秘密を守ってくださいね」ルーシーは立ち上がった。

「何カ月なんだ？」ドレイクが立ち去る彼女に声を

かけた。

唐突な質問にルーシーの足が止まる。「なんですって？」

「どれくらいたつんだ……妊娠してから？」

ルーシーはためらいもせずに答えた。「六週間よ」

ふっと黙りこんだあと彼女は続けた。「愛を交わしたのは一度だけよ。ジェレミーが出征する前日に」

ドレイクは息を大きく吸いこんだ。暗くて未知の海に、まっ逆さまに飛びこもうとしているからだ。あいにく、彼の厄介な良心はそれ以下のことでは承知してくれなかった。今すぐ話さなくては。ルーシーが立ち去ってしまう前に。あるいは、ぼくが勇気を失う前に。

「それなら……ぼくたちふたりの問題をうまく解決する方法を提案したいんだが」

2

「結婚する？　ドレイク、冗談はやめてちょうだい」祖母のスプーンから卵料理が落ちた。

ネヴィルとフィリパは驚きと狼狽《ろうばい》のあまり眉を上げて顔を見合わせた。ドレイクは三人にうまく不意打ちを食らわせることができて気をよくした。昨日の夕食のときの仕返しだ。

「とんでもない、ぼくは大まじめですよ、お祖母《ばあ》さま」ドレイクは楽しそうに朝食を口にした。

「お相手は牧師の娘だなんて」フィリパがぱちぱちまばたきをした。「あなたは資産家なのよ、ドレイク」

「資産家だからこそ、女相続人を追いかけまわすという面倒なことをしなくてすむんじゃないか」ドレイクはわざと明るく答えた。

「自ら汚物だめに飛びこむことにしたのか、いとこどの」ネヴィルがうれしそうに口をはさんだ。「今までさんざんしぶっていたくせに。驚いたな」

「そうでもないさ。思い出してもらえるとありがたいが……」ドレイクは歯を食いしばるまいとしたが無理だった。「ぼくが気が進まないと言ったのは、みんなが〝社交シーズン〟と呼んでいる結婚目的の牛の市のことで、結婚そのもののことじゃない。飲みすぎで、そんなこともわからなかったのか？」

ネヴィルは単眼鏡に息を吹きかけ、わざとらしいしぐさでナプキンで磨いた。「きみはぼくのポートワインの許容量をみくびっているよ」

「そしてきみは、シルヴァーソーンをきみに相続させたくないというぼくの気持ちをみくびっている。ぼくはお祖母さまの忠告に従って急いで妻を見つけたんだ」

「全然ロマンチックじゃないのね！」フィリパが不満の声をあげた。

「ロマンチックからほど遠いぼくにはぴったりだね。ぼくにとって、この結婚話に不都合な点はまったくないよ。まっとうで、現実的で、手っとり早い取り引きじゃないか」

三人があまりに唖然《あぜん》としているので、ドレイクはつい熱弁をふるいたくなった。

「普通のやり方で結婚相手を見つけるとしてごらんよ。何週間も事業から離れて、ロンドンでいくつもの退屈な夜会や舞踏会に出席しなければならない。そして、だらだらと夜更かしをして不健康になり、口に合わない料理を食べて、度を過ごした量の酒を飲まなければならない」ドレイクは辛辣《しんらつ》な目でネヴィルを見た。「気取ったレディに法外な暮らしをさせるために、ぼくは退屈なダンスの練習を何度も受けなくてはならなくなる」

コーヒーを飲んでひと呼吸おき、ドレイクは続けた。

「いいかい、ぼくを夫にしてもいいという奇特かつ望ましい女性が見つかったとする。ということはつまり、無意味な言葉やお世辞を言って求婚するということだ。プロポーズを受け入れてもらったら、女性の父親と交渉を始め、婚姻前契約を結ぶ。弁護士事務所の事務員が作成する法律用語が満載の、もっとも無味乾燥な書類を取り交わし、めでたく婚約。かくして、利己主義の冷血な記念碑成るってわけだ。この全過程は、息をのむほどロマンチックだと思わないか！」

少々息切れしたものの、結婚に関して前々から納得できず、言いたかったことが言えて、ドレイクは気分がすっきりした。

「結婚式はいつ？」フィリパが甲高い声で言った。

ドレイクは、フィリパから心のこもった祝いの言葉をかけられたかのように明るくほほえんだ。「特別許可証をもらって、明後日式を挙げる。三人とも、結婚式までここにいてくれるだろう？　立会人が必要だからね」

侯爵未亡人が席から立ち上がった。小柄で年老いていても、彼女には堂々たる威厳があった。ステッキをつきながらドアに向かう。「わたしはこんな茶番を許しはしませんからね」呪《のろ》いの言葉とともに彼女は部屋を出ていき、一時間もしないうちにシルヴァーソーンをあとにした。

ルーシー・ラシュトンは秋の弱い日差しを浴びた質素な藁葺《わらぶ》き家の玄関前でベンチに座り、ミルトンの『コーマス』を声に出して読んでいた。ルーシーの隣にはこの家の借家人である未亡人のミセス・サワビーがいて、小さな手で編み棒をすばやく動かしている。未亡人は決して手もとに視線を落とさず、美しく牧歌的な川べりの風景にぼんやりと視線を向けていた。

ルーシーは何年も前からミセス・サワビーの家に立ち寄り、編み物が趣味の彼女を相手に本を読んだり話し相手をしたりしてきた。だが、ジェレミーの死を悲しみ、将来のことが不安だったこともあって、ここに来るのは久しぶりだった。

「ほらほら、お嬢さん、話してしまいなさいな。何を悩んでいるの?」ミセス・サワビーはかぎ棒を持つ手をゆるめた。

ルーシーは本から顔を上げた。「悩んでいる? いいえ……悩みなんて何もないし、元気よ」ミセス・サワビーは白内障なので、ルーシーは幸運にも頬が赤くなったのに気づかれずにすんだ。

ミセス・サワビーがくすくすと笑った。「目がちゃんと見えなくなったからって、ものがわからないわけじゃないのよ。さっきページをめくってから、あなたは七回もため息をついたし、読んでいる箇所がわからなくなったのも四度よ。心を悩ましているものが何もないなんて、ファニーおばあちゃんをだまそうとしてもだめよ」

ルーシーは八回目のため息をついた。「話してしまおうかしら。どうせ明日の夜までには、ニコルスウェイトのみんなに知られてしまうでしょうから。わたし、結婚するの」

「そうなの? お相手はわたしが知っている人?」

ルーシーはうなずいた。「彼のことはみんなが知っているわ。実はシルヴァーソーン子爵なの」

ミセス・サワビーの手がはたと止まった。「子爵さま? 思ってもみなかったわ。たいていの娘なら、子爵さまと結婚することになれば、有頂天でみんなに言いふらすでしょうに」

「すばらしく名誉なことだわ」大いなる苦しみでも

あるけれど。ジェレミーが亡くなったのは、彼のせいとは言えないまでも、その一因であった男性と一緒に暮らすのだから。赤ん坊をきちんと養っていく方法がほかにあったなら、シルヴァーソーン卿《きょう》のプロポーズなど喜んで断ったのに。

「本当にね。大きな領地。称号。莫大《ばくだい》な富。たいていの娘にとっては、これ以上望めない結婚ね」ふたりはしばし無言だった。「でも、ミス・ルーシー。あなたはたいていの娘とは違うわ、ミス・ルーシー。あなたは夫となる人に、紋章を彫りこんだ記念牌や家名以上のものを求めているんじゃないかしら。よく笑い、名前を呼んだだけであなたの胸をときめかせる、そんな男性を」

ルーシーの心にジェレミー・ストリックランドの姿が浮かんだ。ここメイズウォーターの水面に映る夏空のようにまっ青な瞳と、高地の風に乱された金髪の彼の姿が。目がうるみ、胸に怒りがこみ上げてきた。感情を抑えることのできない自分がいやだった。

「シルヴァーソーン子爵とは大違いね?」声の震えを含み笑いのせいだと、ミセス・サワビーが思ってくれればいいのだけれど。

「そうね。口の達者な人じゃないから。気の毒な子爵さま」

「彼は気の毒な人ではないわよ」ルーシーが辛辣に言う。「ギリシア神話のミダス王のように、触れるものをなんでも黄金にしてしまうと言われているもの」

ミセス・サワビーは編み物に手を触れ、どこまで編んだかを確かめた。「そのなんでも黄金に変えてしまう手は、ミダス王を幸せにはしてくれなかったのではなかったかしら」

「曖昧《あいまい》な言い方はやめてはっきり言って。なぜ子爵さまを〝気の毒〟だなんて言ったの?」

今度はファニー・サワビーがため息をつく番だった。「あなたが子爵さまに直接きくべきだと思うわ。彼はほかの子どもたちがうらやむような少年時代を過ごさなかった、とだけ言っておきましょうか」

ルーシーの胸がずきりと痛んだ。自分はたくさんの本と夢と自然の美しさに囲まれて、幸せな少女時代を過ごしたからだ。赤ん坊だった弟と妹が死んだときは、そんな少女時代にも影が差したが。下の子ふたりを亡くした両親は、すべての愛情をルーシーに注いでくれたのだった。

そのとき、りんごの木の影が長く伸びていることにルーシーは気づいた。シルヴァーソーン卿のうらやむにたりない少年時代の話をもっと聞きたかったが、一時間後に牧師館で彼と会う約束なのだ。

「もう戻らなければ。ちゃんと本を読んであげられなくてごめんなさい」

「気にしないで。来てくれただけでうれしいのよ。目の不自由な老婆の相手をしてくれる若いお嬢さんはあまりいないから」

「みんな、何がいちばん大切かわかっていないのよ」ルーシーは体をかがめ、ミセス・サワビーのしわだらけの頬にそっとキスをした。

ミセス・サワビーは編み物を置いてルーシーの手を握った。「あなたと子爵さまの幸せを祈っているわ。子爵さまは無口だけれどいい方よ。月に一度、馬でうちの門のところにいらっしゃるの。声をかけたりなさらないけれど、わたしが元気でやっているか確かめに来てくださっているのよ。雨降りの日にいらしたことがあったのだけど、そのときうちはひどい雨もりをしていたの。翌日、屋根葺きの人たちがお屋敷から来てくれたわ」

ルーシーはなんと言えばよいのかわからなかった。ミセス・サワビーの話は、彼のことを厳格な独裁者だとずっと思っていた自分の印象と食い違っていたからだ。

「子爵さまには幸せになっていただきたいわ」ミセス・サワビーが言った。「わたしたち住人にあれこれ気遣ってくださったのだから、幸せになって当然なのよ。あの方を幸せにできる女性がいるとしたら、それはあなただと思うわ」

「がんばってみるわ、ミセス・サワビー」

ミセス・サワビーは去っていくルーシーに手を振った。それから、ルーシーには聞こえなくなったと思ったのか、考えを声に出して言った。「子爵さまと結婚して、幸せになるのはあなた自身かもしれないわね」

ルーシーは顔をそむけ、今日の午後だけで九度目になるため息をついた。どんな女性も彼を幸せにすることなどできないのではないかしら。それに、わたし自身の幸せは、スペインの戦場でジェレミーとともに失われたんですもの。

ドレイクは馬に乗り、牧師館との距離を慎重に測りながら、ラシュトン牧師と会う勇気をかき集めようとしていた。ルーシーに結婚を申しこんだのは、義務感に駆られてのことだった。ジェレミーは彼女を利用し、ドレイクはその状況を正すことが務めだと感じたのだ。身内に結婚のニュースを伝えたときは小気味よかった。彼らの反対はドレイクの決心を固めただけだった。だが、牧師館に向かう道すがら、彼は次々と疑念に襲われた。

妻のいる生活に耐えられるだろうか？　苦痛に満ちた学生時代をのぞき、ドレイクはひとりで暮らしてきた。その学生時代は、自分の楽しみしか興味のない上流階級の乱暴者に目をつけられ、彼がかまわなくなるまで必死で闘ったのだった。苦労して手に入れたプライバシーをここに来て放棄するのは気乗りしなかった。

何も自分のことだけを考えているのではない。結婚生活にも父親になることにも向いていない男とともにシルヴァーソーンに閉じこめられる暮らしは、ルーシーと赤ん坊にとってどんな心地がするのだろう？　ネヴィルにシルヴァーソーンを相続させないために、何がなんでも跡継ぎは欲しいが、自分が過ごしたような寒々としてわびしい子ども時代を、ジェレミーの息子に味わわせるわけにはいかない。

「だめだな」ドレイクは歯を食いしばって言った。

「そう？」木々の生い茂った近くの小道からルーシーがいきなり姿を現した。「あのおそろしい嵐《あらし》のあとだもの、今日はすばらしいお天気だと言う人がほとんどだと思うけれど。それとも、景色のことを言っていたの？」

ドレイクはセント・モーズの牧師館に目をやった。蔦《つた》がからまり、さまざまな樹木や灌木《かんぼく》に囲まれた、住み心地のよさそうな家だ。牧師館はただの家ではなく、まさしくわが家という雰囲気だった。

「いや、まさか。すばらしい景色だ」

ルーシーは馬の真正面に来てドレイクを見上げた。そのまなざしには挑戦的な光が宿っている。「それなら、わたしとの結婚を考え直したいってことね？」

ドレイクはルーシーのボンネットのあたりに視線を泳がせた。「決してそんなことはないよ、ミス・ラシュトン」自分でも驚いたことに、ドレイクはこの厚かましい嘘《うそ》をすらすらと言ってのけた。「ぼくは自分の務めが何か、はっきりとわかっている」少なくともそれは本当だ。

「ずいぶん取り澄ました言い方ね。結婚したら、毎日朝食の席でお説教を聞かされるのかしら？」

彼女はぼくを非難するつもりか。これは、ドレイクがひそかに好もしいと思っていた、親切で気取りのないルーシー・ラシュトンではない。おそらくバースで過ごしたひと冬が、彼女をだめにしてしまったのだろう。社交の場に身を置いたために、ドレイクの軽蔑《けいべつ》する辛辣で情味のない女性に変えてしまったのだ。

「きみの気に入らない説教はできるだけ控えると約束するよ」

「本気でそう思っているのなら、このばかげた芝居は中止すべきね」言ったとたん、ルーシーの顔がまっ青になり、強風にあおられたかのようにふらついた。ドレイクは慌てて鞍《くら》から飛び降り、彼女が地面に倒れる直前に助け起こした。

腕の中のルーシーは、子どものように小さく、小作人や使用人たちと同様に、彼を必要としているか弱き存在だ。人生でもっとも困難な仕事になるとしても、彼女と赤ん坊に最善を尽くすほかあるまい。

ルーシーのまぶたが震えた。「何があったの？」なんとか起き上がろうとする。

「無理をしないで」ドレイクはそっとルーシーを押しとどめた。「今度気絶しそうになるときは、前もって教えてくれ。ぎょっとしたよ」

ルーシーはもがくのをやめたが、彼に身を任せたくない気持ちがこわばった体に表れていた。「あなたを困らせるのが習慣になってしまったみたいね、子爵さま。でも、これ以上困らせるつもりはないから安心してちょうだい」

たいした癇癪《かんしゃく》持ちだな！　ドレイクは顔をしかめた。ルーシー・ラシュトンに何かを提案するのは、はりねずみを魅了しようとするのに等しい。妊婦はみなこうなのだろうか？

ドレイクが手をゆるめると、ルーシーは彼の腕の中から逃れ、勢いよく立ち上がって薄いブルーのドレスの埃《ほこり》をはたいた。「ゆうべわたしが言ったことは忘れて。わたしに対してあなたが道徳的な責任を負う必要なんてないわ」

ドレイクも立ち上がった。「でも、ぼくは道徳的な責任を感じているし、きみをこのままにはしておけない」半ば冗談であると示すためと、ふたりのあいだの張りつめた空気をなんとかしたくて、ドレイクはほほえもうとした。しかし、口もとがゆがんだだけだった。「ぼくとの結婚を考え直したいのなら、それはきみの権利だ。むしろ、選択肢をよく考えて最善の道を選んでもらいたいと思っている。きみと……きみの赤ん坊にとって」万が一だれかが近くにいたときのことを考えて、彼は最後の部分を小声で言った。

「選択肢ですって?」ルーシーは苦々しげに笑った。「わたしには選択肢なんてないわ、シルヴァーソーン卿。あなたもよくご存じのはずよ」

「選択肢はあるさ。なければならない。きみがぼくと結婚しない道を選んだとしても、ぼくはきみ……きみたちふたりを扶養するつもりだ。ここから離れた場所で出産できるようにお金を渡そう。きみが赤ん坊を手もとに置けないと判断した場合も、預けるのにふさわしい家庭をぼくが見つける」

「とても寛大な申し出ね」

「ぼくの義務だから」

「もうその言葉にはうんざり」

ドレイクは義務や名誉といった観念の大切さをルーシーに言って聞かせたい気持ちをこらえた。「これだけは覚えておいてくれ。きみがぼくと結婚しないと決めた場合、ぼくはジェレミーの息子を自分の相続人として認めることができなくなる」

「わかったわ」

「だが、その場合、きみは過去を忘れ、いつの日か自分の好きな相手と結婚することができる」

「わたしは決してジェレミーのことを忘れない」ルーシーは言いきった。「ほかの男性を愛することも決してないわ。愛せもしない男性と結婚するなんていけないことよ」

「もし相手の男が、きみから愛されることはないとわかっていても?」ドレイクが静かにきいた。「その男がきみの愛を望んでいなくても?」

「それは……」ルーシーは牧師館の裏手から伸びるセント・モーズ教会の尖塔《せんとう》に目をやった。「守るつもりもない結婚の誓いをするのは罪じゃないの?」

「ぼくたちが偽りの誓いを立てる最初の夫婦になるとは思わない」彼はヘシアン・ブーツの爪先で草をつついた。「最後の夫婦になるとも思わない」

ルーシーは答えなかった。選択肢を秤《はかり》にかけているのだと思い、ドレイクは黙ってじっとしていた。言いたいことは言った。ルーシーと彼女の赤ん坊の人生がかかっているのだから、圧力を感じることなく、彼女自身の意思で決めてもらいたい。沈黙が続いた。馬が尾を振る音がときおり聞こえるだけだ。そのあいだ、ドレイクはルーシーが決心を変えないでくれるようにと心から願っていた。彼女の疑念が逆に自分の決意を固めたのかもしれない。あるいは、ジェレミーの息子を跡継ぎにしたいという願望が強まったのか。

ついにルーシーが口を開いた。「わかりました。あなたと結婚します」

息をつめていたことに、ドレイクは不意に気づいた。「父上に会わなければ」あえぐように言う。「それからルイス判事に会って、特別許可証を出してもらわなければ。明日では急すぎるかな?」

「結婚式のこと?」ルーシーの頰にかすかに赤みが差した。「結婚の理由を考えたら……早ければ早いほどいいわ。その前に……」ルーシーはドレイクの上着の袖《そで》に手を置いた。「神さまを立会人に、ふたりだけの真実の誓いをしない?」

「いい考えだ」ドレイクは思わずほほえんだ。「事業と同じで、事前契約をするわけだね。どんな誓いをしたいんだい？」

ルーシーは上着の袖に置いた手を下へとすべらせ、つかの間ためらってから彼の手を握った。「わたくし、ルーシー・ラシュトンは、あなたを父親としてわが子を育てると約束します。夫に払うべき敬意をあなたに払うと誓います。求められていない愛情を持ったり、ほかの女性に興味を示すあなたに嫉妬《しっと》したりして、決してあなたの重荷になりません」

ふたりの結婚の事情をかなり的確にまとめた誓いだった。ドレイクは咳《せき》払いをした。つないでいるルーシーの手の感触が気に入っていた。「わたくし、ドレイク・ストリックランドは、きみの子どもを自分の子として育て、妻に払うべき敬意をきみに払うと約束します……」

「求められていない、よ」ルーシーが手助けした。

「ああ、そうだった。求められていない愛情を持ったり、ほかの男性に興味を示すきみに嫉妬したりして、決してきみの重荷になりません」なぜだかわからないが、ドレイクは後半を自信を持って言うことができなかった。

ルーシーが手を放した。「嫉妬のくだりを言う必要はなかったのに。さっきも言ったとおり、わたしは決してジェレミー以外の男性を好きになることはないから」

「ぼくのほうは、どんな女性にも興味がない」きっぱりと言ったドレイクだったが、腕の中のルーシーの感触が忘れられずにいた。「お互いに相手に誓いを立てたところで、きみの父上に結婚することになったと伝えに行こうか？」

3

全体的に見て、お父さまはわたしの結婚話をかなり落ち着いて受け止めてくださったわね。翌日の夜、化粧台の前で寝支度をしながらルーシーは思い返していた。ラシュトン牧師は最高の男性で、とびきりやさしい父親だが、明るくて実際家の妻を亡くして以来、年々ぼんやりとうわの空でいることが多くなっていた。父親が自分の話を半分も聞いていないのではないか、とルーシーはよく思ったものだ。

シルヴァーソーン卿《きょう》が正式にルーシーとの結婚を申しこんだとき、父は頭を振って笑いながらこう言っただけだった。「おやおや、うれしい話だね！」ひょっとしたら父は、ふたりが何年もこっそりと交際していたと思い、それに気づかなかったことを認めたくなかったのかもしれない。結婚予告なしにすぐさま式を挙げたい、とドレイクが言っても反対せず、自分で式を執り行うことを朗らかに了承したのだった。

結婚式。ドレイクとの結婚生活が五十年続いたとしても、短く、気まずく、おめでたい雰囲気が少しもなかった結婚式のことを思い出すたび、暗い気持ちになるだろう。

「ほかに何かご用はおありですか、子爵夫人？」ルーシーの荷ほどきを終えたメイドがたずねた。

メイドが自分に話しかけていたのだとルーシーが気づくまで、しばらく時間がかかった。

「ごめんなさい……メアリだったかしら？　新しい呼び方に慣れるまで、しばらく時間がかかりそうよ。普通のときは簡単に〝奥さま〟でいいわ」ルーシーは広くて優美な部屋を見まわした。部屋の様式ひとつ取っても、自分が上流階級からはほど遠い人間であることを強く意識させられた。「暖炉の火は入っている。ベッドはあんかで温められて、上掛けが折り返されている。荷ほどきは終わったし、今夜はもう、あなたに頼むことはなさそうよ」牧師館では、今言ったようなことは全部自分でやっていた。おおぜいいる使用人たちに指示することに慣れる日が来るだろうか？

メイドが膝を折ってお辞儀した。「わかりました、奥さま。シルヴァーソーンでの最初の夜によくおやすみになれますように」

頬が赤くなっていくのを感じ、ルーシーは化粧台に向き直った。シルヴァーソーン卿が急いで挙式したことについて、ニコルスウェイトで飛び交っている噂《うわさ》をメアリが聞いているなら、女主人は初夜に一睡もできないはずだと思っているだろう。

「ありがとう。ぐっすり眠れると思うわ」ルーシーは自信ありげな声で言った。

寝室のドアの開く音がして、メアリが甲高い驚きの声をあげた。

「失礼しました、子爵さま」彼女はあえぐように言った。「ちょうど出ていくところでした」

ルーシーは腰かけからさっと立った。ヘアブラシが床に落ちる。花婿が陽気に言うのが聞こえた。

「タイミングがいいな。そうだ、今夜はみんなにシャンパンを出ししぶらないようにタルボットに言っておいてくれ」

ドレイクは戸口でメアリにおやすみの挨拶《あいさつ》をした。彼は夕食のあとに入浴したらしく、黒髪が湿ってくせっ毛になっている。オリーブ・グリーンの部屋着の裾《すそ》からは素足のふくらはぎがのぞいている。部屋着の下には何か身につけているのかしら？　ルーシーは喉が締めつけられるように感じた。

ふたりで話し合ったとき、礼儀正しく言葉をにごしたが、ベッドをともにしたくないことはわかってもらえたと思っていた。そう、まさに求められてもいない愛情だ。ルーシーは、二度と人を愛することができなくなるくらいジェレミーを愛した。その人が葬られたばかりなのに、ほかの男性に身を捧《ささ》げるなど最悪の不貞だろう。けれど、夫がどうしてもと言い張ったら？　体力ではとうてい彼にかなわない。助けを呼ぶことは、結婚生活の終わりと秘密の暴露を意味する。

ドレイクが部屋に入ってドアを閉める短いあいだに、ルーシーの脈は速くなった。彼女はあとずさりつつ言った。「なぜここに来たの？」

彼は黒い瞳をおもしろそうにきらめかせながら、さりげなくルーシーを見た。「夫としての権利を行使しに来たんじゃないよ」それを証明するかのように、暖炉前のビロード張りの寝椅子へぶらりと向かう。「ぼくが妻を大切にする夫であると、屋敷のみんなに信じさせようと思っただけだ」寝椅子に腰を下ろす。「赤ん坊の父親がぼくであるとみんなが思わなければ、ぼくたちが結婚した目的は果たせなくなってしまうからね。ここまでけっこう遠まわりして、いろんな人にぼくの姿を見せてきたんだ」

「なるほど」ルーシーの鼓動が落ち着いてきた。ふとたずねてみる。「ちゃんと服を着ないで来ることが必要だったの？」

ドレイクはぶしつけにならない程度の無関心な態度で寝椅子に背を預けた。「ぼくが何をしにきみの部屋に入るのか、疑問の余地のないようにしておきたかったのさ」黒い眉が表情豊かに上がった。「なぜそんなに淑女ぶったことを言うんだい？　これくらい目にしたことがあるだろう」

ルーシーは彼の残酷な言葉に打ちのめされた。この人は侮辱して楽しむためにわたしを妻にしたの？　こ激情に駆られ、飛びつかんばかりの勢いでドレイクのところへ行き、彼の頬を平手打ちする。「二度とわたしにそんな口のきき方をしないでちょうだい、いいわね？」

ドレイクに手首をつかまれた痛みでルーシーはあえいだ。「声を落とすんだ。家じゅうに聞こえてしまうじゃないか。見苦しいものを目にするのがそんなにいやなら、ベッドに入ってカーテンを引けばいいだろう」ドレイクは少しもやさしくない手つきでルーシーをベッドのほうへ押しやった。「ぼくは適当な時間がたってからこの部屋を出る」

ルーシーは、ずっと畏怖《いふ》の念を抱いてきたシルヴァーソーン子爵を平手打ちした自分の大胆さが信じられなかった。その一方、当然よ、必要とあればまた叩《たた》いてやるわ、と自分に言い聞かせた。

「ベッドには入りたいときに入るわ。あなたに命令されたときでなく」ルーシーは腰かけに座り、震える手で金褐色の巻き毛を逆立てはじめた。

鏡越しに、ドレイクが広い肩をすくめるのが見えた。「命令なんてしていない。そうしたらどうかと言っただけだ」

ドレイクの頬が赤くなっていた。かすかに腫《は》れた彼の頬をキスで治してあげたいという気持ちがなぜかわいてきて、ルーシーは困惑した。

「叩いたりしてごめんなさい」投げやりな態度で肩越しに言う。

ドレイクは小さく笑った。「これかい？」自分の頬を指す。「ほとんど何も感じなかったよ」それからまじめな重々しい表情になって言った。「軽率なことを言って悪かったよ。よけいなことだった」

彼女は口先だけで許すと言うことができなかった。ヘアブラシを化粧台にゆっくりと置き、立ち上がる。

「もうやすむわ。このところよく眠れなかったから」

ドレイクは何も言わなかったが、ルーシーは彼の視線を感じた。張りつめた胸が薄地の部屋着を押し上げ、下腹部が温かいものでちくちくするのを不意に意識する。妊娠中はほかにどんな変わった兆候があるのだろう？　ルーシーはきまり悪さを隠そうとして顔をしかめた。

ドレイクはルーシーのしかめっ面が自分に向けられたものと思ったのかもしれない。「ぼくはきみの敵じゃなくて味方なんだよ」静かな声で言った。

「わかっているわ」ルーシーはろうそくを消してベッドに入り、上がけを顎の下まで引っぱった。「ただ……」自分の気持ちをうまく表すあたりさわりのない曖昧《あいまい》な言葉が見つからず、ルーシーは口ごもった。

ドレイクはわかってくれたようだ。「ジェレミーと結婚したのだったら、今夜がどんなに違うものになっていたかと考えずにいられないんだね？」ドレイクは寝椅子に座ったまま前かがみになっていた。ルーシーには彼の背中しか見えない。「ひょっとしたら、ジェレミーの墓に眠っているのがぼくだったらよかったのに、とも思っているのかな？」

ルーシーは目を閉じ、ゆっくりと一定のリズムで息をした。返事がないのをいぶかってドレイクがわたしを見たら、もう眠ってしまったのだと思ってくれるかもしれない。長いあいだ、暖炉の火がはぜる小さな音しか聞こえなかった。ドレイクがふたたび口を開いたが、ルーシーにはほとんど聞き取れないくらいの小さな声だった。

「きみがそう思っていたとしても、責めたりしないよ。でも、もう賽《さい》は投げられたんだ。変えられないものには耐えるしかない」

ドレイクの口調はとても打ちひしがれていた。彼が愛する弟を亡くしたことに、ルーシーははっと思い至った。それと同時に、ふたりの結婚を、耐えなければならない試練だと思っているような言い方をされて、ルーシーのプライドは傷ついた。

ネヴィル・ストリックランドはグラスに残ったポートワインを感謝のため息とともに飲み干した。カンブリアの人里離れた荒野にとどまらなければならなくなったのだ。ちょっとした慰めがなければやっていられない。もう一杯欲しかったが、デカンターは部屋の向こう側のサイドボードの上だ。あんな遠くまでデカンターを取りに行く元気はなかった。そのうち使用人が暖炉の火の始末をしにやってくるかもしれない。彼はげっぷをし、つめ物がたっぷり入った肘かけ椅子に座ったまま、だらしなく前かがみになって重いまぶたが閉じるに任せた。

ドアが開き、部屋に入ってくる足音がした。ネヴィルは使用人が来たのだと思い、ポートワインのおかわりを頼もうと体を起こした。そのとき、デカンターから重い栓を抜くうれしい音が聞こえた。ドレイクについては言いたいことが山ほどあったが、使用人の教育が行き届いていることだけは認めよう。

ネヴィルがなんとか片目を開けると、フィリパがポートワインの残りを背の高いグラスにあけているところだった。

「欲張りめ」ネヴィルはうめいた。

フィリパが小さく悲鳴をあげて飛び上がり、デカンターの栓が銀の盆に落ちて大きな音をたてた。

「ネヴィル、死ぬほど驚いたじゃないの！　あなたはもう寝たと思っていたわ」

「きみは論理というものを何もわかっていないのか、フィリパ？　デカンターにポートワインがある。少なくともあった。ゆえにそれを飲めるようぼくは近くにいなくてはならない。それに、ぼくの寝室は花嫁の寝室からふた部屋離れているだけだ。精力的に初夜の務めを果たすいとこのせいで床板がきしむ音を聞かされて、眠れると思うかい？」

フィリパがネヴィルをきっとにらんだ。「なんて露骨なことを言うのよ。酔っ払っているのね？」

ネヴィルはもう一方の目も苦労して開けた。「人は酔っ払うと嘘《うそ》やばかげたことを言うものだと？ぼくの経験からすると、まったくの逆なんだが」

「あなたは酔っ払った経験を豊富にお持ちですものね」フィリパはぐいとポートワインを飲んだ。

「いやみを言われたのかな？　どうぞ思いきりその能力を育ててくれたまえ。退屈きわまりないきみの性格に少しはおもしろみが加わるかもしれないぞ」

フィリパはこれに、もっとも相手のしゃくにさわるやり方で応じた。ネヴィルを無視したのだ。素知らぬ顔で向かい側の椅子に腰を下ろし、ポートワインを飲み、楽しそうに舌鼓を打った。こんなわざとらしい挑発に耐えなければならないいわれはない、とネヴィルは思った。

「やけ酒か？」ネヴィルはいやみを言った。「牧師の魅力的な娘がシルヴァーソーンのちびどもを一ダースも産んで、きみの息子のレジナルドを跡継ぎの座から押しのけるのに、どれくらいかかると思う？」

フィリパが目を見開いた。「ひどいわ、ネヴィル！　そうやって笑っていればいいわ。どうせあなたは長生きできないのだから。シルヴァーソーンを相続するのは無理よ。でも、かわいいレジーは……。あんまりだわ！」

フィリパを追いつめたネヴィルは、機嫌をよくした。「ほらほら、落ち着いて。きみの失望はぼくにもわかるよ。たしかに修道士みたいに摂生した生活を送るドレイクより長生きできるとは思っていなかったが、ひょっとしたらと期待はしたさ。王のように暮らせていたかもしれないんだからね」

フィリパのグラスに入ったポートワインが暖炉のちらつく明かりを受けて液状のルビーのように見えた。彼女は乾杯するかのようにグラスをネヴィルのほうへ掲げた。「期待の死に乾杯」

「蘇生《そせい》は無理だと確信するまで死骸《しがい》は埋葬するものじゃない」ネヴィルが気の利いた言いまわしをした。

グラスを口もとへと運んだフィリパの手が止まった。「それはどんな酔っ払いのたわごとなのよ？」

フィリパが最後のポートワインを飲んでしまうのを阻止することにまんまと成功したネヴィルは、自分をほめた。「花嫁が不妊症だったら？　あまり丈夫そうには見えなかったぞ。流産したら？　死産だったら？　娘を産むかもしれないしな？」

「あなたほどの愚か者でも、そんなことに期待をかけたりしないでしょう」フィリパは苦虫を噛《か》みつぶしたような顔をした。「ノルマン征服以来、シルヴァーソーンの家系にはひとりの女性も生まれていないのよ」

「額面どおりに受け取らなくてもいいだろう？」ネヴィルはフィリパのグラスの底から誘いをかけてくる最後のポートワインの香りを嗅《か》いだ。「ぼくはただだ……いろんなことが起こりうると言いたかっただけだ。ぼくたちが知恵を出し合えば、後継者のうるさいちびどもが生まれる前にドレイクの〝まっとうな取り引き〟とやらをつぶしてやれるかもな」

青白いフィリパの顔に希望の笑みが広がった。

「わたしは何をすればいいの？」フィリパが熱を入れてたずねた。

しばらくのあいだ、ネヴィルはかなり集中して頭をひねった。具体的な計画は何もなかったが、ひとつくらいは考えつけるはずだ。何しろいたずらは酒に次いで好きな気晴らしなのだから。

「きみはシルヴァーソーンにとどまって、花嫁のご機嫌をとるんだ」

フィリパは薄い上唇を嫌悪にゆがめた。

「むずかしくはないはずだ」ネヴィルは言った。「きみはずっとだれかのご機嫌をとってきたじゃないか。それに、これにはりっぱな目的がある。新婚夫婦のあいだに仲たがいの種をまき、ふたりがロンドンに来るようにしむけるんだよ」

「ロンドンですって？　いったいなんのために？　あなたはこの計画でどういう役割を演じるの？」

「まあ、待つんだ」ネヴィルは自分の才能に陶然と目を輝かせた。「きみがドレイクの結婚の土台を土木工兵のごとく少しずつ切り崩しているあいだに、ぼくは完全に倒すためのすばらしい奇襲攻撃の準備をしておくから」

「どんな奇襲攻撃なの？」フィリパは心もとなさそうに言った。

ネヴィルは単眼鏡を探り出してかけた。単眼鏡をかけると、知的で謎《なぞ》めいて見えると思っているのだ。

「きみは気にしなくていい。不満を抱いた花嫁がグレイハウンドに追われる野うさぎのごとく大陸に逃げ出すことになる、とだけ言っておくよ」

フィリパが忍び笑いをすると、ネヴィルの背筋に寒けが走った。「そして、ドレイクが再婚を望むなら、離婚という恥辱に耐えなければならなくなるのね。まともな女性なら、そんな彼と結婚するはずがない。あなたってなんて頭がいいの！」

ネヴィルは弱々しい笑みを浮かべた。フィリパが媚《こ》びるような目をしているのを見て、ネヴィルは不安になった。どうしてももう一杯飲まなければ。

「ぼくたちの協力関係に乾杯しないか？」

「ぜひ」ふらつく足でネヴィルの椅子まで来ると、フィリパはグラスに残っていたポートワインを気前よく彼のグラスに注《つ》いだ。

「ぼくの期待とレジーの相続の復活に乾杯」ネヴィルはうやうやしい気持ちで芳醇《ほうじゆん》なポートワインを舌の上で味わってから飲んだ。フィリパはネヴィルの近くの床に座り、頭を彼の膝にのせた。必要が縁で奇妙な友情が生まれるということわざを思い出したとき、ネヴィルは胃の中のワインが固まるような気がした。

ルーシーの寝室では、暖炉の火がひと握りの赤いおきになっていた。呼吸が深く一定しているところをみると、ついに眠ったらしい。結婚芝居にあとひとつだけ小細工をしておく必要があった。これがうまくいけば、彼の望む噂に火がついてぱっと広まり、ルーシーの赤ん坊が〝早く〟生まれても疑問に思う人間はひとりもいなくなるだろう。

本当ならルーシーがベッドに入る前にすべきだったのだが、また彼女に叩かれる危険を冒したくはなかったのだ。ドレイクはおそるおそる頬に手をあてた。さっきはあんなことを言ったが、本当は目が飛び出そうなほど痛かった。小柄な癇癪《かんしやく》持ちは、怒るととんでもない力を発揮できるようだ。

そうはいっても、ひどいことを言ったのは自分だから、叩いたルーシーを責めるつもりはなかった。この結婚芝居のせいで、ドレイクは予想もしていなかった世界に入りこむはめになった。わざとルーシーの足もとをすくうことで、自分のバランスを取り戻していたのだ。

ドレイクは部屋着のポケットから小さな瓶を取り出してコルク栓を抜いた。ベッドに忍び寄り、毛布の下に手を差し入れて酒瓶の中身をあける。あとは彼女がこの計略に乗ってくれることを祈るだけだ。

そのとき、ドレイクの手がルーシーの体をかすめた。

ルーシーが上がけをはねのけて起き上がり、耳をつんざくような叫び声をあげた。ドレイクは瓶を放《ほう》り、ルーシーに叩かれる前になんとかその手をつかんで止めた。

「暴力を振るわれるのはひと晩に一度で充分だよ、奥さん」

「わたしを死ぬほど驚かすからよ。何をしているの？　きく必要もないかしら？」

ドレイクはルーシーの手を放した。荒れ狂う衝動をこらえていたため、彼は震えていた。ルーシーの髪の香りと、寝起きの女性の体が発する刺激的な麝《じゃ》香《こう》の香りがする。ドレイクは生まれて初めて抑えきれないほど強い衝動に圧倒された。それは彼をとんでもなく怯《おび》えさせた。

「ぼくはきみの体からいかがわしい喜びを得たいなんて思っていない」ドレイクは嘘がばれませんようにと思いながら言った。

「いやだわ！　シーツとわたしの寝巻きに何をかけたの？」

「声を落として」ドレイクはぴしゃりと言った。

「豚の血を少しかけただけだ。ぼくがきみの純潔を奪ったと使用人たちに思わせるためだ」

「まあ。そんなこと、考えてもいなかったわ」

ドレイクは瓶を拾い上げてポケットにしまった。

「細部に気を配ることが大切なんだ」自制心をぎりぎりで保ち、ベッドからあとずさる。

「前もって話してくれてもよかったのに」ルーシーは上がけを自分の体にたぐり寄せた。

「きみの怒りを買って、また叩かれたくはなかったんだよ」息が荒いのは怒っているせいだとルーシーが思ってくれますように。

「わたしを驚かせるようなことが、今夜まだほかにあるのかしら、子爵さま？」

「いや」ドレイクはそれ以上しゃべる自信がなかった。

「それなら、もう出ていってくださる？」

「喜んで」彼は大股でルーシーの寝室を出た。

廊下に出たドレイクの耳に、配膳室からのくぐもった祝いの騒ぎが届いた。少なくとも、闇《やみ》に包まれたこの結婚から少しばかりの楽しみを得ている者もいるらしい。

ドレイクが自分の化粧室に戻ると、風呂の用意がされたままで、湯はとっくに冷めていた。階下のお祭り騒ぎに早く参加したくて、側仕《そばづか》えが湯を落とさなかったのだろう。ドレイクは部屋着を脱ぎ捨て、狭い湯船に入った。そして、ぬるすぎる湯にしゃがんだときは、ほてった体から水蒸気が立つのではないかと思った。

ぼくはいったい何に足を突っこんでしまったのだろう？

4

ルーシーは朝食を持ってきてくれた従僕に弱々しくほほえんだ。結婚して以来、朝食の時間がこわくなっていたからだ。しつこい吐き気に悩まされるのはいつも午前中だった。

料理のたっぷりのった皿に目をやる。卵、ベーコン、ホットケーキ、燻製鰊《くんせいにしん》、子牛の腎臓《じんぞう》を焼いたもの。畑仕事をする大人の男性の食事かと思う量だ。ルーシーは吐き気がする前に皿の料理から目をそらした。何もつけないトーストと薄い紅茶の質素な食事がしたいのだが、シルヴァーソーン卿《きょう》の料理人に頼む勇気はなかった。彼のいとこのせいで、キッチンの使用人たちはすでに忙しく立ち働くはめになっていたのだから。

「気分が悪いのではないでしょうね？」朝食をもてあそぶルーシーを見て、レディ・フィリパが言った。

「そんなことはないわ」ルーシーはフォークですくった卵を子牛の腎臓料理の下に押しやった。「ミセス・メイバリーのお料理は、わたしには多すぎるみたい」

「わかるわ」フィリパは笑った。ワイングラスをスプーンで叩《たた》いて粉々にしてしまいそうな甲高い笑い声だ。「ドレイクの料理人は、みんなを太らせるのが使命だと思っているのよ」いとこにからかいの表情を向ける。「でも、彼を太らせることはできないでしょうね」

ドレイクは嘲《あざけ》るようにうなり、料理を次から次へとほおばった。彼を見ているだけでルーシーの胃がせり上がってきた。

彼女は皿を押しやり、なんとかほほえもうとした。

「ロンドンの生活に慣れたあなたには、ここの料理と社交界はとてもさえないものに映っているんでしょうね、フィリパ？」

テーブルの向こう側からドレイクが顔をしかめたのがルーシーの目に入った。彼のいとこにシルヴァーソーンを立ち去るようほのめかしたことを怒っているのだろう。おあいにくさま。あなたがプロポーズしたとき、新婚生活はレディ・フィリパ・ストリックランドも一緒だと話してくれていたら、決してイエスとは答えなかったわ。

「ここの社交界に不満はなくてよ、ルーシー」フィリパはいつもの恩着せがましい口調で言った。どうやらあからさまなほのめかしには気づいてもらえなかったようだ。「でも、ロンドンが懐かしくてたまらないのはたしかね。秋のロンドンは楽しい行事が目白押しなんですもの」

ドレイクのしかめっ面が完全なる仏頂面に変わっ

た。明らかに彼はレディ・フィリパのような親しい親戚《しんせき》が南のロンドンに発《た》ってしまうという考えが気に入らないようだ。

この数週間、ルーシーは一度ならずこの話題を出したのだが、フィリパの答えはいつも同じだった。

「家に戻る話をしたのだけれど、ドレイクは聞き入れてくれないの。あなたにはまだわたしが必要だと言うのよ。あなたをりっぱな子爵夫人にするのに、わたしの手助けをあてにしているのね。彼をがっかりさせるわけにはいかないわ。クラレンスが亡くなってから、ずいぶんよくしてもらったのですもの」

ルーシーの心の奥底で怒りの火がくすぶりはじめた。貴族の儀礼やレディとしての正しい立ち居ふるまいを常に説教されるのはもううんざりだ。ドレイクが考え、フィリパが伝授する子爵夫人としての儀礼や立ち居ふるまいとは、ほとんど何もしないでいることなのだ。少なくとも、楽しいことや刺激的なこと、ためになることは何ひとつできない。乗馬はおてんば娘のすること。読書は〝文学かぶれ〟の女性のすること。田舎道を歩きまわるなどまったくもって問題外らしい。高圧的な兄から逃れるためにジェレミーが軍隊に入ったのもうなずける。

朝食室が期待のこもったぎこちない沈黙に包まれていることに、ルーシーははっとした。ドレイクとフィリパが彼女を見つめ、返事を待っている。何かきかれたらしいが、何をきかれたのかまったくわからない。

「あなたもそう思うでしょう?」フィリパが促した。

賛成の返事を期待されているのなら、それはルーシーが反対したくなることにちがいない。けれど、彼らのやり方に歩み寄る努力はしなければ。生まれてくる赤ちゃんのために。そもそもドレイクと結婚したのは赤ちゃんのためなのだから。

「もちろん、そう思うわ」本心からの言葉のように言ってはみたものの、何についての本心なのかは彼女自身にもわからなかった。

フィリパの薄い唇がゆがみ、引きつった笑みになった。「ほらね、ドレイク。ルーシーもわたしと同じくらいロンドンに行きたくてたまらないのよ」

ルーシーは心の中で自分に悪態をついた。話を聞いていなかったのだとは、今さら言えなかった。

「あなたは大歓迎されるわよ」フィリパが大げさに言う。「みんな、新しいレディ・シルヴァーソーンに会いたくてたまらないはずですもの」

それこそがルーシーの恐れていることだった。社交界からどんな歓迎を受けるか、よくわかっていた。屋外市のかわいそうな見せ物のように扱われるのだ。子爵夫人の仮面をつけた牧師の娘。彼らは禿鷲《はげわし》の群れよろしく、少しでも失敗すれば食いちぎってやろうと虎視眈々《こしたんたん》とルーシーを見つめるのだ。

ドレイクがいきなり席を立ち、ナプキンを投げつけた。「この話は前にしただろう」彼は冷たい口調で言い、ルーシーをにらみつけた。「事業のことで緊急に対処しなければならないことがある。少し前にハイ・ヘッドの鉱山を買ったが、そこは長年損失を出し続けていて、最近は危険な状態だという噂《うわさ》を耳にした。問題の原因を突き止め、解決――」

「残念だけど、ネヴィルの言うとおりだったみたいね、ドレイク」フィリパが口をはさむ。「あなたは〝高い身分に伴う義務《ノブレス・オブリージュ》〟をまじめにとらえすぎよ。地面に開けられた大きな穴のほうが自分の妻より大事だと言うの？」

「もういい！」しゃべっていたのはフィリパなのに、ドレイクは嫌悪の冷たいまなざしをルーシーに向けて言った。「仕事をしなければならないので、失礼するよ。今夜は夕食までに戻らないかもしれない」

ルーシーは必死にこらえたが、それでも涙があふれてきた。この何週間か、夫の厳しい非難に耐えてきたが、フィリパの絶え間のないあら探しやつわりもあいまって、これ以上耐えられなかった。泣いている彼女を見ても、夫の険しい表情はやわらがなかった。冷淡な軽蔑《けいべつ》の表情を浮かべ、ドレイクは朝食室から大股で出ていった。

「かわいそうなルーシー」フィリパがルーシーの手を握った。

つかの間、ドレイクのいとこに怒りを向けたことをルーシーは後悔した。恩着せがましい態度でうるさく小言を言うけれど、少なくともフィリパはルーシーの気持ちをくもうとしてくれる。

「わたしがドレイクと話してくるわ」フィリパはドレイクを追って出て行った。

ドレイクはまだそう遠くまで行っていなかったので、フィリパはすぐに追いついた。

「ドレイク・ストリックランド、さっきのはあんまりよ。ロンドンには連れていかないと言われて、彼女がどれほど落ちこんだかわからなかった?」

癇癪《かんしゃく》をこらえようとしたドレイクは、無意識のうちに歯ぎしりをしていた。こんな状況には耐えられない。ほかの夫は妻からうるさく小言を言われるが、ぼくの妻は小言の専門家に代わりをさせている。

「ルーシーとぼくはシルヴァーソーンから出ない。家に帰りたいのなら、どうぞそうしてくれたまえ、フィリパ」家というのは、ロンドンのぼくの屋敷だがね、とドレイクは思った。いとこのクラレンスが亡くなったあと、彼は屋敷をフィリパに使わせてやっているのだ。

フィリパがため息をついた。「ロンドンには戻りたいけれど、自分の義務くらいわかっているつもりよ。ルーシーはわたしをとても慕っているの。子爵夫人という身分になったばかりだから、わたしの助言がないとだめなのよ。彼女を見捨てるなんてできないわ。でも、あなた方夫婦が一緒に来ることにすれば、問題は解決するの。だからこの話を持ち出したのよ。ルーシーは一度もロンドンに行ったことがなくて、とても行きたがっているわ」

「ぼくの心はもう決まっている」

フィリパは朝食室を振り返って悲しそうに頭を振り、ドレイクに非難の目を向けた。彼は無視することにしたが、冷ややかな落ち着きの下でははらわたが煮えくり返っていた。結婚生活に不満があるのなら、腹心の話し相手《コンパニオン》であるフィリパをぼくにけしかけたりせず、ルーシー自身が直接言えばいいじゃないか。

玄関広間まで来たドレイクは、安堵《あんど》と憤りがないまぜになった気分だった。今日一日は逃げられると いう安堵。自分の屋敷から逃亡せざるをえなくした妻とその仲間に対する憤り。

「ちょっとよろしいでしょうか?」

ドレイクがはっと振り向くと、ぱりっと糊《のり》のきいたエプロンと帽子をつけ、灰色の髪をきっちりまとめたこざっぱりした姿の料理人がいた。小柄で、味見をしてきたせいでふっくらした体型の彼女は、ドレイクの人生の中で、唯一母親のような存在だった。ドレイクは思わずほほえんでいた。

「なんだい、ミセス・メイバリー?」

料理人は顔を赤く染め、視線をドレイクの膝に向けている。「新しい料理人を探しはじめていただけたらと思いまして」

ドレイクは自分の耳が信じられなかった。「まさか辞めるつもりじゃないだろうね、ミセス・メイバリー」

料理人はもじもじした。「実は、新しい料理人が見つかりしだい、わたしは辞めさせていただこうと思っているんです」

「あなたの代わりが務まる料理人なんて見つかるわけがないよ、ミセス・メイバリー。思い出せるかぎり昔から、あなたはシルヴァーソーンの中心的存在だった。子どものころ、裏の階段からこっそり下りてきて、寝る前のおやつにシードケーキや生姜《しょうが》入りクッキーを食べたことが何度あったか」

ふっくらした体つきのミセス・メイバリーの顔が、懐かしい思い出にぱっと明るくなった。「あのころのあなたはひょろひょろしたお子さんでしたね、ドレイクさま。あなたを見たらだれだって、太らせてあげたくなるんです。今だってもう少し太られたほうがいいですよ」

「だったら、ぼくを……ぼくたちを見捨てないでくれるよね」複数形で言うことになかなか慣れなかった。どんなに努力しても、ドレイクは自分が夫婦の片割れだとはどうしても思えないのだった。

ミセス・メイバリーは首を横に振った。「わたしももう年です。あなたからいただく気前のよいお給料のおかげで退職してもやっていけるだけの蓄えができました。奥さまのためにきちんと仕事のできる新顔がシルヴァーソーンには必要なんですよ」

ドレイクは不意に合点がいった。「妻があなたを困らせているのか、ミセス・メイバリー？　だから辞めると言い出したのかい？」

「とんでもありません。奥さまはすてきな方です」

「でも……？」ドレイクが促す。その言葉が続くと感じたのだ。牧師の娘はシルヴァーソーンの女主人としてどんな態度をとっているのだろう？

料理人は面倒を避けたい気持ちと、ずっと抱いてきた不満を口にしたい欲求のあいだで揺れているようだった。「奥さまはただ、わたしの料理がお気に召さないようなんです。お皿はほとんど手のつけられていない状態で下げられてきます」

ドレイクは妻の食欲がない理由を説明しようと口を開き、そして閉じた。彼女が結婚初夜に身ごもったとしたら、兆候が出るにはまだ早いだろうか？

「妻に話してみるよ、ミセス・メイバリー。妻はわざとあなたを傷つけるつもりはなかったと思う。頼むから辞めないでくれ。仕事がつらくなってきたと感じるのなら、キッチンで働くメイドをどっさり雇うから」

「レディ・フィリパとレジナルド坊っちゃまのこともあるんです。いつだって特別な料理を作れとか部屋に料理を運んでこいとかおっしゃるんです。わたしの作るものを坊っちゃまが召し上がらないと文句も言われます。でも、わたしが焼いたばかりのジャム・パンを坊っちゃまが食料貯蔵室から盗んでいるところを見つけました。ちゃんとした食事をしてくれたらいいんですけれどね。坊っちゃまはあれ以上太る必要はありませんから」

「彼らはもうそれほど長くここにはとどまらないよ、ミセス・メイバリー」どうにかして今週末までにはここを出ていってもらおう。仲間がいなければやっていけないのなら、妻も彼らと一緒にロンドンに行けばいい。せいせいするさ。

「辞めずにすむのなら、辞めたくはないですわ」

「じゃあ、問題は解決だね。だれかがあなたを困った目に遭わせたら、好きなように対処すればいいよ。レディ・フィリパには、部屋に料理は運べないと言えばいい。レジーを食料貯蔵室で見つけたら、ひっぱたいてやればいい。ぼくがあなたを援護する」ドレイクは、ミセス・メイバリーがフィリパをひどく怒らせ、シルヴァーソーンを大急ぎで出ていくようにしむけてくれることを願った。

玄関広間の時計が九時を告げた。ドレイクはミセス・メイバリーに会釈した。

「出かけなければならないので、失礼するよ。今の話を教えてくれてありがとう」

「あの人ったら!」フィリパは朝食室に戻り、くすくすと笑った。「気にしちゃだめよ、ルーシー。あなたが何を考えているかわかるけれど、それは勘違いよ。あなたのことを恥じているせいで、ドレイクがロンドンに連れていかないのではないわよ。生まれが高貴でなかろうと、礼儀作法があか抜けていなかろうと、それがどうだっていうの？　そんな欠点など、あなたの美しさとやさしい気性が補ってあまりあるのよ」

　わたしを恥じている？　ルーシーは冷ややかな仮面の下で血の気が引いていくのを感じた。この何週間か、わたしはレディ・フィリパの助言に従い、子爵というドレイクの身分にふさわしい妻になろうと努力してきた。赤ちゃんのためにも、ドレイクに対してそれくらいの義務はあると思ったからだ。でも、彼は励ましの言葉をかけてくれた？　わたしの努力に気づき、ほめてくれた？

　いいえ、まったく。わたしが一所懸命努力すればするほど、ドレイクは態度を硬化させていったわ。あげくの果てに、彼がわたしを恥じていると聞かされるなんて。今この瞬間にドレイクが朝食室に戻ってきたら、首を絞めてやるわ！

　このままだと夫の代わりにフィリパの首を絞めてしまいそうだった。「失礼するわ、フィリパ」ルーシーは椅子を押しやって立ち上がった。「今すぐ新鮮な空気を吸いたいの。散歩でもしてくるわ」

「村人を訪ねるんじゃないでしょうね」フィリパが注意した。「あなたが今の身分よりうんと低い庶民とつき合っていると知ったら、ドレイクはどう思うかしら？」

　新しい身分にまつわる制限のあれこれの中でも、これがいちばんルーシーにはつらかった。ミセス・サワビーの家に寄っておしゃべりしたり、牧師館でお茶を飲んだりしたかった。日曜日の朝の礼拝をのぞき、結婚してから父親にもほとんど会っていない。

もちろんルーシーは父をシルヴァーソーンに招いたのだが、ふたりともフィリパにとても居心地の悪い思いをさせられたのだった。最近では、父はさまざまな口実をもうけてルーシーの誘いを断るようになっていた。

「ニコルスウェイトに行くつもりはないわ」ルーシーは精いっぱい丁寧な口調を保った。「庭を散歩して、楡《にれ》の木の下で休もうと思っていただけよ」

フィリパは窓のほうを横目で見た。「たしかにお天気はいつになくいいものね。わたしも一緒に庭を散歩しようかしら……」

その先はルーシーの耳に届かなかった。フィリパが話し終える前に朝食室を出ていたからだ。

寝室に戻ってショールを取ってきたルーシーは、わざと遠まわりした。東棟の廊下に来ると、十六歳のときのジェレミー・ストリックランドの肖像画の下で足を止めた。肖像画の彼にはすでに男性美の片鱗《へんりん》がうかがえる。画家は人を惹《ひ》きつけるジェレミーの目のきらめきをうまくとらえていた。

ルーシーはジェレミーが学校の休みで帰郷する日を首を長くして待ち、毎日曜日に教会でうっとりと彼を見つめ、彼の姿をひと目見られないかと領地の周辺をうろついたものだ。何年も何年も。

望みを捨ててずいぶんたったある日、奇跡が起こったのだった。ジェレミーが帰郷していることすら、ルーシーは知らずにいた。野花を摘んで急いで牧師館に戻ろうとしていたとき、湖畔の木の生い茂った道でジェレミーとぶつかった。彼はルーシーを名前で呼び、初めて彼女をしっかりと見た。

「ここにいらしたんですか、奥さま」メイドの声がルーシーのほろ苦い白日夢を破った。「レディ・フィリパが奥さまをお捜しでしたよ」

ルーシーは唇に指をあてた。「あなたはわたしの姿をまったく見なかったのよ、メアリ。わかる？」

メアリは心得顔で両の眉を上げた。「おかしいわね。奥さまを見かけたと思ったのだけど。見まちがいだったのかしら」彼女はジェレミーの肖像画を見上げた。「ジェレミーさまのことはとても残念ですわ。陽気なあの方がいらっしゃらなくなって、みんなとても寂しい思いをしています」

目がちくちくして泣いてしまいそうになったルーシーは、ひと言も言わずに立ち去った。ジェレミーが威圧的な兄の横暴さになぜいらだったのか、今ならわかる。無情な暴君に立ち向かわなければ。それも今すぐ。そうしなければ、わたしと赤ん坊は束縛のない幸福を一瞬たりとも得られないだろう。

5

ハイ・ヘッドの炭鉱に来て三十分もしないうちに、ドレイクはうさんくさい雰囲気に気づいた。鉱夫たちは彼の質問に対してこそこそしたり、はぐらかしたりした。癪《しゃく》にさわるほどへりくだりながらも、新しい所有者のドレイクを明らかに信用していない。だが、うさんくささの原因は彼らではなかった。

ジェイナス・クルックという名の愛想のよい炭鉱監督だけが、ドレイクの質問にわずかなりとも答えようとする態度を見せた。

「この炭鉱は本当に利益の上がる事業になりますよ、子爵さま。いい鉱脈を掘りあてましたから」

ドレイクは片眉を上げた。「前の所有者も同じことを言っていたよ、ミスター・クルック。だが、ぼくが調べたところ、ハイ・ヘッドはここ何年か損失を出し続けているらしいじゃないか。きみはそれをどう説明するんだ?」

炭鉱監督の突き出した耳がまっ赤になった。「前の所有者も子爵さまと同様に高貴な方で、わたしはそんな方を批判する立場にはないのですが……」

「無駄口はけっこう」ドレイクはいらだちを隠そうともしなかった。炭鉱監督が何をほのめかしているのかわかっていたからだ。資本を調達しようとして、何ひとつ知らない投機事業に手を出し、負債を抱えた貴族。社会的に自分より地位が低いからといってジェイナス・クルックのような頭の切れる若者の助言を傲慢《ごうまん》にも拒否する貴族。ドレイクはそんな尊大な愚か者に同情する気も起こらなかった。彼が残念に思っているのは、地元の人間が被った損害だ。

「ぼくは前任者よりしっかり事業を把握する。すぐにわかるだろう、ミスター・クルック。無駄や腐敗に目をつぶったりはしない。忠誠とまじめな労働を要求するが、それに見合っただけのものは払う」

炭鉱監督は新しい雇い主に忍耐強い笑みを浮かべながら、頭を振った。「気高い目標ですが、あいつら田舎者に気配りなんて必要ありませんよ」彼は事務所の窓のほうに顎をしゃくった。外には鉱夫たちが集まってきていた。「顔を見たくもないほど無能でぶっきらぼうな連中です。彼らは前の所有者たちから金を巻き上げたんです。あいつら全員を首にして、新しい鉱夫に入れ替えたほうがいいですよ」

ドレイクは自分の耳が信じられない思いだった。

「彼らに行くところはあるのか?」

「子爵さまが心配なさることじゃありませんよ、そうでしょう? リーズでもシェフィールドでも、どこへでも行けばいいんです。あいつらがあなたの事業をだめにしなければそれで」

ドレイクはぐっと背筋を伸ばした。「きみの助言には感謝するが、ウエストモーランドの人たちに地元にいてもらうのがぼくの方針だ。適正な賃金を払い、敬意をもって接すれば、成功を求める旅において相手はこちらの味方になってくれる。もうひとつ、ぼくは安全面でも妥協しない。ハイ・ヘッドの状態は危険だという噂《うわさ》を聞いたが」

炭鉱監督は心底驚いた顔をした。「そんな悪意に満ちた噂をだれが広めているのか、見当もつきません、子爵さま。ハイ・ヘッド炭鉱はイギリスのほかの炭鉱と同じくらい安全です」

あまり自慢にはならないな、とドレイクは思った。ウェールズの炭鉱の身の毛もよだつような悲惨な状態を耳にしたことがあるのだ。「いずれにしても、ぼくは自分の目で確かめたい」

「お望みのままに。わたしがご案内しましょう」

驚いたことに、炭鉱の操業にはほとんどなんの問題もなかった。設備の中には最高の状態でないものもあったが、視察を終えたドレイクはかなり満足していた。

帳簿をざっと調べたあと、週の後半にもっと念入りに調べに来ると約束し、ドレイクは午後遅くに炭鉱を去った。ハイ・ヘッド炭鉱をもっと利益を生むものにする計画をあれこれ考えながら、ニコルスウエイトに戻った。夕食は屋敷でとらないつもりだったのを思い出した彼は、イーストミアーのはずれにある小さな宿屋で食事をすることにした。

夕食をとりながら、ドレイクはルーシー・ラシュトンと結婚したことは間違いだったと考えていた。使用人たちを疎んじ、憎らしいフィリパにしがみつき、なんとかしてロンドンに遊びに行こうとしているルーシーは、かつてドレイクが信じていたようなやさしくて甘やかされていない女性ではなくなってしまった。ひょっとしたら彼女は昔からこうだったのかもしれない。ドレイクは嫌悪で身を震わせ、エールをもう一杯頼んだ。

ルーシーは寝室の窓辺に座ってぼんやりと髪をとかしながら、夫が戻ってくる気配はないかと明かりの灯《とも》る車まわしを見つめていた。一日じゅう考えた末、ようやく決心がついた。ロンドンへ行こう。その場しのぎのようでいやだけれど、レディ・フィリパをシルヴァーソーンから追い払うためには必要なことだ。

ハイ・ヘッドからの彼の戻りを待っているのは拷問に等しくなってきた。ブラシをかけすぎて頭皮がすりむけてしまったのではないかと思ったちょうどそのとき、車まわしをやってくる姿勢のよい長身の人影がちらりと見えた。ドレイクがルーシーの窓の下を通ったとき、玄関のランプの明かりで彼が口をいかめしく結んでいるのが見えた。なぜか疲れ果てているようにも見えた。それに、悲しそうにも。二、三週間ロンドンで気晴らしをすれば彼も元気になるかもしれない。

ルーシーはわずかに開けた寝室のドアの内側でドレイクのきびきびした足音が聞こえないかと耳をすましながら、頭の中で話す内容を復習した。ついに彼の足音が聞こえたときには、ルーシーの神経は緊張でぴりぴりしていた。

「ドレイク……」ルーシーはドアを大きく開けて夫の進路を妨げた。「やっと帰ってきてくれてうれしいわ。お話があるの」

ドレイクは無言のまま蔑《さげす》むような目つきでルーシーを見た。寝る前の身ごしらえで忘れたものがあったのかしら、と彼女はいぶかった。

「あの……その……入らない？」

ルーシーが部屋の中に下がると、ドレイクが戸口をまたいだところで止まった。彼はドアを閉めたが、閉めきりはしなかった。

「これはきみの寝室への正式な招待なのかな、奥さん？」冷ややかな口調だ。「思いがけない栄誉を授かって、ぼくはお返しに何をすればいい？」

ドレイクの口調は冷たい一陣の風のようにルーシーを苦しませた。一度でいいから彼を守勢にまわらせたい。「このほうがいいと思ったのよ。たったひと晩で赤ちゃんが授かったことを、使用人たちがおかしいと思うかもしれないと考えたの」

「ぼくの弟はきみをたった一度で妊娠させた、ときみは言っていたぞ」

ルーシーは殴られたかのようにたじろいだ。

「ぼくに用とはそれだけだったのか？」

頭がまっ白になり、ルーシーは練習した内容を思い出せなかった。「ロンドン」いきなり切り出す。「ロンドンに行くのがわたしたちにとってよい結果を生むと思うの」

ドレイクの黒い瞳にぱっと敵意の炎が浮かんだ。「またロンドンの話か？」うなるように言う。「もう聞き飽きた。事業の差し迫った問題で、ぼくはここを離れられない。二度とロンドンの話はするな」

「じゃあ、本当だったのね。あなたは妻を上流階級の人たちに紹介するのが恥ずかしいんだわ」

ドレイクは嫌悪に口もとをゆがめた。「哀れみを買おうったってそうはいかないぞ。ぼくはそんな芝居に心を打たれたりしないからな」

ドレイクの言葉と態度は、ひと月ほどのあいだくすぶっていたルーシーの怒りをあおり、燃え上がらせた。「打たれるような心があなたにあるのかしら、ドレイク・ストリックランド」憤りを抑えようとして、ルーシーは震えた。「あなたがわたしのことを恥じていようと、気にしないわ。わたしはわたしで、変わるつもりはないもの。少なくともあなたのためにはね」

「ぼくがいつきみに変わってくれと頼んだ?」ルーシーの怒りの強さに反して、ドレイクは冷ややかで冷静になっていった。彼の声は恐ろしいほどおだやかで、言葉は短く的確だった。

目の前に立つドレイクは大理石の彫像のように冷たく無表情だった。ルーシーを怒り狂わせておきながら、自身は超然としてまったく動じずにいるドレイクを見て、彼女はもうがまんできなくなった。

「あなたはわざわざ頼む必要なんてなかったわ」息切れした耳障りな声になった。「ほかの人を使って命令したじゃない。あなたがわたしをどんな妻にしたいと思っているか、よくわかっているわ」

「わかっていながら、ぼくに気に入られるよう、何も努力しなかったじゃないか」不機嫌、いやそれ以上のものがドレイクの尊大な表情にはっきりと刻まれていた。

「何も努力しなかったですって!」ルーシーは金切り声になっていた。「励ましてもらえず認めてももらえなくても、わたしは必死に努力したわ」

ドレイクは黒い眉をいらだたしそうに寄せ、胸のところで腕を組んだ。「ぼくが最近のきみのふるまいを励ますと思ったら大間違いだ」

あまりに怒りが激しくて、長年しみついた礼儀作法が吹き飛んだ。「あなたにはもううんざり。あなたにどう思われようと、わたしは平気よ」ルーシーは彼の目の前で指を鳴らして軽蔑《けいべつ》を示した。

ドレイクがさっとルーシーの手首をつかむと、痛みと怒りの涙が彼女の目に浮かんだ。「約束を忘れるな」きしるような声でささやいた。「夫にふさわしい敬意をもってぼくに接すると誓っただろう」

ドレイクにきつく手首をつかまれ、ルーシーは彼の中で激しい怒りが波打つのを感じた。彼は鼻孔をふくらませて荒い息をしている。わたしを膝にのせ、半殺しにするまで鞭《むち》打ちたいと思っているんだわ。

ルーシーは満足を感じた。強固な花崗岩《かこうがん》の要塞《ようさい》から戦場へと彼を引きずり出したのだ。

「一時はあなたの性格を誤解していたのかと思ったわ、シルヴァーソーン子爵」ルーシーは声が震えないよう必死だった。「でも、わたしが正しかったとわかったわ」

ドレイクはぞっとしたように、突然ルーシーの手をはねのけた。「ぼくのほうこそきみの本当の性格を理解していると思っていたさ」ドレイクは氷のように冷たい要塞にふたたびこもり、冷酷な口調で言った。「だが、ぼくは完全にだまされていたとわかったよ」

軽蔑に満ちた彼の言葉の裏に、心底幻滅したという響きがあるとルーシーは気づいた。この暴君の言葉がなぜ気になるのかしら？　少しも気にならないと自分自身に言い張ってみても、心の底ではドレイクに気に入られたいと思っていたのだ。彼から好意すら持ってもらえなかったら、この先の人生はどうなってしまうのかしら？　子どものためにどんな家庭を与えてやれるというの？　ルーシーは涙を見せてドレイクを満足させるのがいやで顔をそむけた。

「あなたは、あなたの支配を逃れようとしたジェレミーを死に追いやったのよ」ルーシーは肩越しに告発した。「今ここで言っておくわ。あなたがわたしやわたしの子どもを踏みつけにすることだけは決して許さないから」

鋭く息を吸いこむ音がルーシーの耳に届いた。彼女の攻撃が的を射たに違いない。だが、しばしの沈黙のあと口を開いたドレイクには、ルーシーの言葉に傷ついた様子はみじんもなかった。

「この楽しいおしゃべりを続けたいところだが」痛烈な皮肉でルーシーを嘲《あざけ》る。「今日は忙しい一日だったんだ。失礼してもう寝るとするよ」

声を出すことも彼と顔を合わせることも自信がな

かったルーシーは、無頓着《むとんじやく》なしぐさに見えるように手を振った。ドレイクが去っていく足音を身じろぎもせずに待つ。

「今度ぼくを寝室に招くときは、前もって予告してくれ」ドレイクはさりげなく捨てぜりふを投げつけた。「そうすれば鎧《よろい》をつけてこられるからね」

ルーシーは寝室のドアが静かにきっぱりと閉められる音を聞いた。ドレイクの足音が遠くに聞こえなくなると、彼女はベッドに身を投げ出した。そして、なんの罪もない枕《まくら》を何度も拳《こぶし》で叩《たた》いてずたずたにした。

6

ルーシーが落ち着きを取り戻し、寝る気になるまで数時間かかった。ベッドの中で何度も寝返りを打ちながら、ドレイクに投げつけてやればよかったと思うありとあらゆる痛烈な言葉を考えた。

ほとんど眠れなかったルーシーは、翌朝寝坊をした。反抗的な気分だった彼女は、牧師館から持ってきた古いドレスを身につけて階下に下りた。フィリパがなんと言おうと、今日はニコルスウェイトの友人を訪問するつもりだ。

ルーシーは執事に会釈した。「遅くなったから、正式な朝食はいらないとミセス・メイバリーに伝えてくれる？　紅茶とパンだけあればいいわ」

「本当にそれでよろしいのですか？　ちゃんとした朝食を用意するくらい、なんでも……」

「いいのよ、ミスター・タルボット。そうだわ、これからは、わたしの朝食は紅茶とパンだけでいいとミセス・メイバリーに言っておいてね」

執事がキッチンに向かうと、ルーシーは長く震える吐息をついた。ほら、そんなにむずかしくはなかったじゃないの。胃のむかつきも、すでにいつもより落ち着いていた。

静かな朝食室に入ったルーシーは、テーブルの上座に座っているドレイクの姿を見て驚いた。彼はルーシーを見ると冷ややかにうなずいた。ルーシーも同じようにした。

席についたルーシーは、ドレイクのフォークの動きが速くなったことに気づいた。どうやら、ルーシーがドレイクに早く朝食を終えて出ていってほしいと思っているのと同じくらい、彼のほうもルーシーから逃げたがっているようだ。

タルボットはいつになったら紅茶を持ってきてくれるのかしら、とルーシーがそわそわし出したとき、玄関が何やら騒々しくなった。ドレイクもそのくぐもった音を聞いたらしく、ドアのほうに顔を向けた。怒りと切迫した声の調子をのぞいて話の内容はまったくわからなかったが、やがて〝炭鉱〟と〝落盤〟という言葉がはっきりと聞こえてきた。ドレイクはフォークを放《ほう》り出して立ち上がり、朝食室から大股で出ていった。ルーシーもついていった。

玄関広間ではいつも冷静沈着な執事のタルボットが、ルーシーが見たこともないほど汚い身なりの男とどなり合っていた。

ドレイクが近づくと、見知らぬ男が前に出て彼の上着の襟をつかんだ。「ハイ・ヘッドで落盤があったんです！　鉱夫が全員閉じこめられています！」

ドレイクの反応は速かった。男の腕をつかんでドアの外に出ていったのだ。厩《うまや》に向かったのだろう。

いくらもしないうちに前庭に蹄《ひづめ》の音が響き、ドレイクと事故を報告に来た男性が馬を全力疾走させていった。

ルーシーも何か手助けをしたいと思った。すぐにあることを思いついたが、それは使用人たちに、とりわけ近寄りがたいミスター・タルボットといつも不満げに顔をしかめている料理人に指示を出すことを意味していた。最後の最後には、子爵夫人のとるべきふるまいのあれこれを破ったかどで、ドレイクからも厳しく説教されることになるかもしれない。

ルーシーはためらった。この一カ月、シルヴァーソーンでの毎日は耐えられないものだった。これ以上悪くする必要があるだろうか？　けれど、ハイ・ヘッドの人々に助けの手を差し伸べる手段と権威を持つ人間が自分のほかにいるだろうか？

ルーシーはごくりと唾《つば》をのみ、じっとりしたてのひらをスカートで拭《ぬぐ》うと、シルヴァーソーンの女主人として初めて指示らしい指示を出した。「ミスター・タルボット、頑丈な荷馬車とたくましい馬を用意するよう馬丁に伝えてちょうだい。軽装二輪馬車も用意するようにね。馬車の用意をするあいだに、みんなには差し入れの品々を集めてもらって」

「差し入れの品々ですか？」執事はまごついていた。

「わたしもハイ・ヘッドに行くつもりよ。毛布と包帯にする木綿が必要ね。もちろん食べ物も。それについては、わたしがミセス・メイバリーに話すわ。さあ、ミスター・タルボット、そこに突っ立っていないで。仕事は山ほどあるのよ」

続く一時間、優雅なシルヴァーソーンの廊下には、いつもの落ち着いた歩調よりもはるかに速い足音が響き渡った。ルーシーは玄関広間で指示を出しながら、手袋とボンネットと分厚いショールを手早く身につけた。荷馬車がすぐに用意され、集められた食べ物や差し入れの品が積みこまれた。

「あとひとつ、ミスター・タルボット」ルーシーは爪先立ちになって彼に耳打ちした。

執事の顔がまっ青になった。「で、ですが奥さま」彼は唾を飛ばして言った。「あれは子爵さまの最後のフランス産ブランデーです。ナポレオンが大陸を締めつけているかぎり、あれほどのブランデーをいつ手に入れられるかわからないのですよ」

ルーシーは両手を腰にあてた。「わたしはウェリントン将軍を信頼しているわ。さあ、あのブランデーを取ってきてちょうだい。このことについては、わたしが全責任を負うわ」

タルボットは儀式の生《い》け贄《にえ》に子どもを差し出せと言われたかのように、とぼとぼとその場を離れた。ルーシーは荷馬車に注意を戻した。

軽装二輪馬車から降りるようにルーシーから言われた御者は、困惑の表情を浮かべた。「だれがこの馬車を駆るのですか?」

「もちろん、わたしよ」ルーシーは精いっぱい自信ありげなふりをした。「馬の扱いはうまいの」

「いけません、奥さま」小さな木箱を大事そうに抱えたミスター・タルボットが戻ってきた。「レディがひとりで馬車を駆るような場所ではありません。子爵さまもきっと賛成なさらないでしょう」

ルーシーもそう思ったが、だからといってやめるつもりはなかった。彼女の助けを必要としている人たちがいるのだ。ここ何週間かで初めて、ルーシーは強さと自信と活力を感じていた。「あなたもご存じのとおり、相談するにも子爵さまはここにいらっしゃらないのよ」

執事はまた唾を飛ばして話しはじめた。ルーシーは彼の手からブランデーの木箱を取り、軽装二輪馬車の御者席の下に押しこんだ。「安心して。わたしひとりでハイ・ヘッドまで行くつもりはないから」

執事は見るからに安堵《あんど》したようだ。
「牧師館に寄って父に一緒に行ってもらうつもりよ」ルーシーは手を借りて御者席に上ると、鹿毛《かげ》の去勢馬の尻を手綱で打ち、出発した。

ルーシーと父親がハイ・ヘッドに着いたのは、午後も遅くなってからだった。このあたりは標高が高いため、風はメイズウォーター周辺の谷間よりも冷たく感じられた。風は黒い雲を運びこみ、大きな雨粒が落ちはじめていた。

坑道の入り口から少し離れたところに人々が集まっていた。急斜面に掘られた縦坑は、今は崩れ落ちてきた土砂でふさがれている。少年が手押し車を押し、救出作業の人たちが掘り出した土砂を捨ててはまた戻るという動きを忙しくくり返しているのが見えた。作業に取りかかるのが早かったようで、掘り進んでいる人たちの姿はトンネルの奥にのまれて見えなかった。

「すみません」ルーシーは群衆の外側にいた男性に声をかけた。彼が救出作業に加わっていない理由は明らかだった。シャツに包まれた片腕の肘から先がないのだ。「食べ物と差し入れを持ってきたの。避難所に使えそうな場所はあるかしら？」

「炭鉱監督の事務所があるが、監督はみんなが事務所に押しかけるのをいやがると思うな」

「監督はどこ？　わたしから頼んでみるわ」

人込みの中にいた老人がかっかっと笑った。「ゆうべからミスター・クルックの姿は見ていないな。おおかた、どことも知れない場所にとんずらしたんだろうよ。新しい所有者にうろつかれるのをいやがっていたからね。それでも、監督の許可なしに事務所を使わないほうがいいと思うよ、娘っこ」

「〝娘っこ〟はレディ・シルヴァーソーンだ」差し入れ用の荷馬車の御者がどなった。「彼女のご主人がこの炭鉱の所有者だ」

老人は片腕の男性と顔を見合わせ、肩をすくめた。

「あんたが新しい所有者の奥さんなら、どこへなりとも行けるでしょうな。わたしらが事務所まで案内して、避難所作りの手伝いをしましょうか？」

「お願いするわ。ありがとう」ドレイクが監督の事務所にいませんように、とルーシーは心の中で祈った。そんなことになったら、軽装二輪馬車から降りる間もなく屋敷に送り返されてしまうだろう。

事務所の建物は気味が悪いほど閑散としていた。五部屋の建物は事務所と監督の住居を兼ねていたが、今日は朝からずっとだれもいない様子だった。

「まず火をおこしてちょうだい」ルーシーは最初の指示を出した。「ここは炭鉱なのだから、燃料はたっぷりあるはずよ」

ルーシーの助手となったふたりは一瞬顔を見合わせたあと、彼女に笑みを向けた。「了解。火をおこす。荷馬車の荷を下ろす。馬の世話をする」

ルーシーは父に向き直った。「お父さまはみんなが集まっているところへ行き、家族や親戚《しんせき》が中に閉じこめられている人たちをここへ連れてきて」

「なんだって？　ああ、外にいる人たちかね」ラシュトン牧師は津波のように襲いかかる出来事に完全に混乱しているようだった。

「彼らがここに来てよいものかどうか迷うようだったら、新しい所有者が了解している、と言ってね」

「そうなのかね？」ラシュトン牧師はルーシーの顔をじっと見つめた。ひょっとしたら、父は見かけ以上に自分のまわりで起きていることをわかっているのかもしれない。

ルーシーは頭を高く掲げた。「わたしたちのしていることが彼の耳に入ったら、あと押ししてくれると信じているわ」わたしが音頭を取っていることをのぞいてね。

父がうなずくと、長い白髪が赤ら顔のまわりで大きく揺れた。「きっとそうだろう。労働者のことを彼ほど気にかける人はほかにいないからな」

続く数時間、ルーシーはほとんど顔も上げずに作業に没頭した。ようやくひと息ついて顔を上げたとき、部屋を見まわした彼女は誇りと満足を感じた。コーヒーや紅茶やスープの入った釜《かま》が暖炉の横棚に並んで湯気をたてている。閉じこめられた鉱夫の家族はいくつもの小さなグループに分かれ、静かな声で慰め合っていた。

作りたてのサンドイッチをのせたトレイを持って込み合った建物の中を進むうち、ルーシーはひとりきりで座っている若い女性に気づいた。痩《や》せた指でカップをぎゅっと包み、物憂げに窓の外を見つめている。ハイウエストのドレスを着ていても、おなかが大きくふくらんでいるのがはっきりとわかった。ルーシーは胸を痛めた。

女性の隣に座り、トレイを差し出す。「サンドイッチはいかが？　あまりおいしくないかもしれないけれど、栄養はあるのよ。あなたは体力をつけておかないとね」

女性は広い窓台にカップを置き、皿からサンドイッチを取ってかじった。

「わたしはミセス・ストリックランドよ。あなたをここに連れてきた牧師は、わたしの父なの。ご主人のよい知らせがすぐ入るといいわね」

女性はいぶかしげな顔でルーシーを見た。「アリス・リードビターです。夫は救出作業に加わっています。閉じこめられているのは息子なんですよ、ミセス・ストリックランド。かわいそうなあの子。どんなに恐ろしい思いをしていることか」ミセス・リードビターの下唇が震え出し、目に涙がこみ上げてきた。

「息子さんですって？　あなたはわたしと同じくら

いの年でしょう？　炭鉱で働く大きな息子さんがいるとは思えないわ」

「わたしは二十四歳で、息子のジョーディは八歳です。先月から働きはじめたばかりだったんです」

八歳の少年がこんなにも危険な重労働をしているなんて。ルーシーは自分の耳を疑いたくなった。南方の大きな工業都市では児童就労が行われていると聞いたことがあったけれど、ここペナイン山脈でもだなんて？

「わたしは息子を行かせたくなかったんです」ミセス・リードビターが手の甲で涙を拭った。「あの子は働くには幼すぎる、とジョンに言ったんです。でも夫は、ジョーディよりうんと小さいころに父親の農場で働きはじめたって。じきにもうひとり赤ん坊が生まれるもので、お金が必要だったんです。だから、ジョーディに働いてもらうしかなかった。そうしたら、こんなことが起こって。中の空気はどれくらいもつでしょう？　ガスがたまって爆発したら？わたし、自分を決して許すことができないでしょう、もし……もし……」

ルーシーはミセス・リードビターの手を安心させるように握った。

「ちょっといいですか？」

救助作業をしている人たちに差し入れを持っていかせたアンソニー・ブラウンが戻ったのだった。

「坑道の人たちは、おれを八つ裂きにせんばかりの勢いで食べ物に飛びつきましたよ。もっと届けてもらえないかときかれました」

「もちろん、届けましょう、アンソニー。でも、まずは現場の様子を聞かせて。ミセス・リードビターの息子さんが中にいるの。いつ助け出せるか知りたがっているわ」

アンソニーはアリス・リードビターに申し訳なさそうな顔をした。「おれにはわかりません。土を掘り出す作業をしている者も、あとどれくらいで鉱夫たちのところまで届くかわからないんです。でも、かなりの量の土砂が掘り出されていました。作業をしている者の中に知らない人間がひとり交じっていました。大柄な男で、必死で掘っていました」

「夫だわ」ルーシーが叫んだ。誇らしい声で言ったことにも気づいていなかった。

「ああ、それで納得しましたよ」アンソニーが言った。「ブランデーを一本渡したところ、ご主人はがぶ飲みしたあと〝このブランデーの使い道としてはこれまでで最高だな〟と言ったんです。またごくりとブランデーを飲み、サンドイッチを食べると、すぐさま掘り出し作業に戻りましたよ」

ルーシーはうなずいた。「あそこのテーブルにいる女性に食べ物をつめてもらって、アンソニー」ルーシーはミセス・リードビターに向き直った。「アンソニーの言ったことを聞いたでしょう？　わたしの夫が率先して掘り出し作業をしているのよ。彼はとても意志の強い人だから、きっとジョーディを救い出してくれるわ」

遠くから低い轟音《ごうおん》が聞こえてきて、アリス・リードビターの返事をかき消した。

だれかが叫んだ。「また岩盤すべりがあったんだわ！」

女性たちが心配して窓辺に駆け寄り、炭鉱監督の事務所は大混乱となった。ルーシーは椅子から立ち上がれなかった。ドレイクがあそこにいて、閉じこめられた鉱夫たちに向かって穴を掘っていた。今の岩盤すべりで彼も閉じこめられてしまったかもしれない。あるいは、落ちてきた岩の直撃を受けたかもしれない。ルーシーはぎくりとわれに返った。彼女とミセス・リードビターは互いに手をきつく握り合っていて、その関節は白くなっていた。

7

数分もしないうちに、けがを負った最初の救助作業者が間に合わせの救護所にやってきた。ルーシーはドレイクの身を案じて感覚が麻痺《まひ》するような恐怖を味わっていたが、しなければならないことに集中してその気持ちを追いやった。

「彼をこっちに運んで。ベッドに寝かせてちょうだい。あそこの寝椅子もこの部屋に持ってきて。包帯の入ったかごをだれか見なかった?」

最初の患者をじっくり見たルーシーは、彼が今朝シルヴァーソーンにやってきた男性であることに気づいた。あれは本当に今朝のことだったのだろうか? 少なくとも一週間はハイ・ヘッドにいるような気分だった。男の脚は膝から下が見るからに痛そうな角度に曲がって腫《は》れ上がっていた。幸いなことに、折れた骨は肉を突き破ってはいない。

ルーシーは迎えにやった医者が来ていないかとあたりを見まわした。折れた骨を自分で接ぐ自信はない。額の深い切り傷のほうは、清潔な布とお湯ですぐに手当てにかかった。

「うちの人は大丈夫でしょうか、ミセス・ストリックランド?」

ルーシーはミセス・リードビターを見た。彼女は心配そうな顔で、先ほどルーシーの手を握っていたのと同じくらいきつく男性の手を握っていた。

「これくらいですんで幸運だったわ、アリス。お医者さまがいらしたら、ご主人の骨を接いでもらいましょう」ルーシーは布とたらいを彼女に預けた。「ご主人の額の傷をきれいにして包帯を巻いてあげて。わたしはほかの人の手当てをしてくるわね」

ルーシーはジョン・リードビターにたずねたかったが、勇気が出なかった。ルーシーの一部は、何も知らずに不安なままでいることに耐えられないと叫んでいた。悪い知らせであっても知りたかった。けれど別の一部は、その悪い知らせがどれほどのものかと考えてしりごみした。

ドレイクの身に何か恐ろしいことが降りかかっていたら、わたしのせいだわ。亡くなったのがジェレミーではなくドレイクだったらよかったのに、と思ったりしたからよ。悲しみの極限にいたせいだとか、本心ではなかったと弁解しても無駄。わたしは意地悪で恩知らずだったわ。

「ミセス・ストリックランド、お医者さまがいらっしゃいました」ルーシーが自分を責めていると、アンソニー・ブラウンの声がした。

続く一時間、ルーシーは医師に相談したりけが人の手当てをしながらも、ドレイクのことが頭から離れなかった。彼は治療を受けに救護所にやってきていない。けがはなかったのかもしれない。それとも、治療を受ける意味がなくなってしまったの？　冷たい手で心臓をわしづかみされたように感じ、ルーシーは震えた。

患者の肩の傷を縫い合わせていた医師が、さっとルーシーの様子を確かめた。「ショック症状が出ているのかもしれない」父親のようなしぐさでルーシーの手を軽く叩《たた》く。「最悪のときはなんとか過ぎた。腰を下ろしてスープを飲んできてはどうかね？　いいにおいがしているよ」

食べ物の話が出たとたん、ルーシーのおなかがレディらしくない音をたてた。恥ずかしそうに医師にほほえむ。「先生のおっしゃるとおりにしたほうがよさそうですね」

隅の腰かけに座ったルーシーは、ラムのスープが入った温かいカップを両手で包みこみ、アリス・リードビターと同じように考えていた。ドレイクに何かあったら、決して自分を許せないと。ドレイクはたしかに尊大だし、わたしを嫌っているみたいだし、事業のことばかり考えているわ。けれど、約束を守る人だ。責任というものを真剣にとらえている人だ。他人行儀で感情を表さないけれど、彼なりに人々のことを気にかけているのかもしれない。

ドレイクは弟のジェレミーとは正反対だった。それがゆえに、ルーシーは彼を許せなかったのだ。今日までは。彼はルーシーの評判が傷つくのを防ぎ、赤ん坊に家名と将来を与えるというたいへんな便宜を図ってくれた。その彼にわたしはどう報いたの？癇癪《かんしゃく》と子どもじみた意地悪で報いたのよ。

神さまが物事を正すチャンスをもう一度くだされぱよいのだけれど。ルーシーはため息をついた。牧師の娘である彼女は、全能の神と取り引きをしようとすることのむなしさを知っていた。

ドレイクの安否をたずねる勇気を少しずつかき集めていたとき、ルーシーは周囲で交わされている会話の断片を耳にした。救助作業をしていた軽傷の男たちが暖炉のそばに集まって、スープとサンドイッチをむさぼりながらドレイクのブランデーをまわし飲みしていた。

「あんなすごい光景は初めて見たよ……」

「取りつかれたみたいに掘っていたな」

「だれだと言ってたっけな？」

「アンソニー・ブラウンの話だと、新しい所有者だそうだよ」

「アンソニーはおおかた酔っ払っていたんだろう」

そう言った男はブランデーをがぶ飲みした。

「ジョン・リードビターは、あの男がメイズウォーターから来たおえらいさんだと言っていたぞ」隣の男がブランデーの瓶に手を伸ばしながら言った。

「伯爵だかなんだかそんなものだと」

男たちが信じられるものかとばかり含み笑いをした。「シャベルを使ったり手押し車を押したりする伯爵なんて見たことないぞ。あの男がだれであれ、作業のやり方を心得ている、それはたしかだ」

「彼がまだ働いているのに、ここに座って暖まり、食事をしているのは申し訳ない気分だな」ほかの男たちは椅子の上できまり悪そうに身じろぎをし、貴重な名誉のバッジであるかのように自分たちの包帯をさすった。

ルーシーは安堵《あんど》のあまり、薄汚れてしわがれ声の男たちに飛びつきたい気分だったが、目を閉じて感謝の黙祷《もくとう》を捧《ささ》げるにとどめた。

ドレイクは唇をぎゅっと一文字に結び、シャベルを持ち上げるたびに喉にこみ上げてくる苦痛の叫びをこらえた。彼は傷を負うこともなく、おびただしい量の岩や土を掘り出していた。それまで以上に必死で。閉じこめられた鉱夫たちをなんとか救い出さなければ。あの岩盤すべりがなければ、もう少しのところまできていたのだ。顔にあたる暖かい空気をかすかに感じた。また岩盤すべりが起きないともかぎらない。新たな土石をどけなければならないというのに、半数が先ほどの岩盤すべりで作業を続けられないほどの大けがを負ってしまった。

背中の痛みがだんだんとひどくなり、今ではのたうちまわりたくなるほどになっていた。それに加え、頭がずきずきと痛んだ。ちらつく松明《たいまつ》の明かりの向こうに、彼を嘲《あざけ》っているジェイナス・クルックのずる賢い顔が見えるような気がする。

正直なところ、背中や頭と同じくらい自尊心が傷ついていた。がむしゃらに働いてきた何時間ものあいだに、周囲の会話をつなぎ合わせ、炭鉱監督からだまされたという結論に達したのだった。以前の所有者たちや鉱夫でさえ彼を疑ってはいなかったと知っても、たいした慰めにはならなかった。

口先だけの不誠実なあの男は、所有者と鉱夫たちの生来の偏見を利用し、互いに対する不信感をあおりながら、ハイ・ヘッド炭鉱からかなりの金を詐取していた。あの悪党なら、騒ぎに乗じて逃亡するためめに事故をわざと起こすくらい、やりかねないだろう。それを裏づける証拠のほんの断片でも見つけたら、最高刑を求刑してやる。ただし、ジェイナス・クルックが見つかればの話だが。

ドレイクは喉を鉄輪で締めつけられるような恐怖を感じていた。子どものころ、家庭教師が好んだ罰は彼を戸棚に閉じこめることだった。壁がゆっくりと迫ってきて、暗闇《くらやみ》に息を止められそうになる感覚がどれほど恐ろしいものか、ドレイクにはよくわかっていた。だからこそ、体が悲鳴をあげはじめてからもなお、作業を続けているのだった。中に閉じこめられた鉱夫たちに、ドレイクは責任を感じていた。それに、彼らがどれほど恐ろしい思いをしているか、よくわかっているからだ。

「スープかコーヒーはいかがです？」片腕の小柄な男がかごを手にやってきた。「あなたはどうです、ミスター・ストリックランド？」

ドレイクは頑《かたく》なに頭を振った。汗が眉からしたたったが、リズムを狂わせることになるので目を拭《ぬぐ》うことはしなかった。

「一緒に山を下りられたほうがいいかもしれませんよ」アンソニーは言った。「顔色が悪いです。もう何時間も作業をし続けでしょう。休憩なさらないと」

「みんなを助け出してからだ」ドレイクはうなるように言った。これだけしゃべるのもつらかった。

「そうですか。奥さまはみんなの世話をとてもよくしてくれていますよ。奥さまがいらっしゃらなかったら、みんなは今でも寒い外で待っていたことでしょう。ここにいる人たちの食べ物や、けがを負った男たちの治療のことは言うまでもなく」

返事をする元気は残っていなかったが、ドレイクは思いをルーシーにさまよわせた。少しずつ喉の締めつけが弱まっていく。彼女はここで何をしているんだ？　厳しく説教をしたのが効いたのだろうか？　ドレイクにはそうは思えなかった。ルーシーが茶色の目を反抗的にきらめかせ、決して変わらないと啖《たん》呵《か》を切ったのだ。

ひょっとしたら、彼女は変わっていないのかもしれない。

そう思ったとたん、わずかに残っていた息がもれた。ジェイナス・クルックがだれかに似ているとずっと思っていたのだが、やっとそれがだれだかわかった。フィリパだ。クルックが所有者と鉱夫を敵対させたように、フィリパもぼくとルーシーを敵対させたということはありうるだろうか？　シルヴァーソーンでのこの数週間のことを思い出せば出すほど、その思いは確信に近づいていった。

ばかにされることほどいやなことはない。フィリパにはちょっかいを出した報いを受けさせてやる。ドレイクはそう誓いながら、腹だちまぎれにシャベルを思いきり突き立てた。シャベルはこれまでのような抵抗を受けず、柄の中ほどまで土の中にめりこんだ。ドレイクがシャベルを引き抜くと、頬にふたたび生ぬるい空気を感じた。ついに突破したぞ、とうれしいニュースをあえぎ声で叫ぶ間もなく、土石の向こう側から甲高い声が聞こえた。

「暗いよう！」子どもの叫び声だった。「出たいよ！　押しつぶされる！　息ができないよ！」

その言葉はまさに、少年だったドレイクが、叫んでも無駄だとわかったあとも叫んだ言葉だった。彼はよろよろとあとずさり、土砂を積んだ手押し車の上にどさりと尻もちをついた。子どもの叫びを聞いて、作業をしていた者たちが活気づいた。彼らは中の鉱夫たちに励ましの声をかけながら、残りの土砂の掘り出しにがむしゃらに取りかかった。

ルーシーは隅の椅子で眠りこんでいたことに気づき、驚いた。目をこすり、伸びをする。体じゅうの筋肉が悲鳴をあげ、この二十四時間酷使されたことを訴えていた。

暖炉の火はおきになり、部屋にオレンジ色の薄明かりを投げかけていた。中年の女性がふたり、テーブルに突っ伏して眠っている。ほかの四人はまだ起きていて、窓辺に集まって何か知らせが来るのを待っている。救出作業でけがを負った男たちは、暖炉の前に陣取るのをやめて自分たちの家のベッドに戻っていった。ドレイクがずっと作業を続けていることに恥じ入って、ひとりかふたりは現場に戻ったかもしれない。

ドレイクが無傷で生きていることを思い出し、ルーシーはほっと息をついた。それから自分のばかさかげんに頭を振った。大理石のようなシルヴァーソーン卿《きょう》の安全を心配することなどなかったのに。彼は今この瞬間も、寒さも空腹も絶望も感じずに、蒸気機関車のごとき飽くなき力強さでシャベルを動かしているのではないだろうか。そして作業を終えたなら、勢いよく鉱山から下りてきて、子爵夫人にあるまじき行動だと言ってルーシーをきつく叱《しか》るのだろう。けれど、これからはもっと忍耐強く彼に接しよう、とルーシーは誓った。

窓辺にいた女性のひとりが静かに泣き出した。そろそろ朝の三時になろうとしているはずだ。午前三時はルーシーの大嫌いな時間だった。人間の精神力と活力がもっとも弱まる時間だから。災難はいつだって午前三時には最悪に思える。

ルーシーは共感の涙で目がちくちくした。けれど、今日という日が最終的にどんな日になろうと、隅でめそめそと泣くつもりはなかった。疲れた体を腰かけから持ち上げ、暖炉に火をおこしてやかんをかけ、眠っている人や静かに徹夜で祈っている人を邪魔しないよう、そっと歩いてけが人を見てまわる。

ルーシーの視線は窓に、そして救助作業を照らす、遠くで瞬く松明の明かりに吸い寄せられた。疲れた目がいたずらをしているのだろうか？　ルーシーは目をこすり、窓に近寄った。松明が丘を下に向かってひょこひょこと動いている。ルーシーの胃がぎゅっと縮まった。また岩盤すべりが起こったのではありませんように。

そのとき、じっとりした風に乗って興奮の叫びとしゃがれ声の喝采《かっさい》がかすかに聞こえた。

「アリス」高ぶる感情のせいで喉がつまるように感じながらささやいた。「みんなが下りてくるわ。よい知らせみたいよ！」

ミセス・リードビターはルーシーが言い終わるのも待たずに外に駆け出した。ルーシーはショールをつかみ、ほかの女性たちにも知らせたあと、アリスのあとを追った。事務所の正面ドアから出ると、中庭は歓喜の声をあげる人たちで大騒ぎになっていた。そのまん中に、男に肩車をされた、がっしりした体つきの少年がいた。アリス・リードビターがその男と少年に駆け寄り、少年を抱きとめるのをルーシーは見ていた。一日じゅうこらえていた涙がこのわずかな数分にどっと流れ、ミセス・リードビターの痩《や》せた肩は震えていた。

ルーシーは人垣の外側をまわって炭鉱へ続く道を進んだ。ほんの少し前にはずっしりと重かった足と心が不意に空気よりも軽く感じられる。ルーシーは飛ぶように小道を駆け上がりながら、鉱夫全員が無事救出されたことを確認するときだけ足を止めた。

「あなたですか、ミセス・ストリックランド？」

ルーシーは下山者の最後尾を来る、痩せてはいるが強靭《きょうじん》な男性に気づいた。「そうよ、アンソニー」片腕だけの彼の手をぎゅっと握った。「すばらしいわね？」

「はい。ほとんど奇跡ですよ。ご主人を捜していらっしゃるんですか？」

ルーシーはうなずいた。その瞬間まで、何が自分をここに来させたのかはっきりとわかってはいなかったのだ。

「よかった」アンソニー・ブラウンはすっかり困惑したようすで頭を振った。「ご主人はまだあそこにいらっしゃいます」そう言って坑道のほうに顎をしゃくった。「ただ座っているんです。ひと言も言わずに。鉱夫たちを救い出すために無理をしすぎたんじゃないでしょうか」

「でも、彼はみんなを助け出してくれたわ、アンソニー。ひとり残らず。無事で」ドレイクがなし遂げたことに対する尊敬と驚嘆の念が思わず声に出ていた。「主人のことはわたしに任せて、あなたはこのまま下りていって」

坑道の入り口に入ったルーシーは無意識のうちに身を震わせた。中の空気が暖かいことに気づいて驚く。遠ざかっていく松明の明かりは、土石に埋もれた通路をほとんど照らしてくれなかった。石が転がり落ちてきて、ルーシーはどきりとした。それから、すぐ近くで別の音が聞こえた。男性の荒くざらついた呼吸音だ。

音がしたほうへと手探りで進むと、ドレイクにつまずいた。興奮の余韻が残っていたルーシーは、ドレイクの首に両腕で抱きついた。

「あの人たち全員を救出するのに手を貸したあなたを誇りに思うわ」

疲れ果てたドレイクは何も答えず、抱きつかれるままになっていた。けれどルーシーが体を離そうとすると、がむしゃらに彼女を抱き寄せた。

「あの中には子どもたちもいたんだ」魂の奥底で荒れ狂う感情のせいで、ドレイクの声はかすれていた。

「小さな男の子たちが暗闇に閉じこめられていたんだよ」

ルーシーはドレイクが広い肩を激しく震わせてしゃくり上げるのを感じた。胸に強く頬を押しつけられて痛かったが、それと同じくらい、強い男性が泣くのを聞くのは心が痛んだ。ルーシーはドレイクを押しやったりせず、彼の頭をさらに抱き寄せた。

ドレイク・ストリックランドは冷たい大理石でできているわけではなく、傷つきやすい生身の人間だった。胸の痛みとともに、ルーシーはドレイクに対する奇妙な感情が生まれたことを悟った。彼女は頭を下げてドレイクの髪に頬をすり寄せた。ドレイクは汗と塵《ちり》と勇気のにおいがした。

8

「しいっ。もう何も心配いらないのよ」

ドレイクは暴れまわる感情を抑えようとした。なぜだかわからないが、ルーシーのやさしい腕の中で心が明るくおだやかになり、安心すら感じていた。ルーシーの声も感触も、やわらかくて温かく、ずっと昔から探し続けてきた安息の地のようだった。ドレイクはそう感じる一方、弱さを見せてしまったことで自己嫌悪に陥った。そして、その弱さを見た彼女に勝手ながら腹をたてた。

「きみにはわからない」ドレイクはルーシーの甘い抱擁から逃れたが、心はもっと深くその中に潜りこみたいと叫んでいた。「この炭鉱に子どもたちがいたのはぼくのせいなんだ。あの子たちが死んでいたら、ぼくは自分を許せなかっただろう」

「わたしの言うことを聞きなさい、ドレイク・ストリックランド」ルーシーはドレイクの腕を強くつかんだ。「あの子たちを炭鉱で働かせたのはあなたではないわ。子どもたちがいることをあなたが三十分前まで知らなかったことに賭《か》けてもいい」

ルーシーがなんらかの反応を待っているようだったので、ドレイクはうなずいた。それから、ルーシーには見えないことに気づき、知らなかった、とぶっきらぼうにつぶやいた。

「そうだと思ったわ」ドレイクを信頼した自分を誇りに思っているような口調だった。「あなたのおかげでリードビター家の男の子もほかの人たちも、全員無事だった。あなたならこんなことが二度と起こらないように、最善を尽くしてくれるわよね」

「もちろんだ」

「そういうことなら……」ルーシーはドレイクの腕をつかんでいた手をゆるめて下ろし、彼の手を握った。「あなたが自分を責めることはまったくないわ」ルーシーは彼の手をぐっと引いた。「よかったら、この地獄のような坑道が崩れてわたしたちを生き埋めにする前に出たいのだけれど」

「きみの言うとおりだ。ここは安全じゃないな」

手押し車から体を起こしたとき、脇腹《わきばら》に刺すような痛みを感じ、ドレイクは思わず叫んだ。

「どうしたの？　けがをしているのね？」ルーシーはドレイクの腕を自分の肩にまわし、無理を承知で彼の体重を支えようとした。ドレイクはつかの間けがのことも忘れ、ルーシーが腕の下にぴったりとおさまることに感嘆した。

「肋骨《ろっこつ》だ」ドレイクはうめいた。「肋骨が折れているかもしれない」

「本当にそれだけ？」ドレイクの言葉を疑っている

声音だった。ふたりは手探りで坑道の入り口に向かった。

「めまいがする」ドレイクは白状した。「石が頭にぶつかったんだ」

「あなたが石頭でよかったわ」ルーシーはやさしく叱《しか》った。「なぜけがをした人たちと一緒に下りてきて治療を受けなかったの？　治療を受けに来た人たちの何人かはあなたより軽傷だったのよ」

「言っただろう。みんなを助け出さなくてはならなかったんだ」ドレイクは食いしばった歯のあいだからぼそりと言った。でこぼこの地面を一歩進むごとに肋骨に痛みが走り、切れ味の悪いナイフで何度もくり返し刺されているような感じだった。

「そうだったわね。それがあなたの義務だもの」ドレイクはルーシーの口調にいらだちを感じ取った。

「そうだ。理解するのがそんなにむずかしいことか？　きみはなぜ会ったこともない人たちの世話をしに来た？　あまりよい考えとは――」

「わかっているわ」ルーシーが口をはさんだ。「卑しい鉱夫たちと仲よくするのは子爵夫人の品格を下げるのよね」

ルーシーがフィリパのえらぶった口調をまねたので、ドレイクは大声で笑いそうになった。やはりぼくの思っていたとおりだったのか。フィリパはルーシーにこういった〝子爵夫人はかくあるべき〟というたわごとを吹きこんでいたのだ。ルーシーの口調からして、彼女もぼくと同じくらいそうした考えを軽蔑《けいべつ》しているようだ。

「全部くだらないわ！」ルーシーは続けた。「子爵さまが身を落としてシャベルを使ったり手押し車を押したりできるのなら、妻だって協力していけないわけはないと思うの。わたしが来なければ、あなたはとても困っていたはずよ。救助作業の人たちに出す食べ物もなく、二回目の岩盤すべりでけがをした人たちを治療する医者もおらず――」

「きみの言うとおりだね」

「わたしの言うとおり？　どういう意味？」ふたりは炭坑監督の事務所の近くまで来ていた。松明《たいまつ》の明かりが届くようになり、ドレイクにはこちらを見上げる彼女が困惑の表情を浮かべているのがわかった。

「何もかもが、だよ。きみがいなければ、ぼくたちはやり遂げられなかっただろう」ドレイクはどんどん大きくなっていく人々の輪のほうに顎をしゃくった。鉱夫救出の知らせが村じゅうに広まっているのだ。

ルーシーはただドレイクを見つめていた。松明と星明かりと夜明けのかすかな明かりがルーシーのやわらかな茶色の瞳の中で輝いていた。昨日の朝きっちりと結った髪はほどけ、金褐色のゆるやかなカールとなってルーシーの顔のまわりに落ちていた。冷たい夜気のせいで彼女の頬はピンク色になり、ドレイクの煤《すす》まみれの頭を抱き寄せたせいで鼻に炭塵《たんじん》がついていた。

こんなに美しい人は見たことがない、とドレイクは思った。

厳しく非難されると身がまえていたルーシーは、ドレイクをはじめとしてみんなにとって自分が必要だった、と率直に言われてどうすればよいのかわからなかった。彼はルーシーをどぎまぎさせるような目でじっと見ている。きっとすごい顔になっているだろう。

「シルヴァーソーンに戻ってお医者さまに診てもらいましょう」歓喜にわき上がる人々の近くまで来ていたため、ルーシーは彼の耳もとで声を張りあげた。

「その前にみんなに話しておかなければならないことがある」ドレイクも叫び返した。

大騒ぎしている人々に聞いてもらおうとむなしい努力をしているドレイクを、ルーシーは尊敬と同情がないまぜになった気持ちで見ていた。大きく息を吸いこむたび、ドレイクは痛みにたじろいでいた。彼がどんなけがを負っているにしろ、無理をしてこれ以上ひどくなる前になんとかしなければ。近くにアンソニー・ブラウンがいるのに気づいたルーシーは、彼の上着の裾《すそ》を引っぱった。アンソニーはさっと振り向き、ルーシーだとわかると満面に笑みを浮かべた。

身を寄せてきたアンソニーにルーシーは叫んだ。「主人が何か言いたいことがあるんですって！　みんなの注意を引いてもらえる？」

アンソニーはウインクで答えた。二本の指で唇をぐっと引っぱると、耳をつんざくような甲高い口笛を吹いた。不意にみな静かになった。

「新しい所有者からみんなに話がある」期待に満ちた沈黙の中で、アンソニーの声はよく響いた。「彼の話に耳を傾けてくれ」

ドレイクはアンソニーにうなずいて感謝を示した。「この事故のことはすぐに州長官に知らせ、調べてもらう。みな、全力を挙げて州長官に協力してもらいたい。調べが終わったら、復旧工事をして再開する。こうした事故がハイ・ヘッドで二度と起こらないように、できることはどんなことでもするつもりだ」

数人の女性が打ちひしがれた顔をしているのを見て、ルーシーには彼女たちが何を考えているのかわかった。無期限に閉鎖される炭鉱。負傷した男たち。間近に控えた冬の到来。ルーシーはドレイクに耳打ちした。

ドレイクは同意のしるしにうなずいた。「再開されるまで、炭鉱の仕事に従事していた者全員に給料を全額支払う」

あちこちから歓声があがった。

「後任の監督を見つけるまで……」ドレイクは咳《せ》き

こんだ。咳《せき》をするたびに痛みが走るらしく、顔をしかめている。すぐに彼を屋敷に連れ戻さなければ、とルーシーは思った。

「新しい監督が来るまでのあいだ……」ルーシーは夫の咳の発作に負けないような大声を出した。「アンソニー・ブラウンに責任者になってもらいます」

これを聞いてだれよりもアンソニー自身が驚いていた。布製の帽子をさっと脱ぎ、誓いを立てるかのように胸の上に持った。「奥さまのために最善を尽くします。約束します」

咳は治まったが、ドレイクは先ほどにも増してルーシーに寄りかかっていた。「あなたならすばらしい仕事をしてくれると思っているわ、アンソニー。わたしは人の性格や能力を見抜くのが得意なの。そろそろ夫を屋敷に連れて帰るわね」

すぐさま数人の男たちが行動に移った。あっという間に軽装二輪馬車が運ばれ、シルヴァーソーンへの帰路につく準備が整った。

父の姿を見つけ、ルーシーは大きな声で呼びかけた。「一緒に戻る？」

ラシュトン牧師は急いでルーシーのもとへ来て、娘の腕を軽く叩《たた》いた。「おまえがわたしを必要としていないなら、しばらくここに残ろうと思う。神に感謝の祈りを捧《ささ》げたいと思うんだ」

「すばらしい考えだわ」ルーシーは父の赤らんだ頬に愛情のこもったキスをして、御者台を見上げた。ドレイクはなんとか御者台に上っていて、堅苦しいほど背筋を伸ばして座っていた。昇ってきた朝日の中で、ドレイクの顔と手は髪と同じくらい黒ずんで見えた。負傷し、疲れ果てている彼があそこに座っているのは、どれほどたいへんなことだろう。閉じこめられた鉱夫たちを助けるために、超人的な力を発揮する原因となった苦悩を、彼が胸に抱いているなど、だれが想像できるだろう？　そんなことを思いながら、ルーシーはドレイクの隣に座った。

ドレイクが手綱を引き、ハイ・ヘッドをあとにした。ここに到着してから二十四時間もたっていなかったが、ルーシーにはひと月もの時間がたったように思えた。軽装二輪馬車が急斜面をがたごとと下りていく中、背後で叫び声があがった。「ストリックランド夫妻に万歳三唱だ、みんな!」

ルーシーはちらりとドレイクを見たが、彼はまったくの無表情で、何を考えているのか、感じているのかわからなかった。ようやく村が見えなくなると、ドレイクは疲れきったため息とともに手綱を彼女に渡した。二輪馬車はハイ・ヘッドからニコルスウェイトへ向かって曲がりくねる道をひた走った。

早朝の霧がメイズ・ヴァリーの上に帯状にかかっていた。坑道の中で息苦しい数分間を過ごしたあとだったので、ルーシーはすがすがしい秋の大気の香りを楽しんだ。人々に囲まれて長く緊張に満ちた時間を過ごしたあとでは、この静けさと何も要求しないドレイクという連れがうれしかった。ルーシーは横目でちらりとドレイクを盗み見た。彼は目を閉じ、しゃちこばって座っている。煤まみれの彫りの深い顔の輪郭が、これまで以上に黒大理石の彫刻を彷彿《ほうふつ》させる。

ルーシーは咳払いをした。自分自身に約束したことを守るつもりだった。シルヴァーソーンに帰ってからではなく、今ここで始めるほうが簡単だ、と何かが告げていた。けれど、どこから始めればいいのだろう?

「今日はあなたの妻でいることが誇らしかったわ。あなたはすばらしいことをなし遂げたのよ」もぞもぞとしたつぶやきにしかならなかった。ためらいがちな話の切り出しはドレイクの耳に届いただろうか? 「最近のわたしのあなたに対するふるまいは、ほめられたものじゃなかったわ。でも、その理由は今はどうでもいいの。あなたがわたしを許し、ふたりでやり直すチャンスを与えてくれるなら、わたしは行いを改めると約束するわ。あなたとは少なくともお友だちになりたいの……生まれてくる子どものためにも」

「いいだろう」ドレイクは目を開けることすらせず、胸の奥深くから重々しい声で答えた。「友だちになろう」

ニコルスウェイトに近づいてくると、ドレイクは少しずつルーシーのほうに体を傾け、とうとう彼女の肩に頭を休ませた。ふたりはそのままの姿勢で、シルヴァーソーンに向かう軽装二輪馬車の上で揺られていた。

9

ドレイクは、溺《おぼ》れる者が必死に水面から顔を出そうとするように、意識を保とうと精いっぱいの努力をした。彼の理性は、シルヴァーソーンに戻り、自分のベッドに寝ているのだと告げていた。だが、彼の感覚はそれを頑《かたく》なに否定した。暖炉で薪《まき》のはぜるかすかな音が聞こえ、寝室が暖かさに包まれているのを感じる。煙のつんとくるにおい、いや、それだけではない。ラム肉と玉ねぎのおいしそうなにおいがする。かすかな香気は……ラベンダーだろうか？

何もかもがあいまって、心地よい雰囲気をかもし出していた。自分の寝室をそんな言葉で描写することがあろうとは思ってもいなかったが。

今ふうの控えめな基準からしても調度類の少ないドレイクの寝室には、小さな書き物机と椅子、サイドテーブル、それにベッドがあるだけだった。ベッドは、高い四柱とカーテンのない、奇妙に現代的なものだった。ここで過ごすことはあまりなく、ましてや暖炉に火が入ることはめったになかった。

今まで、ドレイクは自分の寝室に何かが欠けていると思ったことはなかった。夢うつつの状態でベッドに横たわっていた彼は、不意にこの部屋が無味乾燥なことに気づいた。ぼくの人生と同じだ。だが、そう考えるのは耐えがたいことだった。

ドレイクは起き上がろうとしたが、苦痛の波に襲われて断念した。だれかの声が聞こえた。ぼくの声だろうか？　ラベンダーの香りとスカートがこすれるかすかな音が近づいてくる。なめらかでひんやりしたものがそっと彼の額に触れた。

「ドレイク、目が覚めたの？　気分はどう？」

ルーシーのささやき声を聞いて、やはりシルヴァーソーンに戻っていたのだ、とドレイクは思った。ほんの少しだけ目を開けてみる。

炉火の明かりに照らされ、ぼんやりした金色の光に浮かんだルーシーの顔がドレイクの視野に入った。彼女は黄褐色の細い眉を寄せ、心配そうだ。ドレイクの下腹部に心地よい温《ぬく》もりが広がった。苦痛を感じたときと同様、彼は激しくひるんだ。

「ぼくがどんな気分だと思うんだ？」ドレイクは顔をそむけてルーシーの手から逃れたが、そのせいで焼けつくような痛みが頭に走り思わずうめいた。

「生きた心地がしない、といったところかしら。文句を言えるのは回復してきた証拠ね」ルーシーはサイドテーブルに置いてあったボウルとスプーンを手に取った。「横になったまま、このスープを飲んで。ミセス・メイバリーがあなたのために特別に作ってくれたのよ」

何日もベッドに横になってなどいられない、と文句を言おうと開けたドレイクの口に、ルーシーはスプーンを突っこんだ。彼はこれまででいちばんおいしいスープを飲みこむしかなかった。不意に空腹感に襲われ、体力をつけるためにも何か食べたほうがいいと心を決める。しばらくのあいだ、ドレイクは何も言わず、ルーシーがスプーンを差し出すたびにおとなしく口を開けた。けれど空腹感がおさまってくると、さっそくルーシーに言った。

「今何時だ?」

「お茶の時間よ」ルーシーが答えた。「昨日の朝ハイ・ヘッドから戻ってから、あなたはずっと眠っていたの。二度と目を覚まさないのではないかとこわかったわ」

ハイ・ヘッドのとぎれとぎれの記憶がドレイクの頭に浮かんだ。「起きなくては」苦痛とめまいを押して起き上がろうとする。「早急に解決しなければならない問題があるんだ」

「たとえば……?」ルーシーはドレイクの胸に手をあて、やさしくもきっぱりとベッドに押し戻した。ドレイクの裸の胸に。

だれも寝巻きを着せるという気配りをしなかったのか? ドレイクは顔がまっ赤になるのを感じ、自分に腹をたてた。ルーシーは挑発的なことは何もしていない。なのに、彼は思わず反応してしまった。

「何を鈍いことを言っているんだ」ドレイクはぴしゃりと言った。勝手な反応をする体をコントロールできないことにいらだつ。「手はじめに州長官だ。ハイ・ヘッドの現状について大筋を伝え、捜査してもらわなければ」

「手配ずみよ」ルーシーは上がけでしっかりとドレイクをくるんだ。

ドレイクは炉棚に飾られた母親の肖像画にちらり

と目をやった。母からも、いやだれからも、上がけをかけてもらった記憶がなかった。ジェレミーがいなかったら、家の中でのこうした親密な儀式のことを何ひとつ知らないままだったかもしれない。ドレイクの継母が亡くなって、ジェレミーがシルヴァーソーンで暮らすようになると、彼は毎晩兄にベッドに入れてもらわなければいやだと言い張ったのだった。ドレイクはしぶしぶ、そしてぎこちなく、異母弟をベッドに入れて上がけをかけてやった。やさしさを態度で示すことはドレイクにとって簡単であったためしがなかったが、ジェレミーが寄宿学校へ入るまで、その習慣をひと晩も欠かさなかった。

「〝手配ずみ〟とはどういうことだ？」

ルーシーは天井を仰いだ。「鈍いことを言っているのはだれかしらね？　屋敷に戻るとすぐ、わたしが州長官を呼んで、炭鉱で何があったかを話し、調べてほしいと頼んだのよ。出しゃばりすぎた？」

「いや」ルーシーの沈着冷静な行動にドレイクは感嘆した。「迅速な対応が鍵《かぎ》だったんだ。きみはよくやってくれた。炭鉱で起きた事故の調査は、ぼくの義務の中でもっとも緊急だったが、ほかにもやらなければならないことがある。製革所と工場は？　このふたつもぼくが指揮しなければならないんだぞ」

「こんな時間に？」ルーシーはまたスプーンをドレイクの口に突っこんだ。「冗談でしょう。それに、あなたは所長や工場長を過小評価していると思うわ。小さな問題が起こるたびにあなたのところへ駆けつけ、あらゆる決定事項に助力をあおぐなんて、彼らにとってはよくないことね。ハイ・ヘッドであなたが重傷を負っていたら、彼らはどうしたかしら？　動揺。大混乱」ルーシーは自分の問いに自分で答えてから、ドレイクに質問した。「それがあなたの望みなの？」

ドレイクは反抗的に顎を上げた。「そんなはずはないだろう。何が言いたい？　ゼロから築いた事業の責任をすべて放棄しろと？」

「まさか」ルーシーのまなざしが不意にやわらいだ。「事業は子どもを育てるのと同じだと言っているだけよ。成長させるということね。ときには間違いを犯すでしょうけど、自分の判断力に頼ることを学び、真に危機的な問題のときだけあなたの指導を求める。そんなふうにさせなくてはだめ。そうすれば、もし、あなたに何か起こったときも、彼らがたちまちお手上げ状態になることはないわ」

「たしかにそうだな」ドレイクはしぶしぶ認めた。

「わたしの耳がおかしくなったんじゃないわよね？」ルーシーはひょうきんな表情で頭を振った。ドレイクは思わず何もかも忘れて笑いたくなった。

「尊大なシルヴァーソーン子爵さまがお認めになるの？」

ドレイクの口もとがほころび、含み笑いがもれた。

「よい助言を受けたときは認めるさ」

ルーシーがまたスプーンをドレイクの口に入れた。

「奇跡の時代は過去のものじゃなかったのね」

ドレイクはまた笑い、スープでむせた。咳《せき》をするたびにけがをした肋骨《ろっこつ》がずきずきした。ルーシーが心配そうにうろつき、食事中に笑わせたりしてごめんなさい、と何度も謝った。

「ぼくと友だちになりたかったんじゃないのか」咳の発作がようやく治まると、ドレイクはあえぎながら言った。「これがきみの考える友情なのか？　寝こんでいるかわいそうな病人をいじめることが？」

ドレイクに冗談を言われ、ルーシーの白い肌がまっ赤になった。「あなたのために言っているのよ。あなたが自分の面倒をちゃんとみないで重い病気になったりしたら、あなたの事業はもっとひどい痛手を受けることになるのだもの」

低い声が戸口から聞こえた。「ぼくもまったく同意見ですよ、奥さま。ぼくとあなたが力を合わせたら、しばらくのあいだ彼がのんびり過ごすことがみんなにとって最善だ、とこの愚か者に納得させることができるかもしれませんな」

ドレイクのかかりつけの医者であり、友人であり、遠い親戚《しんせき》でもあるチャールズ・ヴァロイがさっと部屋に入ってきた。

医師はドレイクの首筋で脈をとった。「痛みはあるかい？」

ドレイクは肩をすくめた。「がまんできる程度だ」

「いついかなるときもストイックだな。さて、けがをしっかり診せてもらうよ。昨日は、どちらの傷もたいしたことはないと奥さんを安心させるために、ちらっと診ただけだったからな。起き上がれるかい？」

「そうしようとしたんだが……妻が起き上がらせてくれなかったんだ」歯を食いしばって上半身を起こす。痛みは最初のときほどひどくはなかった。

ルーシーがいきなり立ち上がった。暖炉のところへ行き、薪を一本くべ、火かき棒でおきをつつく。

「きみは今や妻帯者なのだから」医師は含み笑いをした。「奥さんの助言に従ったほうがいい」

「助言が欲しくて結婚したわけじゃない」ドレイクは思わず言ってしまっていた。ちらりと見ると、ルーシーは火かき棒をもとに戻しかけて、つかの間凍りついた。彼は自分の考えのなさをののしった。ハイ・ヘッドでの出来事のあと、ドレイクは彼女とやり直したいと思っていた。だが、どういうわけかルーシーに逆らうのが癖になってしまい、なかなかそれを直せずにいる。彼女を見るたびに鼓動が速まるので、なおさらだ。「診察をしてくれるのか、くれないのか？」ドレイクは医師に噛《か》みついた。

チャールズはドレイクの背中をそっと診察した。

それでも苦痛が走り、ドレイクは身がまえる間もなく叫び声をあげていた。

「痛んで当然だな」医師が言った。「肋骨はたしかに折れているが、痛いのは打ち身のほうだろう」彼は診察鞄《かばん》からさらし木綿を取り出してドレイクの胸に巻いた。「これでいい。骨折が治るあいだ、包帯が肋骨を支えてくれる。悪いが、できるのはこれくらいだ」

ドレイクはぎこちなくうなずいた。胸にきつく巻かれた包帯は拷問道具だった。医師が頭の傷を手際よくきれいにし、水の入ったたらいを持っていてくれとルーシーに指示を出しているあいだ、ドレイクは口を開こうとはしなかった。

「よし、終わった」ようやく医師が言った。「ほかにもけががないか確かめておこう」医師がドレイクの腰から下をおおっているキルトを引っぱった。

ドレイクはキルトの端を握って医師のじゃまをし、ルーシーに目をやった。彼女はたらいをきつく握り、恐ろしいのに目が離せないといった表情でキルトを見つめていた。

「まだ空腹なんだ」ドレイクが言った。「スープをもっともらってきてくれるかい？」

ルーシーははっとした。たらいを落としそうになり、水が数滴床にこぼれた。「何？　ああ、スープね。ええ、もちろんよ」ルーシーはそそくさとたらいを化粧室に戻し、そのあいだじゅう息切れしたような甲高い声でしゃべり続けた。「ミセス・メイバリーはスープの大鍋《おおなべ》を火にかけているのよ。屋敷じゅうの人たちが食事できる量なの。あなたに食欲があると聞いたら、彼女はきっと喜ぶわ」ルーシーはサイドテーブルからスープのボウルを取り上げた。「失礼してよろしいかしら、ヴァロイ先生？」

「どうぞ、どうぞ」医師はドレイクとキルトの綱引きを続けながら、ルーシーににっこりと笑ってみせた。「休息と適切な食事はこの世でもっとも効果のある薬ですからね」

ルーシーがドアから駆け出すと、ドレイクはキルトを握っていた手をゆるめた。医師がさっとキルトを取り払う。「新婚の夫はずいぶん慎み深いんだな」そう言って笑う。「奥さんのせいで……けがにもかかわらずきみの体が反応したことを知られたって、相手はその奥さんなんだ、恥ずかしがることはないじゃないか。よかったら、骨折が治るまで控えめにするよう奥さんに言おうか?」

ドレイクは肋骨の痛みを無視して枕《まくら》をつかみ、旧友に思いきりぶつけた。医師はよろめき、これまでにないほど思いきり笑った。その笑い声はドレイクの神経にさわるようになってきた。

ドレイクの健康な下半身を診察したあと、医師は上がけをさっと患者にかけた。「一週間以内にきみがベッドから出ているのを知ったら、シルヴァーソーン子爵……」からかうように称号で呼びかける。

「きみを頭のてっぺんから爪先まで徹底的に診察するからな……奥さんを助手にして」

ドレイクは一瞬、あまりにもかっとなって答えることもできなかった。ベッドから出て仕事をしなくてはならない確固たる理由を十以上考えつくころには、ヴァロイ医師はすでに道具を鞄にしまい終えていた。医師はにんまり笑い、気取った敬礼をして部屋を出ていった。

ルーシーは粉々に砕けるのではないかと思うくらいきつくスープのボウルを握りしめて、夫の寝室から逃げ出した。なんとか気をそらそうと必死にがんばったのに、腰から下にキルトをかけただけの裸のドレイクに、つい、視線が吸い寄せられてしまった。

ルーシーは口の中がからからになるのを感じた。シルヴァーソーン子爵がみごとな男性の見本であることは否定のしようがない。逃げ出したのは、気恥ずかしさや慎み深さからではなかった。レディらしからぬ熱心さで見つめているところを、ふたりに見つかるのがこわかったのだ。

　そんなことを考えていたので、ルーシーはもう少しでフィリパとぶつかりそうになった。

「ルーシー、そんなに急いでどこへ行くの？　ドレイクがどうかしたの？」彼女の淡い色の目がいつも以上に飛び出て見える。「けがの具合が悪化したの？」

「違うのよ、フィリパ」ルーシーはあえぎながら言った。「彼が目を覚ましたの。意識もしっかりしているわ。今はヴァロイ先生が診察してくださっているの。わたしはスープのおかわりをもらいにキッチンへ行くところだったの」

「皿洗いのメイドみたいに屋敷の中を走りまわる必要があるの？　ドレイクはたくさんの使用人を雇っているのよ。まさかあなたが自分で彼の看病をするつもりじゃないでしょうね？」

　ルーシーはそうするつもりだと言いかけたが、フィリパに逆らえば廊下で無意味な言い合いをすることになる。

「わたしがちゃんとした子爵夫人になるには、あなたにとても苦労をかけることになりそうで、申し訳ないわ」このときばかりは声にいらだちが混じっていようと、ルーシーは気にしなかった。友好的な関係になると誓いを立てた相手は夫で、レディ・フィリパ・ストリックランドではないのだから。「失礼して、スープをもらってくるわ。二日も食べていないのだから、食べ物が運ばれてくるのが遅くなったら、ドレイクはいらいらするでしょうから」

「彼は短気を起こしているのね？」フィリパは薄い唇に狡猾《こうかつ》な笑みを浮かべた。「あなたがシルヴァーソーンの食料の半分を卑しい鉱夫の群れに施したりしたんですもの、当然よね」

「実はね、ドレイクはとても……」上機嫌で続きを待っているフィリパの顔を見て、ルーシーは口をつぐんだ。この人は何かを企《たくら》んでいる。それがなんであれ、フィリパがうろついていては、ドレイクとの関係を修復するのはむずかしい。なんとかして彼女をシルヴァーソーンから追い出さなければ。確実な方法はひとつしか浮かばなかった。

「それで？」フィリパは促した。「ドレイクはとても、なんなの？」

ルーシーははっとわれに返った。「あなたの言うとおりよ。彼はわたしにとても腹をたてたの。でも、おかげでひとつだけよいことがあったわ」

フィリパの細い眉が問いかけるように上がった。

「どうやら夫は、わたしを急いでロンドンに連れて行く必要があると思ったらしいの」こんなまっ赤な嘘《うそ》をついて罰があたりませんように。「ドレイクは、旅ができるほど回復したらすぐにロンドンに行かなければならないと言ったわ」

「なぜそれをもっと早く言ってくれなかったの？」フィリパの生気のない目がぎょっとするほど飛び出し、薄い唇はルーシーが初めて見る本物の笑みになった。「すばらしい話じゃないの！」

「あなたなら気に入ると思ったわ」この話を聞いたら、ドレイクは気に入らないでしょうね。〝毒を食らわば皿まで〟だわ。あとひとつ嘘をついたところで、もっとひどいトラブルに見舞われることもないはずよ。「あなたが先にロンドンへ戻って、わたしたちのために屋敷を整えてもらってもかまわないかどうかきいてくれ、とドレイクから頼まれたの」

「かまわないかですって？」フィリパは甲高い声で笑った。「ほっとしたわ。まだ雪は積もっていないし、自分の家でクリスマスを祝えるわね。わたしたち、明日には発《た》てるかしら？」

ルーシーは浮き立つ気分が声に出ないようにした。

「早ければ早いほどいいわ。毎年今ごろのお天気は変わりやすいから」

「必要なら、ひと晩じゅうメイドに荷造りをさせるわ。キッチンの使用人をひとりかふたり、手伝いによこしてね」

「すぐにだれかを行かせるわ、フィリパ」階段に向かっていたルーシーは、肩越しに言った。そして、小声でこうつけ加えた。「あなたを一刻も早く追い出すためなら、なんだってするわ」

階段を駆け下りながら、ルーシーは楽しげに鼻歌を歌っていた。けれど心の奥底では、フィリパがすぐにもここを発つという喜びが、恐怖心に追いやられそうになっていた。わたしが何をしでかしたか知ったら、ドレイクはどんな反応をするかしら?

10

「ロンドン?」ドレイクは、暗褐色の外套《がいとう》とそろいのボンネットですっかりめかしこんだフィリパを見つめた。彼女の言葉を正確に理解したと思うのがこわかった。「きみとレジナルドがロンドンに発《た》つ?今日?」

ドレイクはいかにもうれしそうな顔をしないよう気をつけた。もう何週間も、フィリパを厄介払いするのを願ってきた。何もしていないのに、突然願いがかなうとは。

「それが最善かもしれないな」残念だがしかたがない、という口調をよそおう。「今のぼくは感じのよい話し相手ではないからね」哀れっぽいしぐさで頭の包帯に触れる。「それにルーシーは、哀れなけが人の看病に忙しくて、愛想のよい女主人にはなれそうもないし……」

ドレイクはそう言ってルーシーを盗み見た。彼女は寝室のドアの近くでおどおどしながら様子をうかがっている。

「看病ならおおぜいいる使用人にさせればいいのに。ルーシーはお手伝いさんじゃないのよ」フィリパの血色の悪い細長い顔が明るくなった。「そうだわ。彼女はレジーとわたしと一緒にロンドンに来て、あなたは回復してから追いかけてくればいいのよ」

「追いかけていく?」

ルーシーはベッドのドレイクのもとへ駆け寄り、水の入ったカップを彼の手に押しつけた。そして、怯《おび》えた顔でフィリパを見てあえぐように言った。

「あなたの言うことをドレイクがいちいちくり返しても気にしないでね。二、三日は頭が混乱するかもしれない、とお医者さまから言われているの」今度はドレイクに向かって、ゆっくりと大きな声で言う。「覚えているでしょう? 旅ができるくらい回復したら、夫婦でロンドンに行くべきだと言ったじゃないの。それに、屋敷の準備のためにフィリパに先に行ってもらおうとも言ったわ」

「ぼくはそんなことは――」

ルーシーから手をきつく握られ、ドレイクは口をつぐんだ。彼女の顔はまっ青で、目にはまぎれもない懇願が浮かんでいた。だが、何を懇願しているのかドレイクにはわからなかった。

「ええっと……こんなに早く発ってくれるなんて、きみはなんていい人なんだ、フィリパ」ルーシーがロンドンへ行くことについては、ルーシーの本心がわからなかったので、なんと言えばよいのか自信がなかった。「妻のことだが、きみと一緒に行くのでかまわない……彼女がそうしたいなら」

ルーシーは体をシルヴァーソーンにしっかりつなぎ止めるかのように、ドレイクの手をさらにきつく握った。「わたしの場所はあなたのいるここよ」

ルーシーの気持ちがはっきりとわかったとなれば、ドレイクは宣言するにやぶさかではなかった。「そのとおり。ぼくみたいなけが人に必要なのは、使用人ではなくて妻だ。それにね、フィリパ、きみはルーシーを社交界の人たちに紹介したいんだろう？新婚早々でぼくが妻ひとりをロンドンに行かせたら、どれだけ外聞が悪いか考えてごらんよ」

フィリパはいらだちを隠しもせずにルーシーを見た。「楽しくもないクリスマスを迎えるルーシーがかわいそうだと思って言ったのよ。早くよくなって、クリスマス・シーズンに間に合うように彼女をロンドンに連れてきてあげてちょうだい、ドレイク」

ちょうどそのときタルボットがやってきて、レディ・フィリパの出発の準備がすべて整ったと告げた。

フィリパは大げさな別れの挨拶《あいさつ》をし、旅ができるようになったらすぐに夫婦そろってロンドンに来るよう言い、ようやくシルヴァーソーンをあとにした。

ルーシーは安堵《あんど》でくらくらしながらドレイクの首に抱きついた。「本当のことを言わずにいてくれてありがとう！　嘘《うそ》をついてごめんなさい。でも、彼女を追い払う方法をほかに考えつけなかったの。フィリパは身内だし、あなたが彼女を完璧《かんぺき》なレディだと思っているのはわかっているけれど……」

ルーシーの衝動的な抱擁からドレイクはそっと逃れた。「謝ることはないよ。フィリパとレジナルドを追い払うには、ロンドンへ行くと嘘の約束をすればいいことに気づいていれば、何週間も前にぼく自身がそうしていたよ」

「本当？」ドレイクの頭の包帯がきつすぎるのかしら、とルーシーはいぶかった。「この前わたしがロンドンのことを口にしたら、あなたは噛《か》みつかんばかりに怒ったじゃないの」

「悪かったよ。フィリパはぼくたちふたりをだましたんだ。きみよりもぼくのほうがずっとうまくだまされたな。ぼくはフィリパのことを知っていて、彼女の動機に気づくべきだったんだから」

「動機？」なんのことを言っているにせよ、ドレイクはとても悔しそうだった。「どういうこと？」

ドレイクは息を深く吸った。「結婚式当日以来、フィリパはぼくたちが仲たがいするように働きかけてきた、とぼくは思っている。たとえば、彼女はきみがどうしてもロンドンに行きたがっているとぼくに思わせた。それに、シルヴァーソーンにとどまっているのは、きみが彼女と離れたがらないからだとも言っていたんだよ」

「なんてひどい！」ルーシーはドレイクのベッドからぱっと立ち上がり、部屋の中をうろつきはじめた。「わたしはロンドンなんて行きたいとも思わないわ。フィリパからうるさくロンドン行きを勧められて、彼女を追い払うには言うとおりにするしかないと思ったからそうしただけのことよ」ルーシーは不意に足を止め、ドレイクを指さした。「フィリパにいてくれと頼んだのはあなたじゃないの……」なぜだかわからないが、顔が赤くなってくるのを感じる。「わたしにちゃんとした礼儀作法を教え、〝身分の卑しい人たち〟と仲よくしないよう見張るために」

「ばかな！」ドレイクはベッドで上半身を起こし、一瞬痛みのせいで顔をしかめた。「すべてはたわごとだよ。フィリパにシルヴァーソーンにとどまってほしがっていた人物は、フィリパ自身だけだ。彼女は、ぼくたちが互いに相手がそうしてほしがっているのだと思いこませたんだよ」

ルーシーの頭にこの数週間のフィリパの言葉の断片がよみがえった。「彼女はなぜわたしたちが仲たがいするように立ちまわったの？　あなたが身分の低いわたしと結婚したのが気に入らなかったの？」

「いや」ドレイクはくすりと笑い、そっと体を倒してふたたび横になった。「ジェレミーが亡くなった今、ぼくたちに息子ができるまでは、フィリパの息子のレジナルドがシルヴァーソーンの相続人になるからだ。順番でいえば、もちろんネヴィルの次だが、彼がぼくより長生きする、あるいは彼に嫡子相続人ができる可能性はかなり低いと思うな」

恥ずかしさのあまり、ルーシーは吐き気がしそうだった。「気づかなかったなんて、わたしはなんてばかだったの！　じゃあ、あなたはフィリパに頼んでわたしをりっぱな子爵夫人にしようとしたわけではなかったのね」

「そんなことは絶対にしていない」ドレイクはおだやかながらもきっぱりと言った。「そのままのきみが好きだからね。ずっと前から」

ルーシーはさっと顔を上げたが、ドレイクは目を合わせようとはしなかった。短くも密度の濃い交際のあいだ、ジェレミーはすてきなほめ言葉をたくさん言ってくれたが、ドレイクのたどたどしい告白のほうが胸に響いた。

「それなら、わたしが馬に乗ろうと、本を読もうと、村に友人を訪ねに行こうと、かまわない？」

ドレイクはルーシーのウエストに目をやってきまり悪そうにほほえんだ。「乗馬は二、三カ月待ったほうがいいかもしれないな。だが、読書には反対しないし、昔からの友だちとはぜひつき合いを続けなさいと言いたいね。かわいそうなミセス・サワビーは、きみが来てくれなくなってがっくりきているよ」

「まあ」ルーシーはつらそうにあえいだ。「今日さっそく会いに行くわ。彼女はわたしをひどい女だと思っているでしょうね」同じくらい気分の落ちこむ考えが頭に浮かんだ。「あなたもそう思っていたのね？　だから、わたしの寝室で喧嘩《けんか》をした夜、あなたはあんなに怒っていたのね？　傲慢《ごうまん》になって、友だちを見捨てたから」

「それもあった」ドレイクは肩をすくめた。「この数週間、きみに対してひどいふるまいをしたことを謝るよ。フィリパにまつわりつかれていたのでは、ここでの生活は耐えがたいものだっただろう」

ルーシーは鼻にしわを寄せた。「たしかに、楽しいものではなかったわね。だからといって、わたしがあなたに言ったりしたりしたことが許されるわけではないわ」

「だが、ぼくがジェレミーを陸軍に追いやったというのは、本気で言ったんだろう？」

ドレイクがあまりに打ちひしがれた様子だったので、ルーシーはひどい非難を取り消したくなった。

「ジェレミーは大人だったわ。彼には彼なりの理由があって、自分で決めたの。わたしは、ジェレミーがわたしを捨てる道を選んだと信じたくなくて、あなたに責任転嫁したかったのかもしれない」

それを聞いて心が軽くなったのか、ドレイクがほほえんだ。大理石を鋭角に掘ったような彼の顔が、体の奥深くから輝いているように見え、ルーシーは思わず息をのんだ。

なぜだかわからないが、奇妙な恐怖感が彼女を襲い、ドレイクの前から逃げ出したくなった。ルーシーはできるだけさりげなく言った。「フィリパから自由になれたから、村を訪問してお祝いすることにするわ」

ドアを半分くぐったとき、ドレイクに呼び止められた。

「ルーシー……」

ルーシーは振り返った。

ドレイクは照れくさそうに言った。「早く戻ってきてくれよ」

単なる想像かしら？　それとも、ドレイクはどことなく途方に暮れたような、寂しそうな目をしている？　ルーシーは衝動的に二本の指を唇にあて、ドレイクに投げキスをした。

リウィウスが著した『ハンニバル戦争』の章が終わりに近づき、ルーシーは声を小さくしていった。聞こえるのは薪《まき》が燃える音と、ドレイクの深くて規則正しい息づかいだけだ。ルーシーは期待に満ちた目で彼を見た。これまで二回朗読を中断したが、そのたびにドレイクは身じろぎをし、目を開け、起きているから続けてくれと言ったのだった。けれど、今回ドレイクはじっと横になったままで、寝巻きの下で胸がゆっくり上下している。

ルーシーは無味乾燥なローマ史の分厚い本をベッド脇《わき》のテーブルに置いた。静かに椅子に戻ってドレイクの寝顔を見る。眠っている彼は起きているときとはまったく違い、意外にも傷つきやすく見えた。こんな無防備な顔を見たら、少年だったころの彼を想像することもできそうだ。手首や足首が骨ばり、やつれた顔には大きすぎる黒い不安そうな目。今日の午後、ミセス・サワビーが語ってくれた少年。

ルーシーはもっと早く来られなかったことをミセス・サワビーに心から謝ったが、フィリパのせいにしたい気持ちはぐっとこらえた。実際、シルヴァーソーンに軟禁《なんきん》されていたわけではないのだから。根性を見せ、自分にとって大切なことを守り通すべきだった。ミセス・サワビーはひと言も責めずにルーシーを歓迎してくれた。

濃い紅茶を飲んでいるとき、ルーシーはおそるおそるドレイクの話を持ち出した。「わたしが結婚する直前にした話を覚えている、ミセス・サワビー？」

「覚えていますよ。老いぼれのとんがった鼻を突っこんで、子爵さまと結婚できるなんて、あなたがどんなに幸せ者かわからせてあげようとしたのよ」

ルーシーは沈んだ笑みを浮かべた。「子爵さまの子ども時代はつらいものだったと言っていたわよね？　彼はそのころの話を一度もしてくれたことがないの。だから、あなたから聞けないかと思って」

しばらく考えてから、ミセス・サワビーはうなずいた。「いいわ。あなたは子爵さまの奥さんなのだから、話して悪いことはないでしょう。本当のことを知っている人はあまり多くないの。みんな、子爵さまはすばらしい少年時代を過ごしたと思っているわ。でも、結婚前にお屋敷で働いていた娘のスーザンから聞いた話は、母親ならだれでも胸を痛めるものだったわ。子爵さまのお母さまはすばらしい人で、地元の人たちからとても好かれていたのだけれど、出産のときに亡くなられたのよ」

ミセス・サワビーの話を思い出し、ルーシーはドレイクの部屋の暖炉の上に飾られたエリザベス・ストリックランドの肖像画を見上げた。息子に受け継がれた黒髪とはっきりした顔だちを持つ彼女は、美しくはなかったが、やさしそうな目をして口もとに笑みを浮かべていた。

「子爵さまは病弱な子どもだったの」ミセス・サワビーはルーシーに言ったのだった。「医者は先代の子爵さまに、母親がいなければ息子さんは長生きできないでしょう、と告げたわ。空気のよい田舎で育てれば丈夫になるかもしれないと、お父さまは赤ん坊をシルヴァーソーンに連れてこられたけれど、ご自分はロンドンに戻られて賭博《とばく》台で悲しみを忘れようとなさったの。そしてどんどん浪費し、領地は荒れていった。屋敷は雨もりで湿気を帯び、かびだらけ。ねずみが走りまわり、冬は養護施設なみに寒かったというわ。オードリー・メイバリーとうちのスーザンは、幼いドレイクさまのためにできることをしたわ。お父さまが雇った家庭教師はひどい人だったのよ。質素な食事と新鮮な空気とたっぷりの散歩に冷たいお風呂はドレイクさまを鍛えるためだと言いながら、自分は給金でお酒を飲んだりよくない人たちとつき合っていた。スーザンは、ドレイクさまにはおもちゃひとつ、楽しいことひとつない、と言っていましたね。わたしははらわたが煮えくり返る思いをしたものですよ」

彼が冷たく厳しい人なのも不思議はないわ。眠っているドレイクを見ながらルーシーは思った。子どもも時代に楽しい日々の思い出がないなんて。楽しむことを学ばなかった彼が退屈な事業にばかり時間を費やすのも驚くにはあたらない。ドレイクは絶対に否定するだろうけれど、彼はだれかに世話をしてもらうことを、だれかが彼の人生に光をもたらしてくれることを、切実に必要としているはずだわ。彼が気高い愚か者を演じる決心をし、自分にふさわしい愛を与えてくれもしない女性と結婚したのはなんて悲しいことかしら。

母性本能とでもいうような奇妙な感情がルーシーの中にわき起こった。ドレイクのような自信たっぷりの男性を守ってやりたいという気にさせたのは、おなかの中で育っているわたしの赤ちゃん?

ルーシーは上がけでしっかりとドレイクをくるんだ。おだやかな寝顔を最後にちらりと見ると、ろうそくを持って寝室を出た。この数時間のどこかで、ルーシーは重大な決心をしていた。気むずかしくて狭量な彼を愛することはできないかもしれないが、彼の世話をし、彼の人生にわずかばかりの幸せをもたらしてあげようと努力することはできる。ドレイクにはそれくらいの恩を受けているのでは?

ドレイクはベッドで上半身を起こしていて、上がけの上には雪の吹き寄せのように書類がたまっていた。そのまわりを男たちが取り囲んでいる。工場長らがルーシーから面会を許されたのは、これが初めてだった。彼らは自分に注意を引こうと大声を出し、ドレイクに決断や問題の解決を求めた。

「リッチフィールドからの注文の件ですが……」

「例の新しいジェニー紡績機は、入れてから問題ばかりで……」

「原炭の産出総トン数は先月を上まわりましたが、損失が……」

「ノヴァ・スコシアの船ですが……」

ドレイクはこの言葉に飛びついた。彼は海軍との契約に専念していたイギリスの造船所を避け、北アメリカの植民地から小さくて安い船を買っていたのだ。

「ノヴァ・スコシアの船がどうした、ミスター・ストークス？」ドレイクは身ぶりでみんなを黙らせた。

「ロイズ保険組合は、造りが粗いという理由で、ノヴァ・スコシアの船を七年より長く見積もってくれません」

「驚くにはあたらないな。船の建造者は小規模農場主や漁師だそうだから。彼らは現金を稼ぐため、冬のあいだにバーク型帆船やブリガンティン型帆船を造るんだ。経験を積めば技術も向上すると信じている。それに、たとえ七年でも、安い船だから有利な投資になるはずだ」

赤ら顔のミスター・ストークスは半信半疑の顔で頬ひげを撫《な》でた。「そうかもしれません。彼らが積んでくる材木や魚でわれわれは大金を稼ぐ。でも、帰りの船倉は空です。それでは儲《もう》からないし、安全でもありません。船倉の軽い船は荒波の中ではコルク栓のように浮き沈みしますから」

「その問題はどう解決すればいいと思う？」

「三角貿易がいいと思います。材木と魚をイギリスに運び、イギリスからは商品を西インド諸島に運び、そこから砂糖、ラム酒、奴隷を……」

「だめだ!」込み合った部屋にドレイクのどなり声が響いた。彼はマットレスに拳《こぶし》を打ちつけたが、満足のいく大きな音は出なかった。「その憎むべき貿易で彼らに少しでも利益を上げさせるくらいなら、ぼくの事業をつぶす」

一同がしんとする中、ルーシーが手を打ち鳴らして言った。「もうそのくらいにしましょう。この一時間、時計を見た人はいるの?」

ベッドを囲んでいた男たちが紅海のようにふたつに分かれ、ルーシーを通した。

「みなさんの奥さまが家でお茶の用意をして待っているころでしょう。主人のお茶の時間ももう過ぎているんですよ。あなた方のせいで養生をしている主人が動揺することは避けたいの」

ドレイクは気まずそうに身じろぎした。実は、もう何日も痛みを感じていなかった。良心の痛みをのぞいて。

事業への復帰は、これ以上ぐずぐずと引き延ばせないほどせっぱつまっていた。それなのに、ドレイクはベッドにおさまり、ありもしない頭痛や肋骨《ろっこつ》の痛みを訴えていた。それもこれも、ルーシーのやさしく献身的な看病を受け続けたいがためだ。

ルーシーは毎朝ドレイクを起こしに来て、よく眠れたかと明るくたずね、彼の好物の朝食をたっぷり持ってきてくれた。一日じゅう、ほとんど彼につきっきりだった。ふたりは朗読の件で歩み寄り、リウイウスをやめてジョンソン博士の『ラセラス』にした。けれど、この傑作文学ですら、ルーシーの話ほど魅力的ではなかった。バースで彼女につきまとってきたおぞましい求婚者の話を聞いて笑いながら、ドレイクはこの二週間で、これまでの人生すべてを合わせたよりもよく笑っていることに気づいた。

ふと自分がまぬけな笑みを浮かべていることに気

づき、ドレイクは厳しい顔つきを繕った。「妻の命令が聞こえただろう」ついおどけた口調になるのは抑えられなかった。「子爵といえども妻の独裁には逆らえないんだ。きみたちが持ってきた書類には目を通しておき、明日か明後日にはぼくの考えを伝える。自発的に決断を下すことをためらったりしないように。今のぼくには家族がいるのだから、事業の日常的な運営から少し身を引こうと思う」ルーシーの言うとおり、彼らは責任を持つことを学ばなければならない。ドレイクはそう思ったのだ。

謹厳でしっかり者の責任者たちは斧で胴体をまっぷたつに叩《たた》き切られたかのような顔でドレイクを見つめた。ドレイクから切り離される準備が彼らにまだできていないのは明らかだ。

「さあ、行くんだ」ドレイクは追い払うようなしぐさをした。「遅くても一週間で仕事に戻れるだろう。それまでのあいだに緊急事態が発生したら、また来てくれ」

ドレイクの部下たちはまだ呆然《ぼうぜん》としながらも、やや自信を取り戻した顔つきで順に部屋を出て行った。ミスター・ストークスがドアまで行ったとき、ドレイクが彼に声をかけた。「ノヴァ・スコシアの船の問題を報告してくれてよかったよ。人を乗せて船の安定を図るという案はいいね」

ストークスははげた頭頂部をかき、ふさふさした茶色の眉を困惑げに寄せた。「ですが、奴隷の売買には強く反対されていたのでは……？」

「乗客を運ぶのなら反対はしない」

「ノヴァ・スコシアの船は貨物船ですよ」ストークスが反論する。「客室もなければ、乗客があって当然と思う設備もありません」

「ぼくが考えているのは上流階級の乗客ではなく、移住したがっている人たちだよ。貧しい人たちは子どもの将来のためなら新天地での困難をものともしない。樅材《もみ》で寝棚を作り、食料は乗客の持ちこみにし、料金を安く抑えるんだ」

「なるほど」ストークスの目がきらめいた。「料金を数シリングに抑えたとしても、空の船倉よりはるかにいいですね」

「そういうことだよ」ドレイクはうなずいた。「それに、植民地の人口が増えれば、われわれの商品を買ってくれる市場が大きくなる」

ストークスが顔を輝かせた。「前にも言いましたが、商才のある紳士に会ったのはあなたが初めてですよ。まだひげも生えていないひょろっとした長身のあなたがわたしの事務所に入ってきたときから、すばらしい才能をお持ちだった。考えてみれば、あれ以来ほとんど一日も休んでいらっしゃらないのでは？　ゆっくり養生してください。わたしたちは、なるべく損失を出さないようにがんばりますから」

ストークスはルーシーに軽く会釈して仲間のあとを追い、ドアをそっと閉めた。ドレイクがルーシーに目をやると、彼女は何やら深く考えこんだ顔で彼を見ていた。

「なぜそんなに必死で働くの？」ルーシーがたずねた。「十回生きたって使いきれないほどの財産がある……と聞いているわ」

ドレイクは肩をすくめた。「ほかにあまり得意なものはないんだ」

ルーシーは彼をじっと見つめた。「わたしを相手に軽薄なふるまいをする必要はないわ、ドレイク・ストリックランド」

ドレイクはこれまで、こういう暮らし方をする理由を説明しようとしたことがあった。ネヴィル、フイリパ、そしてジェレミーまでもがおもしろがり、嘲《あざけ》るような反応を示した。ルーシーがばかにするか冷笑するかもしれないと思うと、ドレイクはひどくつらい気分になった。

けれど、じっと見つめるルーシーの目に共感のようなものを感じ取り、ドレイクは話しはじめた。

「ぼくが子どものころ、ここでの毎日がどんなだったか、きみには想像もつかないだろう。医者に言われたことなど無視して生きてやる、と何度も自分に誓ったんだ。家督を相続したら、領民が家族を養うのに手を貸そうと決めた。彼らの子どもたちにちゃんとした教育を受けさせ、将来のためのチャンスを与えると」

「領民のため？」そっとささやかれた言葉は、寒い日の一杯のホットチョコレートのように温《ぬく》もりと甘さを秘め、慰めになった。「だからわたしと結婚したのね？　ネヴィルとレジナルドは決してあなたと同じように領民の面倒をみようとはしないでしょうけれど、あなたが育てた子どもなら、あなたの始めたことを継続してくれるかもしれないから」

「部分的にはそうだ。ジェレミーがきみを不名誉にも利用したのは申し訳ないが……きみと赤ん坊に責任を感じたからでもあったんだ」

「わたしを利用した？」ルーシーの優美な顔がこわばり、目には怒りの炎が燃えていた。「ジェレミーはりっぱな男性だったわ。彼はわたしを愛してくれて、わたしは彼を崇拝していたの。自分の意志に反することをして子どもを授かったわけじゃない。もう一度そうしなければならなくても、ためらったりしないわ」

喉をつまらせたような小さな叫びがルーシーの口からもれた。ドレイクはルーシーを抱きしめ、彼女が何度もしてくれたように慰めてやりたかった。だが、ルーシーの目の激しい怒りがそうさせてくれなかった。ドレイクは近ごろどういうわけか、ルーシーが自分のものであると思うようになっていた。ルーシーの嘆きようを目のあたりにして、彼女はジェレミーのものなのだ、と思い知る。謝ろうと口を開いたが、ルーシーにさえぎられた。

「わたしに同情の無駄使いはけっこうよ、ドレイク・ストリックランド」ルーシーはドアに向かった。「領民のためにとっておけばいいわ」

11

ルーシーはミセス・メイバリーの作った野うさぎとやまうずらのパイを食べていた。長いダイニング・テーブルの向こう側に座る彼女を見て、ドレイクの顔に笑みが浮かんだ。フィリパが出ていき、ルーシーの食欲も出てきて、料理人が辞めるという話はあれっきりになった。

「クリスマスはどうしましょうか?」ルーシーが不意に顔を上げた。

ほほえみかけた表情を無理やりしかめっ面に変え、ドレイクは妻から目をそらして料理に夢中のふりをした。

「クリスマスまでもう二週間もないのよ」彼がその

ことに気づいていないと決めつけるような口調だ。

ドレイクはどう答えてよいかわからず、ためらった。この一週間、彼はルーシーに話す言葉を慎重に選んできた。ジェレミーについて配慮に欠けたことを言ったせいで、楽しい養生期が終わってしまったからだ。あの翌日、ドレイクは朝早く起きて仕事に戻った。得意とするものへと。

「クリスマスはどうするかって？」何げない口調を装ったが、クリスマスの話題はドレイクを狩猟期のやましぎのような気分にさせた。

自分以外の世界じゅうのみんながクリスマスの季節を楽しい気分で迎えるようだったが、ドレイクにはその理由がわからなかった。彼はいつも部外者のように感じてきた。なお悪いのは、そんな神聖な季節に孤独感と憂鬱《ゆううつ》に負けてはならないのだという、わけのわからない意識があったことだ。

「つまりね……」ルーシーの声には忍耐といらだちが葛藤《かっとう》している響きがあった。「家庭ごとにクリスマスの祝い方が違うでしょう。わたしはストリックランド家に嫁いだのだから、あなたの家のしきたりに従わなければならないの」

「しきたり？」ドレイクは苦笑いした。「お好きなように。酔っ払ってどんちゃん騒ぎをする家庭教師と彼の仲間を避けるために、屋根裏部屋に隠れるという儀式はどうだい？　それとも、みんなが家族とともに祝日を過ごすために帰省したあとも、ひとりで寄宿学校に残るという習慣のほうがいいかな？」

ルーシーが悲しそうな顔をしているのを見て、彼は癇癪《かんしゃく》を起こしたことを後悔した。他人の浮かれ気分をねたんでなどいないが、それを彼女にわかってもらおうとは思わなかった。

この季節にドレイクが望むことは、そっとしておいてほしいということだけだ。クリスマスの朝の祈りで日課を読む。ミセス・メイバリーが作ってくれる大きな鵞鳥肉《がちょう》とプラム・プディングを少しばかり食べる。それから、不機嫌を他人に移さないようにひとりで馬に乗って出かける。冬の早朝の薄明の中で、馬を止めて質素な家を物欲しそうに見つめ、音楽や少しばかり酔っ払った笑い声が聞こえないかと耳をすまし、人間の幸福というとらえどころのない謎《なぞ》についてじっくり考えたとしても、他人には関係ないではないか？

ドレイクがはっとわれに返ると、ルーシーが横にひざまずき、彼の上着の袖口《そでぐち》を優美な手で握っていた。「ごめんなさい、ドレイク。気づくべきだったわ……」

ちくしょう！　なぜルーシーは、予想とはまったく反対のことばかりするんだ？　冷笑されると思って身がまえていたのに。

「立ちなさい！」ドレイクはどなった。「席に戻って食事を終えるんだ」ジェレミーのことで喧嘩《けんか》をした夜のルーシーの捨てぜりふを思い出す。「同情の無駄使いはするな」

「わかったわ」ルーシーは静かに言ったが、その場を動こうとはしなかった。「同情ではなく思いやりのつもりだったけれど。わたしたちふたりの思いやりが必要な人はほかにたくさんいるわ」

席に戻れ、ともう一度言いたかったが、好奇心に負けた。だが、口を開くとどうなるかわからなかったので、物問いたげに眉を上げただけだった。

ルーシーが探るようにドレイクの顔を見つめた。「大切にしているシルヴァーソーンのクリスマスの伝統がないのなら、わたしの家の伝統に従うのはどうかしら？」

「きみの好きなようにするといい」ドレイクは食事に戻るふりをしてルーシーの手を振り払った。「ただ、ぼくを巻きこむのだけは――」

「ハイ・ヘッドよ」ルーシーがドレイクの言葉をさ

えぎった。「ふたりであそこへ行き、クリスマス気分を盛り上げるの。今年は彼らにとってたいへんな年だったから、幸せにやっているかどうかこの目で見てみたいのよ」

これは予想外だった。またもや彼女に不意打ちを食らった。

「父とわたしは教会を持つには小さすぎる村を訪問するのが好きだったの。クリスマス料理を持っていき、父がだれかの家でお説教をしたものよ。母が亡くなった年に始めたの。母のいない寂しいクリスマスを暗い気持ちで過ごさなくていいように」

「その習慣をどうぞ続けてくれたまえ」ドレイクは辛辣《しんらつ》な口調で言った。ドレイクのふるまいを責めるためにルーシーが今の話をしたのではないことはわかっていたが、それでも良心がちくりと痛んだのだった。変えられない過去をドレイクがうじうじと悩んでいたとき、ラシュトン家の父娘《おやこ》は自分たちの悲しみをこらえ、ほかの人たちが楽しいクリスマスを過ごせるように尽力していた。ルーシーはドレイクが前々から思っていたとおりの女性だった。彼女のような女性はめったにいない。

ルーシーは上着の袖口を離して彼の手を握った。「じゃあ、あなたも行ってくれるのね？」美しい顔が期待にぱっと輝く。

ドレイクは心を鬼にして抵抗した。「ぼくが行ってもお祭り気分のたしにはならない」つっけんどんに言う。「クリスマスの陽気な気分にひたる秘訣《ひけつ》を知らないからね。食料と酒は好きなだけ持っていっていいよ。それでぼくの気持ちとさせてくれ」

ルーシーは立ち上がり、ドレイクをにらみつけた。「他人を気にかけるということは、死ぬほど働いて彼らにたっぷりお給料を渡すことだけじゃないのよ」怒りに目をきらめかせているルーシーは美しかった。ほんの少し前に頼み事をしたときの、すがりつくような彼女も美しかったが。

ドレイクはなぜか喉にこみ上げてきたかたまりをごくりとのみこんだ。

「それに、クリスマスを楽しむのに秘訣なんてないの」ルーシーの口調がやわらかくなった。「主はわたしたち人間の中でもっとも卑しい者のひとりとして生きるために地上に降りてこられたの。貧困と不安を分かち合うために。わたしにとってはそれこそが祝うに値する奇跡なのよ」

「いいだろう」ぼやくように言う。「行くよ。だが、ぼくがみんなの楽しみをぶち壊しにしても知らないからな」

「喜んでその危険を冒すわ」ルーシーの唇の片端がゆがんで、からかっていることがわかった。「蓋《ふた》を開けてみたら、自分も楽しんだ、となる危険をあなたが冒してくれるならね」


クリスマスの朝、ルーシーはシルヴァーソーンの家族席にひとりで座り、ジェレミーを失った悲しみを改めて感じていた。正直に言うなら、最近は彼のことをあまり考えていなかった。それなのに、なぜよりによって今朝、悲しみがどっと押し寄せてきたのだろう?

今までは、ジェレミーがロンドンにいるのだとか、スペインに出征中ですぐにも休暇をとって戻ってくるとか空想することができたからかもしれない。けれど、クリスマスの朝にセント・モーズ教会に彼の姿がないなんて、ありそうもないことだった。

思い出したくもないほど何年も、ルーシーはすきま風の入る二階席からジェレミーの美しくこのうえなく魅力的な横顔をうっとりと見つめてきたのだった。ルーシーがクリスマスのプレゼントに望んだのは、そのつかの間の崇拝の時間だけだった。今二階席にはルーシーの内気な憧《あこが》れの残影だけがあり、彼女自身はジェレミー・ストリックランドがもう二度と座らない席に座っていた。

悲しみを新たに感じたルーシーは、なじみの祈祷《きとう》書に救いを求めた。座り、起立し、ひざまずき、頭を垂れ、暗記している祈りをつぶやく。ドレイクが聖書台に立ち、日課を読みはじめた。教会を支える家族の長として、日課を読むことは彼の特権であり義務だ。

ぱりっとした白い法衣《サープリス》を着たドレイクはとても気品がある。ルーシーはそう気づいてどきりとした。黒い目、黒髪の険しい容貌《ようぼう》が、とても説得力のあるものに見えてくる。ルーシーは昔からドレイク・ストリックランドを力強い男性だと思ってきた。貴族の好む高価で華美な服やアーミン毛皮ではなく、飾りけのないサープリスのおかげで、ドレイクの力強さは富や地位の力強さではなく、人柄と道義心の力強さだったのだと気づいた。

「六カ月目に天使ガブリエルが神からつかわされた」きっぱりとしたよく響く声でドレイクが読んだ。「ガリラヤのナザレという町に」

ルーシーはルカによる福音書のその場面をあざやかに思い描いた。完璧《かんぺき》な男らしさを持つ人気者で雄弁な天使ガブリエルが、敬虔《けいけん》な気持ちになるほど美しい処女に幼児キリストを身ごもるという特権と重荷について告知している。ルーシーは反射的に手袋をはめた手で外套《がいとう》のおなかのあたりを押さえた。分厚く温かいビロードの生地の上からではわずかなふくらみはわからなかった。

「マタイによる福音書」ドレイクが言い、ルーシーは物思いからはっとわれに返った。分厚い聖書から顔を上げたドレイクは、刺すような視線で一瞬だけルーシーを見た。「イエス・キリストの誕生は次のようであった。母マリアはヨセフと婚約していたが、ふたりが一緒になる前に、聖霊によって身ごもっていることがわかった。夫ヨセフは公明正大な人だったので、マリアがみんなのさらし者になることを望まず、ひそかに縁を切ろうと決心した」

ガブリエルとはなんて対照的なのだろう！　ヨセフは不器用で実際的な職人で、目と髪が黒く、忠実な人柄だ。けれど、このナザレの職人には一見しただけではわからない何かがあったに違いない。まず第一に、ヨセフは親切な男性だった。聖マタイが言ったように〝公明正大〟な人だった。だから、かわいそうなマリアが公衆の面前で恥をかかされるのを見るに堪えなかった。彼はマリアのいたいけな子どもの地上の父となって守り育てることで、彼女に無類の奉仕をした。神からそんな仕事を任されるとは、ヨセフは本当に特別な人だったのだ。

「そして、ヨセフは眠りから覚めると」ドレイクが締めくくりにかかっていた。「主の天使が命じたとおり、妻を迎え入れ、男の子が生まれるまでマリアと関係を持たず、その子をイエスと呼んだ。第二日課の終わり」

聖書台から下りるドレイクを見ていたルーシーの口から、かすかな吐息がもれた。マリアは夫のすばらしい人柄を感謝し、愛するようになっただろうか？　それとも天使との触れ合いのきらめく思い出にしがみついたままだっただろうか？

天使だ。

彼女はまったくもって天使のように見える。そりから降りるルーシーに手を貸しながら、ドレイクはそう思った。

ウエストを両側から支えて地面に降ろすとき、彼女はとても軽かった。不安になるほどに。

心配が顔に出たのだろう。ルーシーが励ますような笑みを浮かべた。「あなたが思うほど悪くはないのよ、ドレイク。大丈夫」

言い終わるか終わらないかのうちに、ルーシーがドレイクの腕の中でぐったりとなった。

「ルーシー！　どうしたんだ？　大丈夫か？」ドレイクは、ルーシーが教会墓地で泣いているのを見た夜と同じように彼女を胸に抱き寄せた。

ルーシーは申し訳なさそうに弱々しく笑い、手袋をはめた手を額にあてた。「ちょっとめまいがしただけ。わたしは大丈夫」夫にだけ聞こえるようにつけ加える。「妊婦にはありがちなことなの」

ドレイクは寒けを感じた。なぜ彼女は突然ぼく以外の男の子どもを身ごもっていることを思い出させるようなことを言ったのだろう？

「まあ、それだけのことならいいが……」ドレイクは唐突にルーシーを立たせた。

ルーシーは頑としてドレイクの腕にしがみつき、道に向かって顎をしゃくった。わずかに積もった雪は何度もくり返し人に踏まれて解け、高地の風にさらされて凍りついていた。「足をすべらせてしまいそう」ルーシーはまた声を落とした。「わたしが転んで、未来の相続人に何かあってはいやでしょう？」

ルーシーはいたずらっぽい顔をドレイクに向けた。その魅力的な笑みにドレイクはうっとりした。

「それに、思っていたよりも寒いから、あなたに風よけになってもらいたいの」ダンスのステップを踏むように、すばやく優雅に彼に身を寄せた。

ドレイクは反射的にルーシーの背中に腕をまわし、しっかりと抱き寄せた。

「タルボット。ミセス・メイバリー」ドレイクは執事と料理人に声をかけ、羊毛の膝かけを取った。「監督の事務所はあそこだ。今夜の祝いの準備はきみたちに任せて、ぼくたちは村の人たちを訪問してくるよ」

「手伝いを申し出てくれてありがとう」ルーシーが

声を張りあげて言った。「今年のクリスマスは、きっとハイ・ヘッド史上最高のクリスマスになるわ」

ミセス・メイバリーがにっこりした。「こちらこそ、お手伝いできてうれしいですよ。クリスマスには、昔みたいにおおぜいの人のために料理がしたかったんですもの。ここ数年焼いていたちっちゃな鵞鳥なんて、苦労のしがいもありませんでしたから ね」彼女はドレイクに軽く非難の顔をしてみせた。

「行きましょうか、ドレイク？」ルーシーが言った。「みんなの家を訪問して、今夜のお祝いに招待するつもりなら、早くしないと」彼女は、そりから食料を下ろしている使用人たちのほうに目を走らせた。

「父はどこだかわかる？　一緒に来るつもりだと思っていたのだけれど」

「父上がどんな人か、きみはよくわかっているだろう」素知らぬ口調になっていればいいのだが、と思いながらドレイクは言った。「お年寄りにリウマチの具合をたずねて話しこみでもして、ぼくたちのことを忘れてしまったんじゃないかな。先に行こうよ。父上も遅かれ早かれいらっしゃるだろう」

ドレイクは心の中で、ぼんやり者の義父がふたりで慎重に練った計画を実行してくれるだろうか、と心配した。実行してくれたとして、ルーシーは喜んでくれるだろうか？　ミセス・メイバリーが何げなくきいてくれなかったら、プレゼントのことなど思いつきもしなかった。彼は妻にどんなプレゼントを買おうかと何日も考えたのだった。

ようやく思いついたのは、ドレイクのよく知っている女性たちとは違い、ルーシーはいつだって受け取るよりも与えるほうがうれしそうだった、ということだ。そして今日の計画が生まれた。その後の丸一週間、彼はケンダルにこっそり買い物に行ったり、ラシュトン牧師と秘密の打ち合わせをしたりで、仕事ではほとんど使いものにならない状態だった。近づいてくるクリスマスに期待感でわくわくするなど、ドレイクにとっては初めてのことだった。ところがついにクリスマスがやってきた今、ルーシーがどんな反応をするか心配になってきた。

ルーシーが震え、それがドレイクに伝わった。

「行こう。ここの風はシルヴァーソーンの風より冷たい気がするよ」

ドレイクたちが村を訪問するという話はすでに広まっていたらしく、最初に行った家で温かくも騒々しく歓迎され、あっという間に暖炉の近くに座り、温めたりんご酒のカップを受け取っていた。

ドレイクは両手で温かいカップを包み、ルーシーがその家の家族と生き生きと会話しているのをじっと見つめた。甘くぴりっとしたりんご酒を最後まで飲み干したとき、その家の赤ん坊がよろよろと歩いてきてドレイクの膝につかまった。赤ん坊は、よだれまみれで歯のない口を大きく開けて笑みを浮かべ、ドレイクを見た。彼は不思議な衝動に駆られて赤ん坊をブーツの爪先にのせ、上下させてあやした。男の子の赤ん坊は相手をつりこむような笑い声をたて、ドレイクも一緒になって笑った。

一年もすれば自分の子どもをこんなふうにあやしているかもしれない、という思いが突然浮かぶ。ふっくらした手でドレイクの指を握り、かわいらしく笑い、彼をパパと呼ぶ息子が。その思いはりんご酒よりもドレイクを温め、酔わせた。

「ごらんなさいな」赤ん坊の母親が驚いたような押し殺した声で言った。「うちのコリーはいつだって人見知りするのに。わたしの母が来たときだって、母が家に入ってきたとたん、ぎゅっと目をつり上げて大泣きしたのよ」

赤ん坊は自分のふるまいがみんなを驚かせたことなどわれ関せずで、ドレイクの膝によじ上り、そこで満足そうに落ち着き、ふっくらした親指を口に入れた。ドレイクはルーシーに見つめられていることに気づいた。彼女の目はかつてはジェレミーに向けられたに違いない輝きを宿していた。どういうことだろう？　ぼくの腕の中にいる赤ん坊を見て、彼女の中でも赤ん坊が育っていることを実感したのか？　ルーシーがあんな表情をしている理由がなんであれ、ドレイクは彼女にキスをしたくなった。

ちょうどそのときドアが勢いよくノックされ、小屋の外から男性の太く大きな声が響いた。「この家にはよい子にしていた子どもたちはいるかな？」「サンタクロースだ！」子どもたちはドアに駆け寄り、だれがドアを開けるかで先を争った。

ずんぐりしたサンタクロースが家に入ってきた。子どもたちは毛皮の縁取りのあるローブにしがみつき、申し分なくよい子にしていたと何度も言っている。

「正しい家に来たわけだ」サンタクロースは子どもたちの頭を撫《な》で、握手をした。

子どもたちが熱中のあまりサンタクロースの顎からけばだてた羊毛のひげをむしり取ってしまわないことをドレイクは願った。彼は、ルーシーがサンタクロースをじろじろと見て、その正体に気づいてうれしそうな顔をしたのを目にした。彼女から物問いたげな視線を向けられたドレイクは、きまり悪そうに目をそらすことしかできなかった。

家族全員がプレゼントをもらって大喜びだった。長男にはおもちゃの兵隊。大人の女性になりかけの娘には趣味のよい絵が描《か》かれた扇子。年下の子どもたちには人形や本が贈られた。母親にはすてきな針仕事用のかごが、父親にはすばらしい革製のたばこ入れが贈られた。ドレイクの膝という聖域から、うさんくさげな顔でこれを見ていたコリーも、はでな彩色のこまを受け取った。姉たちがこまをまわしてやると、コリーは喜びの声をあげた。

サンタクロースの大きな袋から華やかな包装紙に包まれたプレゼントが出てくるたび、ルーシーの笑みは広がり、目の輝きが増した。ドレイクの胸を達成感が満たした。

その日の午後訪れたどの家でも同じだった。温かい歓迎、質素なもてなし、サンタクロースの熱烈な歓迎とプレゼントへの感謝。すべての家を訪問し終わると、村人たちは日課の祈りをし、キャロルを歌うために事務所に集まった。説教をする小柄で赤ら顔の牧師と陽気なサンタクロースが似ていることに年上の子どもたちが気づいたとしても、彼らはこの興味深い情報を年下の子どもたちと分かち合うことを控えた。

その後ミセス・メイバリーのすばらしい食事となった。村人たちは満腹感にうめき、ダンスをするために部屋を片づけ、母親たちは子どもたちを寝かせるために家に連れ戻り、留守番を祖父母か年上の子どもたちに頼んだ。

威勢のよいライン・ダンスを続けて踊り、息切れして休憩したとき、ルーシーはようやくドレイクを隅に連れていくことができた。やっとふたりだけで話ができる。

「父から、サンタクロースのことは全部あなたがお金を出してくれたと聞いたわ」ルーシーは戸口でそっと言った。「あんなふうに喜ばせたいと思っていたのだけれど、あなたにはもう充分よくしてもらっていたから、これ以上ずうずうしく頼めなかったの」

ドレイクはずっと視線を踊り手たちのほうに向けたままだ。「きみへのプレゼントは何がいいかさっぱりわからなかったんだ」気持ちをきちんと表現できず、肩をすくめる。ジェレミーならルーシーが喜びそうな完璧なプレゼントを見つけ、麗々しく渡したことだろう。自分のクリスマスの贈り物が不意にばかげた感傷の極みに思えてきた。

「父から聞いたのだけど、あなたはアンソニー・ブラウンから村人たち全員の名前と彼の推測した年齢のリストをもらったんですって？　それに、ずっと遠くのお店まで行って、みんなにぴったりのプレゼントを探したんですって？」

「楽しかったよ」彼はこの会話にほんの少ししか注意を引かれていないふりをした。「クリスマスが来るのを楽しみにしたのは初めてだった」どんなにがんばっても、無関心な口調にはならなかった。

ルーシーがくすりと笑った。「わたしからあなたへのクリスマス・プレゼントとして、〝だから言ったでしょう〟とは言わないと約束するわ」

音楽の最後の旋律が小さくなっていった。演奏家たちが次の曲を奏ではじめたら、主人役としてまた踊るのが義務だとドレイクにはわかっていた。けれど、ルーシーとのあいだの静かで親密な魔法を壊す気になれない。

「あれ以上の喜びはなかったわ」彼女の目は黄褐色の宝石のようにきらめき、声は震えていた。「ダイヤモンドを雨あられと贈られるよりうれしかった。あの子たちの笑い声を聞き、顔が輝くのを見たら……。今年のクリスマスはわたしにとってこれまでいちばん幸せなクリスマスになったわ」

ドレイクが答えられずにいると、ルーシーがふたりの頭上を指さした。しおれた宿り木の小枝が飾れていた。葉はドレイクの頭をかすりそうだ。

ルーシーが片手をドレイクの首にまわし、やさしく、けれどきっぱりとドレイクを引き寄せた。彼女にキスをされているあいだ、ドレイクは身じろぎもせずにいた。やさしく、完全に純粋なキスだった。その瞬間、ドレイクは言うに言えぬ甘い宝物を贈られたという驚くべき感覚に打たれた。

12

わたしにとってこれまででいちばん幸せなクリスマス。

わたしは本当にそんなことを言ったの？　二、三日後の夜、ルーシーはベッドで転々と寝返りを打ちながら自問していた。もちろん、ドレイクがしてくれたすべてをとても感謝していると、どうしても伝えたいとは思った。けれど、ジェレミーのいないクリスマスをこれまでいちばん幸せなクリスマスと言うなんて、愛の冒涜《ぼうとく》に等しい。

それでも、自分の感情を厳しい目で見つめたあとでさえ、ルーシーは自分の言葉を取り消す気にはなれなかった。やさしい魔法がこの先何年も思い出の中で輝き続けるような、めったにないすばらしい一日だったのだから。けれど、その無邪気な魔法は別の魔法を引き起こした。暗くて強大な魔法を。ドレイクと唇を触れ合わせて以来、彼が欲しくてたまらなくなったのだった。

でも、これは愛ではない。

それについては確信があった。ドレイクに突然抱くようになった奇妙な関心は、ジェレミーに抱いていたほのかで夢見るような愛とは似ても似つかない。これまで読んだことのある本も、詩やロマンチックなバラッドもすべて、ジェレミーに抱いたような感情が本物で永久不変で、人生で一度きりのものだと示していた。

ルーシーがドレイクに感じているのは単なる肉体的な関心で、手の届きにくい背中のかゆみのようなものだ。しつこくて無視することはできないけれど、つらいかゆみに手が届けば、気分がとてもすっきりする。

「体をかくのはおやめなさい、ネヴィル！」彼の祖母がぴしゃりと言った。「下劣な居酒屋や賭博《とばく》場でもらってきた害虫をわたしの家に持ちこまないでもらいたいものね」ネヴィルとフィリパを警戒するような目つきで見る。「お金の無心に来たのでしょう？　あなた方がお金のあるときに訪ねてくると思うほど、わたしはお人好《よ》しじゃありませんからね」

「せっかくその話が出たのだから……」ネヴィルが口を開いた。

「違いますわ、お祖母《ばあ》さま」フィリパはとがった肘でネヴィルの脇腹《わきばら》を思いきり突いた。「わたしたちはクリスマスの挨拶《あいさつ》に来たんです」

「もうじき十二日節ですよ。クリスマスの季節に家族意識を持ったにしては、ちょっとばかり遅すぎやしないかしらね」

ネヴィルはフィリパが答えてくれるだろうと期待のこもった視線を向けた。こういうときにおべっかを使うなら、フィリパの右に出る者はいないのだ。

「遅すぎる？　そうですね。実は……」フィリパはうまい言い訳はないかと頭を働かせた。「ドレイクと奥さんのせいなんです！」青白い頬を勝ち誇ったように染めて言う。

「彼らがどうしたの？」侯爵未亡人はうさんくさそうに言った。

「クリスマスにはドレイクたちが来ると思っていたので」フィリパが答えた。「ネヴィルとわたしは当然のことながら、家族全員がそろってからお祝いをしようと思っていたんです」

メイドが紅茶のトレイを持ってきた。祖母がそちらに気を取られているあいだに、ネヴィルはこっそりフィリパに〝よくやった〟と笑いかけた。彼女は祖母を懐柔すると同時に、今日の訪問の本当の理由に持っていく道筋を作ったのだ。

「ドレイクが自発的にロンドンに来る……」侯爵未亡人は言った。「それは本当なの？」

フィリパは、ネヴィルなら口がゆがんでしまうほど砂糖のたっぷり入った紅茶をすすった。「わたしがロンドンに戻ってくる前に、ドレイク自身がそう言いましたもの。なぜまだ来ていないのかしら。ルーシーが裏で糸を引いているのかもしれませんわ」

「ドレイクの嫁はロンドンに来たがっていないの？」侯爵未亡人は意外そうにきいた。

フィリパがため息をつく。「それなりの相手とつき合うことがおっくうなのではないかしら。子爵夫人としてはまったく不向きですわね」

「そう。あちらの様子を教えてもらったほうがよさそうね」

ハイ・ヘッドの炭鉱事故のときのルーシーのはしたないふるまいをフィリパが大喜びで話しているあいだ、ネヴィルはにこりともせずに聞いている祖母の様子を眺めた。そしてにんまりせずにはいられなかった。侯爵未亡人は最初からドレイクの結婚には反対だった。ドレイクの結婚をぶち壊す強力な味方になってくれるかもしれない。とはいえ、彼女はぼくにシルヴァーソーンを相続させたいとは思っていないのだから、慎重に進めなくてはならないが。

「ですからね」フィリパが息をはずませて話を結んだ。「お祖母さまとわたしでルーシーをしっかり教育できるよう、ふたりをロンドンに来させることが必要なんです」

「何か考えはあるの？」侯爵未亡人がたずねた。

「わたしが呼んでも、ドレイクは来やしませんよ」

「呼んだぐらいではね」ネヴィルはひき肉入りのペストリーをのみこんだ。「お祖母さまが病気でドレイクに会いたがっていると手紙で知らせれば、彼も無視はできないんじゃないかな」

侯爵未亡人はじっくりとフィリパを見つめ、それからネヴィルを見つめた。その謎《なぞ》めいた表情に、ネヴィルはどっと汗をかいた。祖母はかなりの高齢かもしれないが、かくしゃくとしている。フィリパとの策謀を見抜かれたのだろうか？

「いいでしょう」ようやく侯爵未亡人が言った。「一週間以内に手紙を送りましょう。それでもドレイクが来るかどうか確信はありませんけどね」

祖母の屋敷を辞したとき、フィリパがネヴィルにささやいた。「わたしからも手紙を出しておくわ。お祖母さまはどんなことがあっても自分が重病だとは書かないでしょうから」

ネヴィルは同意のしるしにうなずいた。「失敗したら元も子もないからな」

侯爵未亡人は居間の窓からネヴィルたちが帰って行く様子を眺めた。ふたりは何を話していたのかしら？

ご神託などなくても、あのふたりが何かを企《たくら》んでいることくらいわかるわ。けれど、その企みとはなんなのかしら？

ドレイクは眉をぐっと寄せ、アルズウォーターの事務所の帳簿に集中しようとした。細かい数字の列がなんの意味も持たないことなど、思い出せるかぎり初めてのことだった。いつもなら瞬時にほんの少しの間違いだって見つけられたし、次の四半期の歳入予測を立てることだってできたのに。

「具合でも悪いのですか？」ハロルド・ストークスは低い窓枠にもたれ、親が子にするような心配顔でドレイクを見た。

「具合が？」ドレイクは体をこわばらせた。「いや。クリスマスにばかげたことをしすぎたから、仕事に戻りたくてうずうずしているだけだ」ドレイクは集中すれば退屈な数字から何か意味が読み取れるのではないかと、出費の記載に見入った。

視野の隅で、ミスター・ストークスがパイプを大きく吸いこみ、口の端からふうっと長く煙を吐き出すのが見えた。

「クリスマスにあなたがハイ・ヘッドでしたことはばかげてなどいませんよ」ミスター・ストークスが重々しく言った。「気にかけていることを使用人とその家族に示せば、使用人は賃金元帳に記入されているただの名前ではなくなる。その使用人は金では買えない忠誠をもって報いてくれる。ハイ・ヘッドのあの炭鉱がふたたび石炭を産出するようになれば、あなたの想像以上に利益を上げるのは間違いないでしょう。鉱夫たちはあなたのために懸命に石炭を掘りますよ。それもこれも、あなたが彼らの子どもたちに笑みをもたらしたからなのです」

「ルーシーもそう言っていたな」

「あなたの奥さんは賢明な方だ」ハロルド・ストークスがくすりと笑った。「おまけに気骨もある。あなたが疲れたからと言って、シルヴァーソーンからわれわれを追い出したときに、そう思いましたよ」

ドレイクは弱々しい笑みを浮かべた。ルーシーはたしかに賢明で気骨がある。けれど、ドレイクが仕事に集中できなくなり、夜眠れなくなった原因は別のところにあった。

妊娠初期のつわりがおさまったルーシーは、最近になって美しい野薔薇《ばら》のように咲き誇っている。ルーシーとのキスを味わったクリスマスからこっち、ドレイクはふと気づくと彼女の女性らしい歩き方にぼうっと魅せられていることが多くなった。

「それに」ミスター・ストークスが続けた。「あなたは仕事漬けの生活を長く送りすぎです。若いときにくびきにつながれてしまったとでも言いましょうか。少しばかり楽しむ機会もなかったでしょう」

ドレイクは疑わしげに両の眉を上げた。「楽しむ？　ぼくの経験から言うと、楽しみとは、放蕩《ほうとう》と堕落行為のすべてを、あたかも罪のないように思わせる言葉だよ。言っておくけれど、義務に精を出したせいで何か価値のあるものを見逃したと感じたことは一度もないんだ」

「義務を果たすのはすばらしいことですよ」ミスター・ストークスは認めた。「ですが、世の中にはあらゆる種類の楽しみもあって、そのすべてが罪というわけではありません。よい暮らしの秘訣《ひけつ》とは、義務と楽しみのバランスを正しくとることだ、とわたしは思いますよ。ケーキを焼くのと似ているかもしれません。バターと卵と香味料を入れすぎると消化によくない。だが、まったく入れなければ食べるだけの価値もないものができ上がる」

「きみが哲学者だとは知らなかったな。ぼくのおいしくもないケーキにはどんな調味料を入れればいいと思う？」

求められてもいない助言をしたのに、ドレイクが怒っていないことに安堵《あんど》の表情を浮かべ、ミスター・ストークスはさらにパイプをくゆらせた。

「仕事以外の時間はすべて愛する奥さんとお過ごしなさい。育児室はすぐに子供たちでいっぱいになり、奥さんは手いっぱいになるでしょうから、ふたりきりのあいだに楽しむことです」

ドレイクの顔がこわばった。夫婦ふたりきりではない。彼らの結婚生活には最初から三番目の人物がいるのだ。ジェレミーの代わりとなる赤ん坊が。

いや、それも正確ではないぞ。ドレイクは苦々しくひとりごちた。三番目なのはぼく自身だ。侵入者。じゃま者。ルーシーに昼も夜も隣にいてほしいと願っている男の貧弱な代理人。

「冬のあいだ奥さんをブライトンかバースへ連れていっておあげなさい」ドレイクの変化に気づかず、ミスター・ストークスが続けた。「少しばかり社交界を楽しむのです。わたしたち各事業の責任者は、あなたなしでやっていくことを経験ずみです。一、二カ月ならなんとかなるでしょう。いずれにしろ、商売は冬場には活気がなくなりますから」

「そうだな……」ジェレミーの思い出がいっぱいつまったシルヴァーソーンから離れることが、ふたりのためによいのかもしれない。「ちょうど上院に出席しようかと思っていたところなんだ。アメリカを海上封鎖したせいでこの国が、とくに生活のために働いているわれわれが、どんな憂き目に遭っているかを貴族仲間に思い出させるためにね」

「首都ですな。ですが、行くなら早くなさい。これまでのところは暖冬ですが、ひどい吹雪が一度でもあれば春までここに閉じこめられることになるかもしれませんからね」ミスター・ストークスは前かがみになってドレイクの腕を軽く叩《たた》いた。「さあ、帳簿におもしろいことが書かれているようなふりをするのはやめて、ニコルスウェイトに戻る前にわたしと軽く一杯やりましょう」

濃くなりつつある夕闇《ゆうやみ》の中をアルズウォーターから戻るドレイクの頭に、疑念がかすめた。

ロンドンか。

ドレイクはもう何年も首都を避けてきた。たまに出かけても、さっさと仕事をすませて帰ってくるというありさまだった。どれだけ招待状が届いても、どれだけしつこく誘われようとも、貴族仲間の社交の集まりにはほとんど出席しなかった。正気の男なら、気乗り薄の娘を押しつけようと虎視眈々《こしたんたん》と狙《ねら》う母親につきまとわれるような危険を冒したがるはずもない。それに、雄弁さと魅力を高く評価する人々の前でぎこちなくふるまって笑われたくもなかった。

シルヴァーソーンに戻ったドレイクは、タルボットと挨拶を交わし、夕食前に風呂を使って着替えようと自室に向かった。身支度をしながらも、まだ考えていた。自分はあきらめてロンドンで冬を過ごすことにしても、ルーシーをどう説得すればいいだろう？　郵便物を読んだドレイクは、その答えを得た。

「ミスター・タルボット？」夕食前の着替えをしようと部屋に向かう途中で、ルーシーは執事を呼び止めた。「子爵さまが戻ったら教えてちょうだいね」彼女はくしゃくしゃになった手紙を握りしめていた。「急ぎの用があるの」

「子爵さまは三十分ほど前にお戻りです。今はお風呂を使っていらっしゃるころだと思います」

「そう」ルーシーは顔がまっ赤になるのを感じた。「それなら、夕食まで待たなければならないわね」

タルボットが階段のほうへ向かって姿が見えなくなると、ルーシーは急いで東棟に向かった。彼女は何も考えていなかった。未知なる力がルーシーの意思に反して体を動かし、前に進めていた。

夫の寝室の戸口まで来て、ルーシーはためらった。彼女の理性的な部分は、考えなしの行動に文句を言っていた。入浴中のドレイクのじゃまをして、何をしようというの？　きびすを返して立ち去ろうとしたとき、ドアがわずかに開いていることに気づいた。理性は、どっと襲ってきた好奇心の波にのまれてしまった。

ルーシーは息をつめ、すきまから中をのぞいた。寝室は暗く、暖炉のちらつく火だけが寝室の奥の化粧室をほんのり照らしている。見たかったものを見るには充分だった。湯船はルーシーの視線のまっすぐ先の暖炉近くに置かれていた。

ドレイクが手ですくった湯で顔を洗い、犬のように髪と頬ひげの水分を切ったかと思ったら、突然立ち上がった。ルーシーは鋭く息をのみ、ふらついた。

引き締まった脇腹の筋肉を湯が伝い落ちる。最後の一滴はゆっくりくねくねと伝っていき、ルーシーは指でそのあとをたどりたくてむずむずした。ドレイクが少しだけこちらに向き、胸で光る水滴が見えた。彼女は抗《あらが》えずに視線を下に落としていった。

そのときドレイクが近くの椅子の背にかけてあったタオルをつかみ、てきぱきと体を拭《ふ》きはじめた。ルーシーははっとわれに返り、彼を見てどっとわき起こった暗い欲望にたじろいだ。ドレイクが欲しかった。少なくとも、裏切り者の体は彼を欲しがっていた。ほかのだれにも、ジェレミーにすら感じたことがないほど深く強く。

違うわ!

ルーシーはジェレミーの思い出に忠誠を誓った。たとえ誓っていなくても、ドレイク・ストリックランド相手にそんな欲望を抱くことはありえない。ルーシーは、魅惑的で心を乱すドレイクの体から視線をそらした。そして、地獄の門の番犬に追われているかのように必死で廊下を駆け戻った。

ルーシーは、ぼくの気持ちに気づいている。ドレイクは思った。そして、彼女はそれを気に入らないらしい。夕食の最初の三品のあいだ、ルーシーはほとんど何もしゃべらなかった。食事時の話題はいつも彼女が提供してくれていたので、ドレイクはロンドンの話をどう切り出せばよいのかわからなかった。沈黙は、初冬にメイズウォーターの岸から忍び寄る薄くもろい氷のように、ほとんどそれとわからないほど少しずつ広がっていった。

ドレイクはワインをぐいと飲み、勢いをつけた。

「実はね――」

「ドレイク、お願いがあるんだけれど――」

ダイニング・ルームの静けさの中で、唐突に話し出したふたりの言葉がぶつかった。

ふたりは笑い出した。楽しそうにからみ合う自分たちの声がドレイクは気に入った。ルーシーの高く澄んだ笑い声は、あまり使ってこなかったせいでさびついているようなドレイクの低い含み笑いと対照的に響いた。

「お願いってなんだい？」

「その……」ルーシーは神経質そうに唇を噛《か》んだ。「今日レディ・フィリパから手紙が届いたの。お天気がいいうちにロンドンに来るようにって。お祖母さまが病気らしいの」

「ぼくのほうには祖母から手紙が来た。病気はたいしたことはないと書かれているが、ぼくは行間を読めるからね。ロンドンに行くのはいやかい？　先日の別れ方はあまりほめられたものではなかったし、祖母はかなりの高齢だから」

「もちろん行かなくてはだめよ」ルーシーの口調には安堵と同時に不安がにじみ出ていたが、ドレイクにはその理由がわからなかった。

「よかった。荷造りをしてロンドンへ行こう」

「レディ・フィリパのところに滞在することになるのよね？」ルーシーが鼻にしわを寄せた。

「ぼくだってそれを楽しみにしているとは言えないな。だが、グラフトン・スクエアにすでに屋敷があるのに、ほかに家を借りるのはおかしいだろう。ロンドンに着いたら、フィリパはまたすぐにもぼくたちを仲たがいさせようとするだろう。フィリパがしたことを考えたら、彼女が同じような目に遭うのを心から見たいと思ってしまうよ」

ドレイクは椅子にもたれてワインをすすり、何かいい考えはないかと頭を巡らした。愉快なアイデアが浮かび、唇にゆっくりと笑みが広がった。

「何か考えついたの？」ルーシーがたずねる。

「たぶんね。でも、それを実行するにはきみの協力が必要だ」

ルーシーの目が楽しそうな琥珀《こはく》色に輝いた。「レディ・フィリパを苦しめることができると断言してくれるなら、共犯になるわ」
「ぼくの案を聞く前に、そんなことを言わないほうがいいかもしれないよ」ドレイクは注意した。「いとこはぼくたちふたりのあいだに揉《も》め事の種をまきたくてしかたないようだから、ぼくたちが仲むつまじいところを見せられたら、何よりいらだつんじゃないかな。見る側がうんざりするほどべたべたして、愛し合っている新婚夫婦を演じるんだ。ぼくのアイデアをどう思う？ きみの演技力は冒険心に引けを取らないと言えるかい？」

13

ドレイクに夢中の花嫁を演じられるほどの演技力が、わたしにはあるかしら？ ダービーシャーの田舎道を走るバルーシュ型馬車の窓の外を見ながら、ルーシーは自問していた。向かい側に座る彼を盗み見る。それよりも、日一日と惹《ひ》かれていく彼に無関心でいるふりを続けられるだろうか、と自問すべきね。

少なくともロンドンでは、彼のことばかり考えずにすむのがうれしい。ロンドン行きをドレイクに促した大きな理由はそれだった。入浴中の彼を見てしまったことで、シルヴァーソーンでふたりきりで過ごす自信がなくなったのだ。

それに、ロンドンの社交界だって、ここ数日世話になってきた人たちと同じように、わたしを快く迎え入れてくれるかもしれない。ふたりはドレイクの親類を訪問しながら南へ向かっていた。今は、若きデヴォンシャー公爵が温かくもてなしてくれたチャッツワースをあとにして一時間ほどたつ。

ルーシーの考えていることが伝わったかのように、ドレイクが口を開いた。「デヴォンシャー公爵から言われるままに滞在を一日延ばしたのは間違いだったな。この先立ち寄るアンスティス、プリーズ、ブレニムでみんながぼくたちを捜しているかもしれない。空模様もどうも気に入らない」

ダービーシャーの山々の上に灰色の分厚い雲が恐ろしげな様子で垂れこめ、身を刺すような高地風に乗って雪がちらほら舞っていた。ドレイクの表情も空模様と同じようにいかめしかったが、ルーシーにはその理由がわからなかった。チャッツワースに着いたときの彼は愛想がよかったのだが、時間がたつにつれて機嫌が悪くなっていったのだ。

「まさかこのお天気を公爵のせいだと思っているのではないでしょうね?」

「もちろんだ。ぼくたちを引き止めたことを責めているだけだ」

「すてきな方たちとすてきなお屋敷だったもの、わたしは引き止められてもかまわなかったわ」ルーシーが言い返す。

ドレイクは十五分ものあいだ何も答えなかったが、彼女にはもっと長く感じられた。聞こえてくるのは馬の足音と馬車のがたごという音だけだった。

ついにドレイクが手を伸ばして馬車の窓の霜を拭《ふ》き取った。「きみは屋敷だけでなくその主人にもかなり惹かれたようだね」ドレイクは丸く曇りの取れたガラス越しに外を見つめた。

向かい側の席からでも、雪がかなりの勢いで降っているのがわかる。「それはそうよ。チャッツワース邸はイギリスでも屈指の美しい屋敷だし、公爵は魅力的な紳士で心づかいの行き届いたもてなしをしてくださったのですもの。あんなに若くして公爵の責任を負うことになったのはお気の毒ね」

ドレイクが大仰に眉を寄せ、いらだちと懸念の混じり合った表情をした。「彼はぼくが家督を相続したときの年齢より五歳も上だ。デヴォンシャーの地所は、ぼくの父が残したときのシルヴァーソーンよりかなりいい状態でもある。そのままであり続けるかどうかは断言できないけどね」

「ばかげているわ」ルーシーは思わず言っていた。若い公爵はお世辞の言い方といい、さりげない親切といい、ジェレミーを彷彿《ほうふつ》させた。公爵のおかげで、ドレイクに対する愚かなのぼせ上がりが少し落ち着いたのだった。だから、公爵への非難を黙って聞いているつもりはなかった。

ドレイクは窓から振り返り、この数日で初めてルーシーをじっと見つめた。「財政状態のことならぼくはよくわかっている。彼は地所に手を入れる話をあれこれしていたが、どれほどあったとしても、財産は無限ではないんだ。彼は自分の贅沢《ぜいたく》のためにあのすばらしい絵画の何枚かを売るはめになるだろう」

「ドレイク・ストリックランド、あなた、嫉妬《しっと》しているのね」ルーシーは口からでまかせを言った。そう言えば、彼を守勢に立たせることができると感じたのだ。

「嫉妬？　ぼくが？　あの青二才のデヴォンシャー公爵に？」ドレイクは憤然とその場から立ち去りたがっているように見えた。シルヴァーソーンの屋敷で食事をしているところだったなら、彼はきっとそうしていただろう。「ばかげたことを言っているのはどっちかな？」

「嫉妬しているわ」ルーシーは言い張った。なぜかわからないが、ドレイクが感情をあらわにするまで追いつめてやりたい。「あなたの愛するシルヴァーソーンとチャッツワースを比べられて、負けるのがいやなのよ。ばかみたいだわ。シルヴァーソーンはイギリスじゅうのどんな屋敷にも負けないのに」

ルーシーは自分の言葉が真実であると気づいた。ニコルスウェイトを発《た》つときは、旅を心配する気持ちでいっぱいで、シルヴァーソーンをどれだけ恋しく思うようになるかまで気がまわらなかった。けれど今、不意にホームシックに駆られた。

「ぼくはシルヴァーソーンを名所にするために浪費をするつもりなどないね」

ドレイクが言い終わったとたん、馬車が急に止まった。御者と従僕が不安そうに大声で話し合っているのが聞こえた。

ドレイクが馬車の屋根を叩《たた》いた。「どうしたんだ？」

御者台から御者が下りてくる音がし、すぐに馬車のドアがノックされた。ドレイクがドアを開けると、ルーシーは外の様子にはっと息をのんだ。空も丘も道もまっ白で区別がつかない。御者の青い制服は雪をかぶってほとんど見えなかった。御者の帽子には雪が十センチあまりも積もっていた。

「何を騒いでいるんだ？」ドレイクが言った。

「申し訳ありません」御者が頭をひょいと動かすと、帽子の雪がどさっと落ちた。「アンスティスへの曲がり角を雪のせいで見逃して、行き過ぎてしまったんです。この道はどんどんひどくなっていきます」

「ここはどこだ？」ドレイクは激しい雪に目を細めてドアの外を見た。

「よくわかりません。ノッティンガム・ロードかもしれません」

「ここからノッティンガムまでのあいだには、宿屋もぼくたちを泊めてくれる家もないだろう。いまいましいシャーウッドの森で立ち往生だ」

「五百メートルほど手前に宿屋がありました。うまくすれば、馬車が溝にはまるか馬が倒れる前にそこまで戻ることができるかもしれません」

「いいだろう」しかたないというあきらめの口調だった。「吹雪を避ける場所があるのに、道路でうろうろしていることはない」

「わかりました」御者はようやく安堵《あんど》したようだ。

「あなたの言うとおりだったわね」ドレイクが馬車のドアを閉めると、ルーシーは言った。「一月にチャッツワースに長居をすべきではなかったわ。お天気がよいうちにロンドンに向かうべきだった」ルーシーはドレイクの目に不安そうな表情を読み取り、彼を安心させようとした。「田舎の宿屋はチャッツワースとは比べ物にならないでしょうけれど、ひと晩かふた晩ならどんな場所でもかまわないわ」


そのとき馬車が後退し、ルーシーがドレイクの腕の中に飛びこむ形になった。

「ルーシー！　大丈夫かい？」ドレイクはルーシーの二の腕をつかんで押しやり、隣に座らせた。馬車はひどく傾いていた。「方向転換をしようとして、車輪が溝にはまったらしい。けがはない？」

「驚いただけよ」

「きみが大丈夫なら、ぼくは御者たちに手を貸してこようと思う」怯《おび》えたいななきが聞こえ、外でドレイクの助けが必要なことがわかった。

「わたしなら大丈夫。行ってちょうだい」ルーシーは手を振ってドレイクを行かせた。


「残念ながら、これが精いっぱいだった」ドレイクは小さな切妻屋根の部屋のドアを開け、ルーシーを通した。「メイドが寝る部屋なんだ」申し訳なさそうに続ける。「宿の主人になんとか部屋を用意してもらえないかと頼んでいたら、彼女がここを貸そうと言ってくれたんだよ」

座る場所がなかったので、ルーシーは隅の小さなベッドに腰を下ろし、ドレイクはびしょ濡《ぬ》れになった厚地の外套《がいとう》を脱いでドアの横の釘《くぎ》にかけた。

平凡な宿は狭苦しく、すきま風が入った。あまり清潔でない使用人の部屋だったが、外の猛吹雪をしのぐ避難所があるだけありがたい。猛《たけ》り狂う風雪の中で悪戦苦闘していたドレイクは、ルーシーとおなかの赤ん坊を守るのだという必死の思いで馬と自分をなんとか駆りたてたのだ。

寒さと疲れのせいで感覚も麻痺《まひ》し、ようやく人里離れた田舎の宿屋の庭によろよろと入ったときには、こんなに温かく歓迎してくれる光景は見たことがない、とドレイクは思った。ところが、安堵はすぐに困惑に変わった。同じように吹雪から避難する場所を求めてやってきたほかの客たちで〈ブラック・シグネット亭〉は大混雑していたからだ。宿屋の主人に懇願してもどなっても無駄だとわかり、ドレイクは袖《そで》の下を握らせた。途方もない額のソブリン金貨が主人の手に渡って、ようやくドレイクたちは歓迎されたのだった。

「お茶の時間には何が出るかしら？　おなかがぺこぺこだわ」

「ぼくもだ。ただ、お茶の時間の残り物は何かときいたほうがいいと思うよ。この宿屋は今、過去ひと月に泊めたよりもおおぜいの客を迎え入れているはずだからね」

おなかがレディらしからぬ大きな音をたて、ルーシーはうめいた。「なんでも食べるわ。バターの代わりに肉の脂汁を塗ったパンでもいい。でも、ゆうべチャッツワースでいただいた食事の残り物を食べられたらどんなにうれしいか」

「そうだ！」ドレイクの気分が高揚した。「料理人が道中で食べられるようにかごに料理をつめてくれたんだ。すっかり忘れていたよ。だれかに盗《と》られる前に、行って取ってこよう」

「わたしはろうそくを探すわ」

幸いなことに、かごはだれにも荒らされていなかった。料理がたっぷりあったので、ドレイクは、宿の酒場に寝場所を見つけた御者と従僕にも分け与えた。ドレイクが部屋に戻ると、ルーシーはろうそくを一本手に入れていた。ろうそくの炎は、窓枠のすきまから入る冷たい風で消えそうになるほど揺れている。

かごをあらためたルーシーは喜びの声をあげた。

「ダービー・チーズだわ……干しりんごも……プディングもあるわ」

ふたりはベッドに腰を下ろしてチャッツワースの料理人が持たせてくれた料理をむさぼるように食べ、今日の不運を笑った。同じ料理なのに、前夜公爵の晩餐《ばんさん》会用のダイニング・ルームでボーン・チャイナの皿で食べたときよりもなぜかおいしく感じられた。今夜はルーシーを独り占めできる。その幸せにドレイクはひたった。

おなかがいっぱいになると、ルーシーは残った食べ物をかごに戻した。ドレイクはナプキンを切って作った紐《ひも》で窓枠のすきまを埋めた。階下の酒場から元気な歌声がくぐもって聞こえてくる。

「階下《した》が騒がしくても、きみが眠れるといいんだが。もう眠ることにして、このろうそくを大事にしよう」

「あなたの言うとおりね」ルーシーは一瞬、物欲しそうな奇妙な表情を浮かべた。「使用人と張り合って飲みすぎないようにしてね」

「なんだって？」

「みんなと一緒に階下で寝るんでしょう？　だって、ここは最後の部屋だと言っていたじゃない」

「そうだよ」ドレイクは厚地の外套をかけ釘からはずした。まだ少し湿っているが、なんとかなりそうだったので肩にはおる。「だが、この部屋には鍵《かぎ》がない。鍵があっても、こんな薄っぺらなドアではなんの意味もないだろう。ひと晩じゅうきみをひとりでここに置いていくつもりはないよ」ルーシーの頬がまっ赤になるのを見て、ドレイクはぶっきらぼうにつけ加えた。「心配しなくていい。外套を体に巻きつけて床で寝るから」ドレイクは親指と人差し指をなめて、さっとろうそくの火をつまみ消した。

暗がりから聞こえるルーシーの声は、いつもとちがって甲高く、心細そうに聞こえた。「冷たくて固い床にあなたを寝かせるなんてできないわ、ドレイク・ストリックランド。折れた肋骨《ろっこつ》はまだ完全に治っていないかもしれないのよ。馬車を溝から押し上げたり馬を引っぱったりして、今日はすでによけいな負担をかけているし」

「もう治ったよ」彼は床に横になった。本当のことを言えば、筋肉はすでにこわばりはじめていた。

ためらいがちに引きずるような足音が近づいてきた。

「くそっ。ぼくの背中を蹴《け》ったりして、また肋骨を折るつもりか？」

「あなたがあんなに急いでろうそくを消したりするからよ……」ルーシーはドレイクの腕をしっかりとつかんだ。「起きて。ノーの返事は受けつけないわよ。あなたもこの部屋で寝るのなら、一緒にベッドに入ってちょうだい。寒さもしのげるわ」

「寒いのなら、予備の毛布を探してきてあげよう」

ドレイクは言った。「そのベッドはふたりどころか、ひとりが寝るのにも小さすぎるよ」

「今夜この宿には、どんなにお金を積んでも予備の毛布はないわ。ろうそくをもらったときにきいてみたの。ベッドの大きさだけど、わたしはそんなに場所を取らないわよ。あなただって、背は高いけれど、横幅はないでしょう。あなたの寝相が悪くないなら、なんとかなると思うわ」

今日一日の疲れが不意にドレイクを襲った。彼は大きなあくびをし、腰を下ろし、冷たくこわばった足からヘシアン・ブーツを脱ぎはじめた。

「あなたがやっと道理をわかってくれてほっとしたわ」ドレイクがたいした抵抗もせずに譲歩したことに、ルーシーは驚いているようだった。

寝心地のよい位置を決めるのに、しばらく気まずい時間がかかった。結局、ふたつの銀のスプーンのように横向きになることにした。背の高いドレイクが膝を曲げてドアに向き、ルーシーが彼の背中に寄り添う。驚いたことに、ドレイクはルーシーへの情熱で悶々《もんもん》として眠れないということはなかった。悶々としたのは、翌朝目覚めて、彼の腰に腕をまわしているルーシーの手が膝丈ズボンの前にじらすようにだらりと垂れ下がっているのに気づいたときだった。

ドレイクから関心を寄せられていないことにルーシーが半信半疑だったとしても、翌朝の彼の態度を見れば疑いようがなかった。眠れない夜を過ごしたせいで彼女がなかなか起きられずにいるあいだに、ドレイクは冷水を浴びせられたかのようにさっとベッドを出たのだった。

「もう朝だなんて信じられないな」ドレイクはブーツを履きながら片足でぎこちなく部屋を動きまわった。「疲れていればどこででも眠れるというのは正しかったわけだ」

ルーシーは、ごつごつしたマットレスの上でドレイクの温《ぬく》もりが残る場所へ体をすべらせた。「よかったわね」うめき声で皮肉を言い、上がけを引き寄せる。「あなたがかまわなければ、わたしはもう少し目を閉じていたいわ」

「お好きなように。ぼくは、おおぜいの客に先を越される前に階下に行ってくる」

ドレイクが行ってしまうと、ルーシーは深い安堵のため息をついた。こんなに落ち着かない夜を過ごしたのは初めてだわ！　ドレイクの背中に寄り添い、彼の寝息のリズムを感じながら、ルーシーは彼の温もりをむさぼるように味わった。ふたりとも服を何枚も重ね着していたが、それでもドレイクのたくましい体を感じることができた。

男性と一緒に寝たのは二度しかない。そして、その二度の体験は対局にあった。小さな寒い部屋でかびくさい上がけにくるまっていると、ジェレミーと愛を交わした木もれ日の林を頭に描《えが》くのがむずかしかった。あれは薔薇《ばら》色の叙情詩のような夢だった。

そして、残酷にもいきなり目覚めさせられた。

ルーシーは輝ける幻影からもっと過酷な現実へと目を向けた。安全、そして温もりさえ約束してくれた男性に必死でしがみついている現実を。ことあるごとにルーシーに背中を向け、彼女を孤独と寒さの中に置き去りにする男。ルーシーは自問した。なぜジェレミーのやさしくて言葉巧みな誘惑は、わたしが今、なんとか抑えようとしている荒れ狂ったような欲望を呼び覚まさなかったのだろう？

ゆうべは、ドレイクのシャツの下に手をすべりこませて彼の裸を愛撫《あいぶ》せずにいるために、自制心をかき集めなければならなかった。ドレイクが目を覚まし、わたしが彼の体を愛撫しているところを見つけたら、髪をつかんでベッドから引きずり出し、みだらな欲望の罪についてお説教していたに違いない。

ドレイクはそんなことはないと言っていたけれど、結婚もしていない相手の子どもを宿しているわたしを、身持ちの悪い女だと思っているのは知っているわ。そうでなければ、わたしが近づこうとするたびに、怯えたように逃げたり、怒り出したりしないはず。ドレイクをこれ以上遠ざけるわけにはいかないわ。赤ん坊の将来は彼にかかっているのだもの。

あとひと晩、無謀な衝動の餌食《えじき》にならずに彼とこの小さな部屋で過ごせるかしら？　ジェレミーの思い出に集中すればいいんだわ。ジェレミーのことをドレイクに話し、ドレイクにジェレミーの話をしてもらう。ひょっとしたらドレイクの気高い精神が、わたしを圧倒しそうなみだらな悪魔を抑えてくれるかもしれない。

廊下にブーツの足音がし、ドアの前で止まった。軽いノックのあと、勝ち誇った笑みのドレイクが部屋に入ってきた。ずんぐりした火鉢を持っている。

「これで寒さをやわらげられるよ」

ドレイクはベッドからいちばん遠い隅に火鉢を置き、馬車から取ってきた小さな旅行鞄《かばん》を部屋に引っぱり入れた。「椅子かテーブル代わりになる。この中にきみの着替えが入っているかもしれないよ」

下着と寝巻きしか入っていないことはわかっていたが、ルーシーは何も言わなかった。

旅行鞄の次は口から湯気をたてているやかんだ。へこんでいるが、充分使える洗面器と、馬車から取ってきた膝かけもあった。

「なかなか実のある探検だったようね」

彼女は洗面器を旅行鞄の上に置き、やかんからお湯を少し注ぎ入れた。

「ゆうべから寒さがゆるんだのかしら、それともわたしが寒さに慣れただけ？」

ドレイクは格子のはまった小さな窓の外に目をやった。「風は南西に向きが変わって、雪が雨になっている。このままでいけば、あと一日二日でこの場所を逃れられるかもしれないな」

「早ければ早いほどいいわ」ルーシーはぼそりとつぶやいた。昨日からひげを剃《そ》っていないドレイクは、危険なほど魅力的に見えた。さっさと旅を再開し、夫婦が別の部屋で寝るための文明的な設備がある大きな屋敷に泊まるべきだ。

もうひと晩ドレイクと同じベッドで寝るという思いから気をそらしたくて、ルーシーはあっという間に冷めていくお湯を手ですくって顔を洗った。「ジェレミーのことを話して。少年のころの彼はどんなだったの？」

ドレイクがさっと窓から振り向いた。「弟が子どものころはほとんど会うことがなかった。ぼくは学校に行っていたから」ドレイクの口調は研ぎすまされたナイフのようだった。「なぜそんなことをきくんだ？」

ルーシーは肩をすくめ、何げない口調を装った。

「遠くから崇拝していた時間が長くて、一緒に過ごした時間が短いから。子どもの父親のことを知りたいと思うのは当然のことじゃない？　ジェレミーのことをきけるのはあなたしかいないもの。ほかの人にきいたら、変に思われるかもしれないでしょう？」本当の動機を隠したくて、ルーシーは言いつのった。「あなたの学校にはお休みがなくて、たったひとりの弟と過ごす機会などなかったというの？」

「休みならあったよ。ただ、ロンドンで休みを過ごさないかという招待を受けたことがないだけだ」

雨がダービーシャーの丘の雪を解かしていたその退屈な日、ルーシーは彼にジェレミーのことを尋ね続けた。きくことがなくなると、ジェレミーとの短い交際期間の話をした。ドレイクへのみだらな欲望から気をそらすための作戦だったが、成果はあまり上がらなかった。

14

前夜なかなか寝つけず、疲れきっていたせいか、ルーシーは眠りに落ちていた。今夜欲望に悶々《もんもん》とするのはドレイクの番だった。

彼の苦悶は、ふたりの格好のせいでさらに強まった。寒さがゆるんだうえ、火鉢が部屋を暖めていたため、服を着たまま寝るのはおかしかった。ルーシーは旅行鞄《かばん》から取り出した寝巻きに着替え、ドレイクはろうそくの明かりを消したあと、しぶしぶストック・タイをはずし、膝丈ズボン《ブリーチズ》とブーツを脱ぎ、シャツ姿でベッドに入ったのだった。

いまいましいシャツはすぐにずり上がり、むき出しになった背中をときおりルーシーの手がかすめると、ドレイクはどうしようもなく興奮してしまった。上質のシャツ越しにですら、ルーシーの温かい息づかいを感じる。ドレイクの呼吸はだんだん荒くなっていった。何よりの拷問は、やわらかくてふっくらとした胸が背中に押しつけられていることだ。

振り向いてルーシーのなめらかな胸の谷間に顔を埋《うず》め、女らしいその香りを胸いっぱいに吸いこみたくてたまらなかった。彼女のすばらしい体の隅々まで手で愛撫《あいぶ》し、甘い唇を味わいたくてたまらなかった。夜が明けるころには、ドレイクは欲望で何がなんだかわからない状態にまでなっていた。

だが、ドレイクがルーシーへの欲望で苦しもうと、血を流そうと、はたまた死のうと、生きているどんな男よりも、とくにドレイクよりも、死んだ弟のジェレミーのほうがいいと彼女ははっきりと示した。

昨日のルーシーはいつになくジェレミーのことばかり話していた。ひょっとしたら彼女はこれまでずっとジェレミーのことを考えていたのに、シルヴァーソーンの使用人たちのいるところで彼のことを話すのを控えていたのかもしれない。

ぼくは心のいちばん奥深い砦《とりで》で、いつかルーシーがジェレミーを忘れて自分を振り向いてくれると期待していたのだろうか？　もしそうなら、ぼくは世界一哀れな愚か者だ。ドレイクは自分を叱《しか》りながら、どんよりした冬の弱々しい夜明けの光の中で急いで服を着た。二十五年も生きてきて、何も学ばなかったのか？　ハンサムで愛想のよい異母弟をさしおいて、ぼくのほうを好んだ人間などひとりもいないではないか。父親に始まり……おそらく息子にいたるまで。ルーシーの子どもをどれだけかわいがっても、その子はやがて〝叔父さん〟の思い出を崇拝するだろう。ドレイクは苦々しく思った。

ドレイクは宿からそっと抜け出して、熱を帯びた体が感覚をなくすまで冷たい霧の中をあてもなく何時間も歩いた。〈ブラック・シグネット亭〉に戻ると、ルーシーへの情熱の最後の燃えさしを強いブランデーで消し去ろうと、酒場に寄った。

だが、賢い人なら知っているとおり、アルコールは炎を燃えたたせるものだった。


ろうそくが、溶けたろうの中でぶつぶついったかと思ったら消えた。部屋は火鉢のおきの赤い光をのぞき、まっ暗になった。ルーシーはため息をついて現実を受け入れた。ドレイクは気の合う仲間と夜を過ごすため、彼女を見捨てたのだ。

目を覚ましたあと、ドレイクがお昼になっても戻ってこなかったので、心配のあまり気分が悪くなった。窓の外を見つめていると、宿に戻ってくる彼の姿が見えた。心配させたことを叱ろうと身がまえたが、彼は部屋に戻ってこなかった。数時間後、階下の酒場から聞こえる歌声の中に、ドレイクのよく響くバリトンが混じっていることに気づいた。それでも、寝るときは部屋に戻ってくると思っていた。

狭いベッドで何度も寝返りを打ちながら、ベッドを独り占めできていいじゃないの、と自分自身に言い聞かせる。言うことを聞かない欲望と格闘する必要もないじゃない。完全に満足のいく状況だわ。ただ、小さな問題がひとつあった。

ますますドレイクが欲しくなっていたのだ。

考えたくもない問いがルーシーの頭に押し入ってきた。彼は今夜どこで眠っているのかしら？　酒場の隅の椅子でいびきをかいているならいい。けれど、だれかほかの女性のベッドに潜りこんでいたら？

ドレイクは裕福で、称号を持ち、彼なりにとても魅力的だ。そんな男性とたったひと晩でも一緒に過ごすことを喜ぶ女性は多い。

悶々とするうち、ルーシーは眠りとも呼べないような浅いまどろみに落ちていった。とりとめのない思いや光景がルーシーを疲労と困惑の渦の中に引きずりこむ。ドレイクがベッドにやってきて愛を交わしはじめるという、欲望をそそる夢からはっと目覚めることも何度かあった。

ふらつく足音が廊下を近づいてくるのが聞こえたとき、ルーシーはまた夢を見ているのだと思った。ドアが開き、廊下の薄暗い明かりを受けてドレイクのひょろっとしたシルエットが浮かんだとき、初めて彼が本当にそこにいるのだと信じた。

ドレイクは、ベッドにいるルーシーにもわかるほどブランデーのにおいをぷんぷんさせながら、よろよろと部屋に入ってきた。火鉢につまずかれたら困ると思い、ルーシーはベッドから出た。

「気をつけて」小声で言い、ドアを閉める。「泥酔しているじゃないの！」

「ああ、ルーシー」彼の言葉は不明瞭《ふめいりょう》でよく聞き取れなかった。ドレイクが思いきりもたれてきたので、ルーシーはくずおれそうになった。「ぼくがベッドにいなくて寂しかったかい、奥さん？」

薄い寝巻き越しにドレイクの手を感じ、ルーシーは興奮に包まれた。この二日間、乾燥した火口に油がしみていくように、欲望がルーシーの中に絶えずしみていて、今ではほんの小さな火花でも火がつく状態になっていた。

「眠って酔いをさまさなければだめよ」ルーシーは体が懇願しているのを必死になって無視した。息は浅く荒くなり、みだらな思いをこらえているせいで手足が震えていた。「上着とブーツを脱いで、ストック・タイをほどきましょう」

なんとか上着を脱がせることができた。ドレイクがよろめき、ルーシーは彼を抱きとめたが、額に彼の頬ひげがあたって窮地に追いこまれた。クリスマスの夜のキスの味を思い出す。

今、ルーシーがドレイクにしてほしいのは、あのときとは違う種類のキスだ。

ルーシーはストック・タイをはずし、道理も礼儀もすべてを拒む根源的な力に押され、震える手でむき出しになったドレイクの首に触れた。そして、その手を胸へと下ろしていった。

「ぼくを誘惑するのはやめてくれ！」懇願がドレイクの口をついて出た。それとも警告だろうか？

突然、ルーシーはもうどうでもよくなった。慈悲も用心もかなぐり捨て、禁じられた欲望にのまれていた。彼の髪に手を差し入れる。

彼女はドレイクの髪を乱暴につかんで引き寄せ、キスをした。ドレイクが応じ、熱く甘く強いブランデーの味のする深いキスをする。

「頼む」ルーシーの顔にキスの雨を降らせながらドレイクがうめくように言った。「わかってくれ……男には欲求が……夫の権利があることを」

ドレイクがルーシーを引き倒したのか、ルーシーが彼を押し倒したのかわからない。倒れるドレイクがルーシーの寝巻きの襟もとをつかんだ。寝巻きは襟から裾《すそ》まで引き裂かれた。

　熱い肌が冷たい空気にさらされ、ルーシーはあえいだ。ふたりはからみ合って転がり、ドレイクが彼女の上になる形で止まった。ドレイクが顎で彼女のうずく胸をこすって火をつけ、舌で飢えたように愛撫した。苦悩に満ちた切迫感と激しい喜びを感じ、ルーシーが叫ぶ。ドレイクの貪欲《どんよく》な愛撫を受けて興奮を解き放たれたルーシーは、彼に体を押しつけ、キスに激しく応《こた》えた。

　ドレイクはルーシーの半狂乱の叫びを遠くからの声のように聞いていた。その叫びは一瞬、ドレイクの差し迫った欲求に火を注ぎ、それから自分の下で必死にもがく彼女をぼんやりと感じた。それもまた古代からの支配欲に拍車をかけたが、ドレイクの心の奥深くから、自分を抑えろ、というかすかな声がした。ルーシーを傷つけたらどうするんだ？　彼女の中で育っているか弱い命を傷つけたら？

　その思いがドレイクを崖《がけ》っぷちから退かせた。どれほどルーシーが欲しいことか。けれども、彼女や彼女の子どもを傷つけるわけにはいかない。わずかばかり残っていた自制心をかき集め、ドレイクはルーシーから離れた。よろよろと部屋を出ていく彼を、ルーシーの怯《おび》えた泣き声が追った。

　ドレイクが離れていくと、ルーシーはそのままベッドに横たわり、自分の人生を嘆く苦い涙を流した。ある意味では、それは恐怖の涙だった。狂ったような情熱にのまれ、おなかの子どもを傷つけたのではないかという恐怖。またある意味では、それは嫌悪の涙だった。ジェレミーの思い出を裏切った自分への嫌悪。そして、認めたくなかったが、それは欲求不満の涙でもあった。

　想像もできない喜びの縁にいて、まさに高く舞い上がろうとしていたところだったのに。今のルーシーは欲望を邪魔され、空っぽで孤独だった。体をきつく丸め、ドレイクの名を泣きながら呼ぶ。

今夜初めてドレイクは男としての欲求に屈し、ルーシーに〝誘惑〟されたと認めた。彼がルーシーを誘惑する女と見ていたのは明らかだ。弟を浅はかな関係に誘いこみ、その結果を利用して彼と有利な結婚をした女。道徳に厳しい子爵がそんな女とベッドをともにして自らを汚そうと考えるはずがない。その女が妻であったとしても。

それでも、ドレイクはその気だった。ルーシーが彼の愛撫にみだらで積極的な反応を示すまでは。彼は嫌悪でルーシーを押しやった。ドレイクの腕の中でかいま見た至福を彼女が経験することはなくなった。

どんな顔をしてドレイクと会えばいいのかしら？

翌朝、ドレイクは震えながら目覚めた。うっすらと目を開け、ここはどこで、どうやって来たのだろう、といぶかった。鼻をつく馬糞《ばふん》のにおいが最初のヒントだった。

がちがち鳴る歯を止めようとしながら、上半身に何かをきつく引き寄せる。どうやらこれのおかげで凍え死なずにすんだらしい。それが粗い馬用の毛布であることに気づく。これが第二のヒント。馬用毛布はすえたブランデーと吐瀉《としや》物のにおいがした。そのにおいのせいで、胃の中のものがせり上がってくる。吐瀉物がおそらく自分のものであることを、ドレイクはぼんやりと思い出した。

そうか、くさい馬用の毛布をかけて、厩《うまや》の床で夜を過ごしたのか。上着はどこだ？　そもそも、なぜ厩なんかに来たのだろう？　覚えているのは、酒場でブランデーを注文したところまでだ。ドレイクは起き上がろうとしたが、いきなり頭痛がして膝をついた。ベッドに戻る途中で襲われ、棍棒《こんぼう》で殴られでもしたのだろうか？

ベッド。

一月の霜よりも強い寒さが体を走った。二日酔いよりもひどい吐き気を感じる。遠ざけておきたい記憶がよみがえると同時にめまいがし、頭がずきずきした。記憶はおとなしく消えてはくれなかった。

ドレイクは下半身の炎がすべてを支配している状態で、宿屋の狭い裏階段をよろよろと上ったのを思い出した。ルーシーは目を覚まし、ドレイクのところへやってきた。次に思い出したのは、声と感触と……味だ。ルーシーの裸の胸に顔をすり寄せたことをはっきりと思い出したとたん、ドレイクは下半身が硬くなるのを感じた。

ドレイクはつかの間、短くも熱狂的だったあのときの感覚をすべて思い出すことに集中した。官能的な出来事のひとつひとつをどれだけ味わっても、汚らわしい事実に変わりはなかった。酔っ払って正体をなくし、ルーシーに襲いかかると寝巻きを引き裂き、ベッドに押し倒したのだ。しゃにむに抵抗されたのに、無理やり自分のものにするところだった。ルーシーを気軽に誘惑して捨てたジェレミーですら、ドレイクほどひどい男ではなかった。吐き気を催すほどの恥辱感で、ドレイクのはらわたがよじれた。

田舎宿の厩の床で、シルヴァーソーン子爵は痙攣《けいれん》する胃から最後の胃液を吐いた。

「失礼を承知で言えば、高価なブランデーの無駄ですね」陽気な声が大きく響いた。

「本当に失礼だな」ドレイクは唾《つば》を吐いたが、罪悪感の苦い味は舌に残った。「そんな大声で、しかも腹だたしいほど陽気な声で話すやつは全員ごめんだ。ゆうべあんなにどんちゃん騒ぎをしたのに、なぜきみは平気なんだ？」

若い従僕は上着を脱ぎ、震えるドレイクをその上着で包んだ。「わたしは地元のエールしか飲みませんでしたから。それはそうと、こんな寒いところで何をしていらっしゃるんです？　吐きたいのに洗面器が見つからなかったとか？」

「きみには関係ないが、部屋に戻ろうとして迷ったんだよ。ここでひと晩過ごしたんだ」

「ひとっ走りして奥さまに子爵さまが見つかったとお知らせしてきましょうか？」従僕が張りきって言った。「子爵さまが部屋に戻ってこられなかったことを心配していらっしゃるでしょうから」

「よけいなことはしなくてけっこう」ドレイクはそろそろと中庭に向かった。ルーシーの唯一の心配は、夜中にドレイクが戻ってきて、発情した獣のようにまた襲いかかってくるかもしれない、ということだろう。

ドレイクが〈ブラック・シグネット亭〉の玄関広間に入ると、そこは騒然としていた。どうやらほかの客たちも、ここから逃げ出す機会に飛びついたらしい。旅行鞄が雑然と羽目板の壁際に積まれ、鞄の所有者たちは使用人に指示を叫んだり、宿の主人に勘定書を早く出せと迫っていた。

宿の女主人が階段をよたよたと下りてきたので、ドレイクは近づいていった。一歩踏み出すたび、こめかみがずきずきと痛んだ。

「ちょっといいですか？」ドレイクは途方に暮れた顔つきの女主人に会釈した。「空き部屋を少しのあいだ使わせてもらってもかまいませんか？」

「お好きなのを選んでくださってけっこうですよ。この調子でいくと、お昼までにうちの宿は空っぽになるでしょうから」そう言うと、彼女は玄関広間の騒ぎの中に入っていった。

ドレイクは従僕を振り向いた。「馬車から茶色の革の鞄を取ってきてくれ。それから、お湯を用意できないかやってみてくれ。旅を再開する前に、体を拭《ふ》いてひげを剃《そ》り、きれいな服に着替えなければ」

それこそがドレイクの必要としているものだった。体から酒と欲望のにおいを一掃する石鹸《せっけん》とやけどしそうに熱い湯。恐ろしい黒い獣に見えないようにひげをあたるための鋭いかみそり。欲望をかきたてるルーシーの香りがまったくしない、清潔でぱりっとした服。そうすれば、ゆうべ自分のしたことを忘れられるかもしれない。ひょっとしたら、ゆうべのことは何も覚えていない、とルーシーに思いこませることができるかもしれない。彼女を手放さずにいるには、それが唯一の望みかもしれないのだ。

15

ロンドンに向かう馬車の中で、喉につかえた不安のかたまりが一キロ進むごとに大きくなっていくのをルーシーは感じていた。向かいの席にもたれて目を閉じているドレイクを盗み見る。しゃべるのを避けるために眠っているふりをしているだけだろう。

唐突に〈ブラック・シグネット亭〉を発《た》ってから、いくらも言葉を交わしていなかった。プリーズに向けて出発した最初の日、ルーシーは彼と目が合うたびにたじろいだ。放縦なふるまいをいつ厳しく非難されてもおかしくないと思っていた。もしかしたら、みだらな女にシルヴァーソーンの跡継ぎを育てさせるわけにはいかない、と言われるのではと。

妊娠がわかった瞬間から、ルーシーは生まれてくる子どものイメージを鮮明に思い描いてきた。父親と同じく色白。ふっくらしてえくぼがあり、ブロンドの巻き毛で、喉を鳴らし笑い声をあげる。ルーシーは悲しみをやわらげるため、しばらくのあいだそのイメージにしがみついた。悲しみが薄れてくると、赤ん坊自身を愛するようになった。そして、子どもの成長にともなうさまざまな場面を想像した。

最近ではその空想の中にひょっこりドレイクが現れることもあったが、今や彼は脅威となって立ちはだかっている。ドレイクが自分と赤ん坊に対してどれほど力を持っているかに思い至り、胃が締めつけられる。ある言葉が頭から離れない。

夫の権利。

欲望のまっただ中にいるときはとても魅惑的な言葉に聞こえたが、冷静に考えれば恐ろしい脅しであることに気づく。夫には権利がある。妻の財産、体、子どもたちに対して。妻にはなんの権利もない。結婚を解消するという悲しい権利ですら、夫の側にしかない。夫が望むかぎり妻は夫のものだ。そして、夫が望まなくなったら、不義という嘘《うそ》の理由で妻を離婚することができる。

ルーシーは、険しい顔つきのドレイクを盗み見て、彼が何を考えているかわかればいいのにと思った。

道沿いに建物の数が増え、交通量も増えてきた。ドレイクがようやく目を開け、幅の広いタイ《クラバット》を整えて咳《せき》払いした。

ルーシーはうつむき、こみ上げてくる苦いものをのみこもうとした。この三日間、いつ来るかと恐れていた怒りの爆発を今ここで受けるのだろうか？

彼は探るようにルーシーを見た。「約束は忘れていないだろうね？」

ルーシーは血の気が引くのを感じた。ドレイクを決して愛さないという約束。その約束を破ったとドレイクに思わせてしまったらしいわ。宿で彼に身を投げ出したのは愛ゆえではないと、どうやって説明できるというの？　そんなことをしたら、わたしの性格と倫理観は最悪だとドレイクに思われてしまうわ。

彼女が必死で言葉を探しているうちに、馬車はグラフトン・スクエアの瀟洒《しょうしゃ》な屋敷の前で止まった。

「どうなんだい？」ドレイクはいらだっているようだ。「仲のよい夫婦の芝居をして、フィリパに仕返しをする気でいるのか？」

ルーシーは安堵《あんど》した。「その約束のことね！　ええ……もちろんよ」

ドレイクは馬車から降りるルーシーに手を貸し、その手を曲げた肘にしっかりかけて玄関の階段を上った。

「きみは自分の役割以上のことをしなくてはならないよ」ドレイクはルーシーを横目で見て言った。

「ぼくは愛し合うふたりの会話やなんかが得意ではないんだ。やったことがないから」

「そんなにむずかしいことじゃないわ」ルーシーはようやく声を出すことができた。「困ったら、ジェレミーが言いそうなことを言えばいいのよ」

「きみが困ったときはどうするんだ？」

ルーシーはどきりとした。彼女にとって最大の問題は、ドレイクへの気持ちを芝居に見せかけ続けなければならないことだ。ルーシーは何げない口調を装って言った。「あら、あなたがジェレミーだと思えばいいのよ」

「新婚さんはまだ来ないのか？」単眼鏡をかけたネヴィル・ストリックランドが、ドレイクの屋敷の客間を見まわした。集中すればドレイクたちをここに呼び出せると思っているかのようなしぐさだった。

「こっちに向かっているのはたしかなのか？」少し

ばかり疑わしげな顔でフィリパを見る。

「ドレイクから手紙を受け取ったもの」フィリパは手紙をお守りであるかのように握りしめた。「二週間以上前の日付になっていて、すぐに出発するつもりだと書いてあるわ」

「あっちで何か不都合なことが起こったということはないのか？」心配そうに言ったつもりだったが、どうしても期待感がにじみ出てしまった。

「わたしがシルヴァーソーンを発ったときの様子からして、ロンドンに着く前にふたりがお互いをずたずたに引き裂いていてもおかしくないと思うわ」

フィリパは作り笑いを浮かべていて、よくやったと頭を撫でてもらいたがっているように見えた。ネヴィル自身の頭は、前夜ランダルの店でどんちゃん騒ぎをしたのと、債権者がしつこく返済を催促するようになったのが相まって、ずきずきと痛んだ。ネヴィルのいとこが突然結婚したという話を耳にした債権者の大半は、彼が相続人になるのは期待薄だと考えていることを隠そうともしなかった。あいつらに目にもの見せてやる。

「きみが彼らを置いてロンドンに戻ってきたのは、やはり無責任だったとしか思えないな」フィリパは味方なのだと自分に言い聞かせてみても、ネヴィルは彼女のふくれ上がったうぬぼれをへこましてやりたい気持ちを抑えきれなかった。

フィリパは鼻にしわを寄せた。「きちんとした社交界もなく、怠慢で無礼な使用人たちしかいない、人里離れた荒野に流刑されていないから、そんなことが言えるんだわ。かわいそうなレジーは、ずっとするお料理のせいで見る影もないほど痩《や》せ細っていったのよ」

ネヴィルは呆《あき》れて目を天井に向けた。あの丸々と太った息子をひ弱で神経質な子どもだと本気で思うほど、彼女は親ばかなのだろうか？

「それに」フィリパは炉棚に向き、骨董《こっとう》品のいくつかをあれこれ並べかえた。「わたしがシルヴァーソーンを発つころには、ドレイクとルーシーは相手の姿が目に入るのすら耐えられないといったありさまだったのよ。おまけにドレイクはけがの回復に時間がかかっていたし。そんな彼の精神状態は想像がつくでしょう。頭痛持ちの穴熊《あなぐま》よ」

「たしかに」ドレイクのそんな様子を想像し、ネヴイルは思わず笑みを浮かべた。頭痛は治まってきた。まだすべてが台なしになったと決まったわけではない。

「わたしは自分の役目を果たしたわ」骨董品を並べかえるのをやめ、フィリパがネヴィルを振り向いた。「そろそろあなたの計画を話してくれてもいいんじゃない？　わたしたちの若き子爵夫人が脱兎《だっと》のごとく大陸へ逃げ出すような計画って何かしら？」

計画をフィリパに話しても大丈夫だろうか？　ネヴィルはいとこを疑わしげに見つめた。彼女の飛び出た目はいつもと同じように青くてどんよりしていたが、小さくてとがった顎が決意でわずかに上がっていることに気づく。

「ひとつだけ条件がある。ブランデーを飲ませてくれ。喉がからからなんだ」

フィリパはとがめるようなため息をつき、窓際の低いテーブルへ行ってデカンターの栓を開けた。小さなグラスにほんの申し訳程度にブランデーを注《つ》ぎ、ネヴィルにグラスを渡す。

ネヴィルはブランデーの芳香を吸いこんで顔をしかめた。こんなわずかな量のブランデーでは、時刻を教えてやるのがせいぜいだ。

「まあいいだろう」フィリパが期待に目をぎらぎらさせているのを見て、ネヴィルはいらだたしげに言った。「まず最初に、子爵夫人がロンドンの社交界で冷遇されるよう、ぼくが正確に狙《ねら》いを定めたほのめかしをいくつかする」

「それだけ？」フィリパがばかにしたように言った。「相手はイギリス国内でもっとも裕福な貴族のひとりをまんまとつかまえた田舎牧師の娘よ。あなたが小細工をしたくらいで社交界から締め出せると思って？」

ネヴィルはブランデーをひと口で飲み干した。「ドレイクが負け犬を擁護するのが好きなのを知っているだろう。妻が不当に虐げられていると思ったら、ドレイクは社交界を敵にまわしても彼女を守ろうとするだろう。だからぼくたちは、ルーシーが礼儀作法をいくつか破るよう、さりげなくもっていかなくてはならないんだ。それがうまくいったら、われわれの愛するいとこは家柄の釣り合わない相手と急いで結婚したことを軽率だったと思うようになるかもしれない」

「ルーシーがお金持ちとの結婚生活を捨てたくなるほど彼女の生活をみじめなものにできるかしら？」

「そこで計画第二段階に入るわけだ。ドレイクとの生活を耐えられないものにしたら、もっと魅力的な選択肢をルーシーにちらつかせる」

「どんな選択肢？」

「若くてハンサムで魅力的な選択肢だよ、フィリパ。みんなに冷たくあしらわれているときに、親切でさっそうとした男がルーシーにやさしくするわけだ」

フィリパは彼の言葉が鈍い頭に入っていないかのように無表情だったが、やがてあからさまに感嘆の表情を浮かべた。「まあ、ネヴィル、あなたって頭がいいわ！　その男性の候補はいるの？」

ネヴィルは思わず得意になった。相手がフィリパであっても、感心されるのは気分がよかった。ネヴィルは胸を張って言った。「実を言うと……」

玄関広間から人の声と足音が聞こえ、ネヴィルは口をつぐんだ。慌ただしいノックがして執事が顔を出し、シルヴァーソーン子爵夫妻が到着したことを告げた。

「彼らの外套《がいとう》を受け取って、ここにお通ししてちょうだい、モス。それから夕食の人数が増えたことを料理人に伝えて」

すぐにドレイクたちが入ってきた。長旅にもかかわらず、ネヴィルの見るかぎりふたりは元気そうだった。

「ずいぶん時間がかかったのね」フィリパがドレイクに言った。「心配しはじめていたところよ」

妻と仲の悪い夫にしては、ネヴィルが気に入らないほど、ドレイクはルーシーのそばにいた。「ぼくの手紙を読んで、まっすぐにここへ急ぐと思ったのなら悪かったね。親類のところに寄りながら来たんだ」ドレイクはルーシーの肩に手をまわした。「遅ればせながらの新婚旅行のつもりでね」

ドレイクが肩から放そうとした手をルーシーが握った。「吹雪に遭って中部地方で二、三日足止めを食ったけれど、そんなに困ったことにはならなかったわ」ルーシーが夫に目をやり、ふたりは意味ありげに見つめ合った。

ネヴィルはルーシーが頬を染めたのを見てとった。ほかにも気づいたことがある。彼女はかなり美人だということだ。結婚式のときは痩せて青白い女だと思っただけで、美人だなどとはこれっぽっちも思わなかったのに。ルーシーはどことなく輝いて見える。花崗岩《かこうがん》の柱のようにお堅いシルヴァーソーン子爵ですらとろけさせてしまうような輝きだ。

ネヴィルの胸に焦りが押し寄せた。

「夕食の前に体をきれいにして着替える時間はあるかな?」ドレイクがたずねた。

「え?」呆然《ぼうぜん》としていたフィリパがはっとわれに返った。「ええ、もちろんよ」長年おべっかを使ってきた習性で答える。「あなたはうちの賓客ですもの。

お食事はあなたの都合に合わせるわ」

「失言だよ」ネヴィルがぴしゃりと言った。これまで鬱積《うっせき》していたフィリパに対するいらだちがぱっと燃え上がった。「この屋敷の主人はドレイクで、きみとレジーはお情けでここに置いてもらっている身じゃないか」

フィリパは薄い唇が見えなくなるくらいきつく結び、きっとネヴィルをにらんだ。「あなたはドレイクの慈悲を頼りにしていることを一度も忘れたことがないの、ネヴィル？」

「やめないか、きみたち」ドレイクは心底おもしろがっているようにくすりと笑ったが、そんな彼を見るのはネヴィルには初めてだった。「この屋敷の権利証書を持っているのはぼくでも、一年に一度来るか来ないかなのだから、ぼく自身もここをフィリパの家だと思っているよ。ぼくたちの滞在中、フィリパが女主人でぼくたちは彼女の客だ」

「賓客よ」ルーシーの目が楽しそうにきらめいたのが、ネヴィルには気にくわなかった。ふたりだけの冗談を楽しんでいるかのような印象を受ける。

「お部屋の用意は整っているわ。二週間ほど前からね」フィリパは彼らの到着が遅かったことで、いやみを言わずにいられないようだ。「ルーシー、あなたには西の端の寝室を用意したわ。広場がよく見える部屋なの」

「そうか」ドレイクはがっかりしたような口調で言った。「寝室を分けるのがいいんだろうな。ぼくは上がけをほとんど持っていってしまう、とルーシーに文句を言われるからね」

「ドレイク・ストリックランド！」ルーシーがふざけてぎょっとした顔を作り、夫の腕をぴしゃりと叩《たた》いた。「みんなのいる前でそんな話をしないでちょうだい！」

ドレイクはルーシーの背後から抱きつき、彼女の頭に顎をのせた。「彼らは家族だよ。それに、新婚夫婦ののろけなんて聞き流してもらえるさ」

ネヴィルは自分の目が信じられなかった。迷信深い田舎の人間が、妖精《ようせい》が赤ん坊を盗んで取り替え子を置いていくという話を信じているのは知っているが、いとこをさらうにはどれだけの妖精の群れが必要だったのだろう。この部屋にいる男はドレイクの偽物にちがいない。それ以外にドレイクのふるまいの説明がつくものはなかった。

ドレイクはルーシーの耳に鼻をすり寄せ、ネヴィルにもかろうじて聞こえるくらいの声でささやいた。「心配はいらないよ、ぼくの天使さん。この屋敷のことは知らないわけじゃないから、暗がりでも問題はないさ」

ルーシーはドレイクの唇に指をあてた。「これ以上恥ずかしい思いをさせられる前に、あなたをここから連れ出さなければ。西の部屋でけっこうよ、フィリパ。先にロンドンに来て、わたしたちの歓迎準備をしてくれてありがとう」

ドレイクとルーシーは腕を組んで部屋を出ていった。じっと見つめ合いながら。内緒話をしたり笑ったりしながら。

ふたりが話の聞こえないところまで行ったと判断したネヴィルは、フィリパを振り向いた。「道中で彼らがお互いをずたずたに引き裂かなかったのが不思議だよ。いまいましい情熱の発作でね！　あれがきみの考える仲の悪い夫婦ということなら、熱愛の夫婦なんて見たくもないな」

フィリパは長椅子にへたりこんだ。「わたしがこっちに向かったとき、彼らはあんなふうじゃなかったわ。本当よ。ふたりはほとんど話もしていなかったの。どうすればいい？」フィリパがハンカチを顔にあてて泣いた。「何もかもおしまいだわ！」

「そんなことにはさせるものか」ネヴィルは暖炉前

に敷かれたペルシア絨毯《じゅうたん》の上を猛烈な勢いで行ったり来たりした。

「悪あがきはやめましょう」フィリパは赤い鼻を拭《ぬぐ》った。どんよりした目が腫《は》れ、血色の悪い顔がところどころ赤くなっている彼女は、見ていてぞっとした。「負けたのよ。最初から勝ち目なんてなかったのかもしれないわね。結局ジェレミーが亡くなる前の状態に戻ってしまったわ」

「そうでもない。ルーシーが子どもを産むまでは、ぼくがドレイクの相続人だ。逃げ腰になっている場合じゃないぞ。これまで以上に努力しなければ。計画を実行に移して、しっかりやり通すんだ」

「計画ですって?」フィリパはしゃっくりをするように言った。「社交界がルーシーをつまはじきにするようにもっていって、どこかのぺてん師に彼女にやさしくさせるという計画?」

「ただのぺてん師じゃない」ネヴィルは単眼鏡を手で何度もひっくり返しながら、記憶の中の顔と名前を探った。「われわれには最高のぺてん師が必要だ。高くつくぞ。きみは金を手に入れられるか?」

「頭がおかしいんじゃないの? あなたのばかげた計画にわたしがお金を注ぎこむと思う?」これでこの話は終わりだとばかりに、フィリパが思いきりはなをかんだ。

ネヴィルは長椅子のフィリパの隣に座った。「金はきみが用意するんだ」嘲《あざけ》るような口調で言う。「レジーがあの女の子どもたちに頭を下げ、彼らの慈悲で生活することになるなんて、きみには耐えられないだろう?」

フィリパの顔がこわばった。罪もないハンカチを握りつぶし、フィリパはネヴィルの視線を避けてまっすぐ前を見据えた。彼女はしばらく無言のままだった。ネヴィルは、わかりきった返事が来るのをじっと待った。

「どれくらい必要なの？」

階段を半分ほど上ったところで、ルーシーがこらえきれずに手で口をおおって笑い出した。

「しいっ」ドレイクは、数段先を行く家政婦のかしこまった背中を顎でしゃくった。

「がまんできなかったんですもの」ルーシーが小声で言う。「ネヴィルが卒中の発作を起こすのではないかとどきどきしたわ。フィリパのほうは、踏みつけられたひきがえるみたいに目をむいていたわね」

ドレイクは暗くて窒息しそうな場所から心が解放されたような気持ちになった。この策略を不可欠にしてくれたフィリパとネヴィルに感謝すらしそうになる。

「きみの芝居はすばらしかったよ」体をかがめてささやいたとき、ルーシーの髪がドレイクの頬をかすめた。彼は雷に打たれたことなどなかったが、そうなったらどんな感じになるか、たった今わかった。

家政婦に見せるため、ルーシーの寝室の前で少しだけいちゃついて見せたあと、ふたりはそれぞれの部屋で夕食の着替えをするために別れた。ドレイクは服を着替えながら食事への期待に胸が高鳴ってくるのを感じた。

16

オールマックスの静かな大広間で隅の椅子に座ったルーシーは、ゆっくりと扇子で顔をあおいだ。頬のほてりを静めるためと、できるだけ目立たないようにするためだ。ロンドン滞在中ずっとこんなふうなら、今年の冬はかなり長くなりそうだった。

オールマックスに着いたとき、ドレイクが後援者たちにルーシーを紹介した。彼女たちは大仰に歓迎したが、目つきは獲物を狙《ねら》う動物のように鋭かった。一曲だけぎこちなくダンスを踊ったあと、ドレイクはフィリパにルーシーの付き添いを任せ、自分は政界の知り合いのところへ行ってしまった。

その後の一時間で、すでに、ルーシーは上流階級にずうずうしくも潜りこんだ罰がどういうものかを知ることになった。みんなは表向きは礼儀正しく接してくれた。だが、ルーシーの足もとをすくうような一見他意のなさそうな質問を投げたり、ルーシーには理解できない冗談を言ったりした。そのあいだじゅう、ルーシーを観察し、評価し、眉を上げたり上品な鼻をふくらませたりして彼女のことをどう思っているかをさりげなく示した。

「こんばんは、レディ・ビーチャム」ルーシーの隣に座っているドレイクの年配の親戚《しんせき》に、人あたりのいい男性の声が呼びかけた。「あなたが町にいらっしゃるなんてうれしいではありませんか！　ゴドフリーとホラスは元気なんでしょうね」

「は？　なんですって？」耳の遠い彼女は隣に腰を下ろした紳士に顔を近づけた。

「甥御《おいご》さんのゴドフリーとホラスは元気なんでしょう？」男性がゆっくりと大きな声で言った。

しょぼつく目で相手をにらみ、レディ・ビーチャムはぴしゃりと言った。「悪者の常で元気ですよ」

不機嫌な返事をされても、彼はおおらかに愛想よく笑うだけだった。

ルーシーは扇子を少し下げ、彼をじっくり眺めた。最初に目に入ったのは、手入れの行き届いた淡いブロンドの髪と、それよりは色が濃いめの表情豊かな眉だった。それから、まっ青で魅力的な目が見えた。ルーシーが見ていると彼の視線がこちらに向き、あからさまな賞賛をたたえた。

「レディ・ビーチャム、思いがけずあなたに再会した喜びで、ぼくはすっかり礼儀作法を忘れていましたよ。あなたのすてきな話し相手《コンパニオン》を紹介してもらいそこねたようです」

「この女性はシルヴァーソーンの嫁ですよ」

「新しい子爵夫人には名前があるのかな?」

「ルーシーです」ぼそりとつぶやく。

「ルーシーか」彼はひとつひとつの音節を舌で味わうように引き延ばして言った。「いちばん美しい人が薄暗くて静かな隅に隠れているのは、ここに出席している者たちにとって大きな不幸だと思うな。ぼくと踊ってくれますか? あなたの魅力をみんなに知らしめるのがぼくの務めのように感じるんです」

ルーシーはためらった。「わたしは結婚しているんです。あなたは社交界デビューしたお嬢さんたちと踊るべきでは?」

青い瞳に悲しげな影が差した。「実は、つい最近大失恋をしましてね。それ以来、社交界の催し物に出るのはこれが初めてなんです。傷ついた心をふたたび危険にさらす勇気はまだないんですよ」ここで勇ましくほほえんでみせる。「でも、ダンスは好きなんです。あなたのような既婚女性なら、理想的なパートナーになるんですが」

「そうね……」ひとりにしてもかまわないかきこう

と思い、ルーシーは隣に目をやった。

レディ・ビーチャムはうたた寝をしていた。起こさないほうがよさそうだ。

「ぜひお願いしますよ。悲嘆に暮れた男を哀れと思ってください。悲しみからほんの一時気をまぎらすチャンスを与えてやってくれませんか？」

ルーシーは手を差し出してほほえんだ。「わたしも誘ってもらえてうれしいですわ」

「あなたは美しいだけでなく親切な方だ、レディ・シルヴァーソーン。ご主人は幸せ者ですね」

ルーシーは唇を噛《か》んだ。「そんなふうに思ってくださるのはあなただけかもしれないわ」周囲から批判的な視線が追ってくるのを意識しながらダンス・フロアに向かい、説明する。「あなたはわたしの素性を耳にしていらっしゃらないのかもしれないわね。わたしの父は湖水地方の質素な田舎牧師なの。わたしには財産も上流階級の知り合いもないのよ。主人と結婚できるような長所は何もなかったの」

ふたりはサー・ロジャー・ド・カヴァリーというカントリー・ダンスの列に加わる前にしばし立ち止まった。

「ばかげている！　財産がなくても機知にあふれているし、貴族の血が流れていなくてもすばらしいところがたくさんあるじゃないですか」

魅力的なパートナーの言葉に勇気を得て、ルーシーは顔を上げてダンス・フロアに出た。軽くなった心はすぐに足もとに伝染した。ふと気づくと、三曲も踊り、しかも踊るごとに自信と快活さが強まっていった。三曲目が終わると、少し休憩したいとルーシーは言った。

「気づかなくてすみません！　こんな無作法なまねをしたのも、きっとあなたと一緒に踊るのが楽しかったのと、お相手ができて誇らしい気分になっていたからだな。パンチを取ってきましょう」

ルーシーは彼を安心させるため、自分もダンスを楽しんだ、と慌てて言った。そこへ、存在すら忘れていたフィリパがいきなり目の前に現れた。

「楽しんでいるみたいね。ロンドンに来るのをあんなにしぶっていたのが嘘《うそ》みたい。あなたがあんなにダンスが上手だったなんて知らなかったわ」

「カンバーランドの荒野にだって舞踏会場はあるのよ、フィリパ」新たに自信が生まれ、ルーシーはからかうような口調で言った。

「似たようなものはあるかもしれないわね。でも、今のあなたのパートナーのようにすてきなお相手はおおぜいいるかしら？　お会いするのは初めてね。彼を紹介してくれる？」

「もちろんよ。レディ・フィリパ・ストリッククランド、こちらは……」記憶を探ったルーシーは、自分のパートナーがだれなのかまったく知らないことに気づいて愕然《がくぜん》とした。「わたし……その……」

ひどい屈辱の時間が果てしなく続いた。なぜこんなばかなことをしてしまったのだろう？　正式に紹介もされていない男性とダンスを一度ならず三度も踊ってしまった。

ルーシーが屈辱の上塗りとなる涙を必死でこらえながら口ごもり、まっ赤になっていると、パートナーが口を開いた。彼の言葉はルーシーにとって聞いたことがないほど甘いものに感じられた。

「今夜の興奮のせいでレディ・シルヴァーソーンはすっかり忘れてしまったらしい。ぼくはみんなほど重要人物ではないから。古い友人のレディ・ビーチャムがぼくたちを紹介してくれたんですよ。ユージーン・ダルリンプルといいます。おばのスウォンジー公爵夫人のことはご存じなのでは？」

ミスター・ダルリンプルはフィリパの手にかがみこむように挨拶《あいさつ》をしながら、ちらりとルーシーを見上げた。彼の青い目は楽しそうにきらめいていた。

秘密を分かち合った者の視線だったが、ルーシーにはそんな親密な視線を返すことはできなかった。

「もちろんですわ」フィリパが大げさに言った。「あなたのおばさまはたしか海外に行っていらっしゃるのではなかったかしら?」

「ええ。体が弱いので、気候のよいフィレンツェに移り住んだんですよ。ぼくはおばの雑務整理をするためにロンドンに滞在していますが、すぐにもおばに合流する予定です」

「こんな献身的な甥御さんがいらして、公爵夫人は幸せ者だわ」

ミスター・ダルリンプルがルーシーのほうに顎をしゃくった。「あなたの一族だって、こんなにすてきな方が加わって幸せですよ」

フィリパは一瞬、偽善的な笑みを浮かべた。「ドレイクはどこ、ルーシー? 今夜の彼は心づかいの行き届いた夫としては怠慢ね」

親切なミスター・ダルリンプルがまたもルーシーに助け船を出してくれた。「シルヴァーソーン子爵はロンズデール卿《きょう》と議会に関する重要な話をしていて、ぼくは子爵に頼まれて話が終わるまで代わりを務めているんです」

ルーシーには、ドレイクがそんなことを言ったはずがないとわかっていたが、フィリパや近くでずうずうしくも盗み聞きしていた人たちは納得したようだった。パンチをすすりながら、ミスター・ダルリンプルの楽しい話にくすくす笑っていたルーシーは、彼が外見も物腰もジェレミーにそっくりなことに気づいた。けれど、ルーシーの鼓動が速まったのは、ドレイクが獲物を狙《ねら》う烏《からす》のような雰囲気でミスター・ダルリンプルの背後にやってきたときだった。

「そろそろ帰る時間だ」ドレイクが言った。そして、ルーシーにだけ聞こえるように言った。「今夜ひと晩できみは充分見せ物になったよ」

こわばったしぐさで腕を差し出すドレイクを無視し、ルーシーはユージーン・ダルリンプルを振り向いた。「親切にしてくださってありがとう。お互いロンドンにいるあいだに、またお会いできるといいですね」

ミスター・ダルリンプルはルーシーの手に礼儀にかなうよりもわずかだけ長くキスをした。「心から楽しみにしていますよ」

馬車に乗り、グラフトン・スクエアへの帰路についたとき、ルーシーとドレイクはお互いにむっつりと黙りこんでいた。

とうとうドレイクが口を開いた。「あの男とは二度とかかわりを持つな」

「なんですって？ いくらあなたでも、ロンドンで唯一わたしに誠実な歓迎をしてくれた人に近づくな、なんて冷酷なことは言わないでしょう？」

「誠実？」ドレイクは嘲《あざけ》るように言った。「彼にはその言葉の意味もわかっていないだろうよ」

「なんて皮肉屋なの！」ルーシーはかっとなった。「言っておきますけれど、わたしがミスター・ダルリンプルと踊ったのは、彼に同情したからよ。かわいそうなあの人は失恋をしたばかりで、若い未婚のお嬢さんたちと踊る気になれなかったの」

「たわごとだ！ これからは親切な男から聞かされるかわいそうな話を鵜呑《うの》みにしないほうがいいぞ」

ドレイクに意地悪なことを言われ、何週間もこらえてきた感情にぱっと火がつき、燃え上がった。「あなたも嫉妬《しっと》深い夫みたいなふるまいはやめたほうがいいわよ。ちっとも似合っていないもの」

「嫉妬深いだって？」ドレイクが怒った。「ばかばかしいにもほどがある！」

「そのとおりよ」ドレイクに激しく否定されたせいで感じた失望を、ルーシーは必死で抑えた。「婚前契約を覚えている？ わたしたちの結婚生活を陳腐な嫉妬で台なしにしないという誓いよ。その誓いによれば、ああいう感じのいい紳士と会うたびに害のないダンスを楽しむ権利がわたしには認められているはずよ。あなたの望む愛情をほかに向けている、というわけではないのですもの」

ドレイクがどんなきつい返事をしようとしていたにせよ、それを言うチャンスはなかった。馬車がグラフトン・スクエアの十七番地に着いたからだ。使用人たちに見られているかもしれなかったので、ルーシーは馬車を降りるとドレイクと腕を組んだ。寝室まで来ると、彼女はためらった。

「あなたは……？　どうする？」

ロンドンに着いてから、ドレイクは自分の寝室に下がる前にルーシーの部屋を〝訪れる〟のが習慣になっていた。フィリパに見せつけるためだ。ルーシーはドレイクに身を投げ出したい誘惑と常に闘わなければならなかったが、暗い部屋で彼と静かに語り合う時間を楽しむようになっていた。この時間は、ミスター・ダルリンプルを巡るばかげた喧嘩《けんか》をやめるいい機会かもしれない。

ドレイクは仮面をかぶったかのような無表情できっぱりと頭を振った。「この先一生分の芝居をしてしまったからね」

ドレイクはきびすを返して大股で立ち去った。

寝室に入ったとたん、ドレイクの手足が激しく震え出し、ストック・タイをはずすことも、ブーツを脱ぐこともできなかった。彼は部屋をうろうろと歩きまわった。結婚初夜にルーシーから平手打ちされたことを鮮明に思い出す。あのときの一瞬の痛みなど、先ほどの一撃に比べたらなんでもない。

〝あなたの望む愛情をほかに向けている、というわけではないのですもの〟彼女の言葉は鞭《むち》のようにドレイクの心臓をえぐった。〈ブラック・シグネット亭〉であんなことがあったというのに、ルーシーは彼が何を切望しているのかわからないというのだろうか？　ドレイクはルーシーの体も心も魂も切望していた。その熱望は日一日と激しくなっていく。自分がかけらすら味見していないごちそうを、今夜あの慇懃《いんぎん》な伊達《だて》男のダルリンプルが満喫するのを目にして、ドレイクは嫉妬の炎に燃えたのだった。

ルーシーは居間の奥まったアルコーブから顔をのぞかせ、目を細めて炉棚の時計を見た。今夜の観劇会のために着替えをする時間がすぐにもやってくる。厄介なことになってしまった。

アルコーブで父宛《あて》の手紙を書いているとき、フィリパとその友だちが居間に入ってきたのだった。姿を現せば一緒にどうぞと誘われると思い、ルーシーはそのまま手紙を書き続けた。彼女たちは甲高い声でおしゃべりしていたので、ペンのこすれる小さな音が聞こえる心配はまずなかった。

ところが、夕方に近づくにつれ、客が増えていった。ルーシーはとっくに手紙を書き終えていたが、人を中傷するような噂《うわさ》話をずっと盗み聞きしていたと思われるのがいやで、今さら姿を現せなくなってしまった。やがてフィリパがみんなにワインをふるまった。話し声は低くなっていった。

「レディ・ハーグリーヴズがついに妊娠したんですって」ひとりが言った。「〈ホワイツ〉では、五対一で赤ん坊がご主人の子ではないほうに賭《か》けているらしいわよ」

「わたしももうすぐ社交界の催し物から遠ざかることになるでしょうね……またも」別の女性がため息まじりに言う。

これにはいくらかの笑い声と多くの同情的な不満声があがった。

「スペンサーはあなたを休ませてはくれないの？」だれかが明らかにろれつのまわらない声で言った。

「ご主人に愛人をあてがわなければだめよ」

「男って本当に厄介な存在ね！」

また笑い声があがった。

「この子が生まれるのが待ち遠しいわ。わたしがあなたなら、ご主人があなたのほうを向いている今を楽しむわね」

下品な言葉にひとり、ふたりがわざとぎょっとした声を出した。ひとりはフィリパだ、とルーシーは思った。

「いいじゃない」妊婦がくすくすと笑った。「わたしは破廉恥な女なの。夫が二日以上留守にしたら、物欲しそうな視線を従僕に送りはじめるでしょうね！」

彼女たちはやがて、妊娠したら奔放になったという経験談を話し出した。そんな話題が続いているとき、近くの教会の尖塔《せんとう》の鐘が六時を告げた。

「まあ、聞こえた？」フィリパが叫んだ。「もう六時よ。今夜はコヴェント・ガーデン劇場に行かなくてはならないのに」

ルーシーはあっという間にふたたびひとりきりになった。しばらく待ってだれも戻ってこないことを確認すると、劇場に行くための着替えをしに寝室に急いだ。

昼間用のドレスを脱ぎ、ふっくらしてきた腹部に手を置いてちゃめっけのある笑みを唇に浮かべる。

ルーシーはおなかの子にささやいた。「じゃあ、わたしがあなたのパパにみだらな気持ちを抱いたのは、あなたに責任がある――」ルーシーははっと口をつぐんだ。ドレイクは赤ん坊の父親ではない。なんてばかなことを言ったのだろう。この赤ん坊はジェレミーの形見のすべてなのに。赤ん坊の本当の父親がだれかということを確認できるのは、唯一自分の心の中だけだというのに。心の中で、ジェレミーを否定するなんてどういうこと？

それでも、ドレイクに危険なほど惹《ひ》かれている原因がわかってほっとしたのはたしかだ。盗み聞きしたことが真実なら、みだらな渇望は妊娠にまつわる厄介な症状のひとつにすぎない。妊娠初期のつわりや、今でもときどき悩まされる、変わった食べ物が欲しくなるのと同じなのだ。ルーシーは急いで新しいドレスを身につけながら、自分の愚かさに笑った。ドレイクに惹かれることを深刻に思い悩んでいたなんて。

もう一度笑いかけたとき、戸口でいらいらと待っているドレイクに気づいた。

「ぼくはウエストミンスターから二十分弱前に戻ってきた。そのぼくが体を洗い、ひげを剃《そ》り、夜会服に着替え終えたというのに、遅刻しそうな原因は一日じゅう時間のあったきみとはね」

新しいドレスについての言葉も、髪を留めている黄色いリボンが目の色に映えるというお世辞もなし。ドレイクに外套《がいとう》を着せてもらいながら、ルーシーはほほえみそうになるのをこらえた。こんなぶっきらぼうで口数の少ない人に愛情を抱いてしまっただなんて、どうして思えたのだろう？

その晩ルーシーは、コヴェント・ガーデン劇場にかかった陽気な『悪口学校』の舞台にほとんど集中できなかった。何度もドレイクの横顔をちらりと盗み見たり、力強くて形のよい彼の手をじっと見つめたりしていたせいだ。自分の気持ちに深い意味はないのだとわかって安心したルーシーは、このチャンスを思う存分楽しんだ。

ルーシーはやがて、ドレイクが舞台にひたと視線を据えたままでいることに気づいた。そして、女優のひとりがルーシーたちのボックス席を何度も見上げていることにも気づいた。

「フィリパ」ルーシーは小声で言った。「レディ・ティーズルの役をやっている人はだれ？」

「まあ、知らないの、ルーシー？　ミセス・ボーモントよ。ミセス・シドンズに次いで、イギリスでもっとも有名な女優なのよ」

「とてもきれいな方ね」

「どんな紳士も望みのままだという噂よ」

　ミセス・ボーモントがまたこちらを見上げた。いや、ドレイクを見上げたのだ。ルーシーは無理してほほえみ、扇子であおいだ。考えるだけでもばかばかしくて話にならない。けれど、不安がルーシーの胸にわき起こった。

17

　観劇会の一週間後、ドレイクは祖母の寝室に入ったところで立ち止まり、薄暗がりに目を慣らした。

「起きてらっしゃいますか、お祖母《ばあ》さま？　病気のふりはしなくていいですよ。今日はぼくひとりですから」

　ドレイクは、よどんでむっとした空気を浅く吸いこんだ。乾燥させた薔薇《ばら》の花びらの香りがかすかに漂う。返事がないので部屋を出ようとする。

「フランシス？」ベッドの枕《まくら》もとの影がかすかに動いた。「あなたなの？」

　ひょっとしたら祖母は病気のふりをしていたのではないのかもしれない、とドレイクは思った。こんなにおだやかで愛情に満ちた祖母の声など聞いたことがなかった。しかも、生まれてこの方、だれもドレイクを洗礼名で呼んだことがなかったのに。

ドレイクは部屋の中へと歩を進めた。「そうです、お祖母さま。ドレイクです。お見舞いに来ました。ひとりで」

ロンドンに来て以来、ドレイクとルーシーは少なくとも一週間に一度は祖母の屋敷に見舞いに来ていたが、たいていフィリパかネヴィルも一緒だった。ドレイクは侯爵未亡人が病気でないとうすうす気づいていた。だからこそ今日は、この芝居の目的を聞き出すためにひとりで来たのだった。

「ドレイクだったの？　あなたのお祖父《じい》さまに声がそっくりだったから、一瞬……」寂しげに声がとぎれたが、すぐにまた元気な声になった。「ようやくあなたとふたりきりになれてうれしいわ。話をする必要があるの」

これでこそドレイクの知っている祖母だ。彼は椅子をベッド脇《わき》まで引っぱってきて座った。きこうと思っていたことを口にする間もなく、祖母に先を越された。

「あなたが結婚と呼んでいるまっとうな取り引きとやらはどうなっているの？」

「予想していたのとは違いました」嘘《うそ》ではない。それなのに、洞察力のある祖母と目を合わせられないのはなぜだろう？「だからといっていやなわけではありません」ドレイクは慌てて言いたした。

「いやなわけじゃない、ね」侯爵未亡人は、秋風で枯れ葉がかさこそと鳴るのに似た、乾いた笑い声を出した。「あなたの奥さんは美人ね」

質問ではなかったが、答えなければならないように感じた。「ずいぶん控えめな表現ですね」

「だったらあなたは彼女をどう表現するの？」

「きく相手を間違っていますよ」ドレイクは悲しそ

うなため息をついた。「ジェレミーなら彼女をきちんと描写できたでしょう。ぼくにはそんな才能はありません」

侯爵未亡人が小さくてしわだらけの手をドレイクの手に重ねた。「そう、あなたにそんな才能はないわ。でも、それは悪いことじゃない。今の世の中は人情家で実行力のある人を必要としているのに、ひょうきん者や詩人が多すぎます」

ドレイクは言葉を失った。祖母からこんなふうにやさしく認められたことなど、これまで一度もなかったのだ。

「やっぱりわたしの目は見たいと思っているものを見ていただけではなかったのね。あなたは彼女を愛するようになった。そこがあなたが予想していたのとは違った点ね」

ドレイクは気色ばんだ。椅子から勢いよく立ち上がり、部屋をうろつきはじめる。「なぜ気になさるんです？」呼吸をするたび、部屋の雰囲気で窒息しそうな気分になる。「ぼくの結婚に反対なさったあなたから、こんな話をされるとは思ってもいませんでしたよ。仮病を使ってぼくたちをロンドンに呼び寄せた理由はなんです？」

「お座りなさい、フランシス・ドレイク・ストリックランド！　もちろんわたしは反対しましたよ。あなたは夕食の席をいきなり立って出ていき、朝食の席に姿を現したときには婚約していたんですからね。財産目当ての女性に引っかかったと思うしかないでしょう？　花嫁の性格を耳にしたから、自分の目で真実を確かめたくなったのよ。それに、あなたと仲直りもしたかったし。信じないかもしれないけれど、あなたには愛する女性と結婚してもらいたいと望んでいたのよ」

「がっかりさせて申し訳ありません、お祖母さま」ドレイクは大股でドアに向かった。

「あなたの人生にはあまりにも愛がなさすぎたわ」ドレイクははたと足を止めた。「それはわたしの責任でもあるの。あなたは自分で自分に失望しているようだけれど、わたしをがっかりなどさせていませんよ。あなたとルーシーがフィリパを怒らせるために芝居をしているのを見て、ふたりのあいだは何かがうまくいっていないのではないかと感じたの。わたしに話してごらんなさい。見えを張って話を装飾しないこと。包み隠しなく事実だけを話してちょうだい」

ドレイクはしぶしぶベッドのほうへ戻った。

こんなに小柄で細い女性なら、大きなベッドに埋もれているように見えて当然なのに、毛布をかけてナイトキャップをかぶった祖母は、玉座についた女帝であるかのような存在感があった。

「ルーシーがあなたを愛せないというのはたしかなの？　だとしたら、彼女は愚かですよ。彼女が愛を示してくれたとして、あなたはそれに気づく？」

祖母の歯に衣《きぬ》着せぬ言葉がドレイクの武装を突き破り、正確に心臓に突き刺さった。

「気づかないかもしれません」ドレイクはまた椅子に座り、祖母の手を取った。「お祖母さまは、ぼくと違って結婚生活の経験をたっぷりお持ちだ。ぼくとルーシーのことを話しますから、お祖母さまの意見を聞かせてください」

「やっと帰ってきたのね」執事に帽子と手袋を渡しているドレイクに、ルーシーが声をかけた。「今日はネヴィルがお茶に来ることになっていたのを忘れたの？」

ルーシーを振り向いたドレイクは、この数週間で初めてしっかり彼女を見て腕を組んだ。「正直に言って忘れていたが、ちゃんと戻ってきただろう？　たしか今夜も予定があったな？」

ドレイクのくつろいださりげない口調に、ルーシーはほっとすると同時に落ち着かなくなった。ドレイクの上着からかすかに女性の香りが、乾燥させた薔薇の香りがするのは、気のせい？

「ええ。ホランド邸の舞踏会に招かれているわ」

居間に入ると、フィリパがお茶を注《つ》いでいた。

「こんな栄誉を賜るとは、今日は何か特別な機会だったかな？」

ばかげた疑いが頭を悩ませていたが、それでもルーシーは思わずほほえんだ。上機嫌で皮肉を言うドレイクは、シルヴァーソーンで過ごしたころの彼に戻ったようだった。

「ホランド卿《きょう》ご夫妻がなぜわたしたちを招待してくれたのかわからないわ」ルーシーはソファに座り、フィリパから紅茶を受け取った。「わたしたちは社交界の人気者というわけではないのですもの……少なくともわたしは違うわ」

「だからこそ招待されたのかもしれないよ」ドレイクはバターをたっぷり塗ったパンをひと切れ取り、ふた口で食べた。「たしかレディ・ホランドも、新婚時代、フィレンツェから夫と戻ってきたときに、社交界からつまはじきにされたはずだよ。みんなはこの十五年で、彼女が離婚経験者だったことを都合よく忘れてしまったみたいだが」

ネヴィルが目を見張ると単眼鏡がぽろりと落ちた。

「魅力的な奥さんが、社会的に離婚女性と同じ立場だと言っているのではないよな、ドレイク？　ルーシーはたくさんの崇拝者を勝ち取っているんだよ。スウォンジー公爵夫人の若い甥《おい》もそのひとりだ」

フィリパが熱を入れてうなずいた。「ルーシーが既婚女性でなかったら、ミスター・ダルリンプルは彼女にすっかり惚《ほ》れこんでいたでしょうね」

夫の顔に影が差すのを見て、ルーシーは最初に頭に浮かんだことを口にした。「あなたの一日はどうだった、ドレイク？　上院では活発な討論が繰り広げられた？」

ドレイクが答える間もなく、ネヴィルが言った。

「今日の午後はぼくもウエストミンスターにいたんだが、きみには会わなかったな。まさかサボったなんてことはないよな？」

ルーシーはチーズのサンドイッチを食べながら、夫がどう答えるかと耳をすました。上院にいなかったのなら、こんな時間まで彼はどこにいたの？

「演説をすませ、ウエストミンスターを出たのはお昼前だった」ドレイクが言った。「彼らには耳の痛い意見だったと思うよ。イギリスが産業力を失い、パンの値段がはね上がって国民の半分が貧窮する前に、いまいましいアメリカの封鎖を即刻停止するよう要求したからね」ドレイクはネヴィルに疑わしげな目を向けた。「ところできみはいったい何をしていたんだ、ネヴィル？　急に政治に興味を持つようになったのか？」

「とんでもない！」ネヴィルはさっと手を振って否定した。「首相を質問攻めで困らせるためにときどき傍聴席を陣取るのが好きな人間もいるんだ。パーシヴァルはくそまじめな学者然としていて、からかうのがおもしろいんだよ！」

「反論はしないよ」ドレイクは言った。「はっきり言って、彼らにはうんざりだ。ぼくはベストを尽くしたし、この二、三週間でかなりの支持を得られたと思う。目隠し状態で進んでいる政府を今の進路から別の方向に向けるには、道理以上のものが必要なんだ。たぶん、パリっ子たちがバスティーユ監獄を襲撃したように、ウエストミンスターに襲撃する興奮した群衆が必要なんだろう。暴動が起きるときには、ロンドンからできるだけ遠く離れていたいものだね。今のぼくにできるのは、シルヴァーソーンに戻って自分の事業に専念することだけだ」

「シルヴァーソーンに戻る？」フィリパが声をあげた。「でも、社交シーズンはやっと始まったところなのよ。春になったことだし、これから楽しいことがたくさんあるというのに」

「道のことだってある」ネヴィルが割りこむ。「ニコルスウェイトまでずっと、馬車は車軸まで泥に埋まることになるぞ」

ドレイクのいとこたちのあわてようをおもしろがりながらも、ルーシーの胸は大好きな家に予定より早く帰れるという喜びで満たされた。

「一週間延ばしたら、きみの言うとおりになるだろう、ネヴィル」ドレイクはすぐりのタルトを口に入れ、紅茶の残りを飲み干した。「今年は寒さがいつも以上に長引いているから、それに乗じて明日発《た》とうと思っているんだ」

「どうしてそんなに急ぐの？」フィリパが顎を震わせはじめた。「まだ少ししかここに滞在してくれていないわ。少なくとも、ちゃんとした送別会を準備するまでいてくださらない？」

ドレイクは肩をすくめた。「ホランド邸でのパーティーがぼくたちの送別会になるさ。ぐずぐずしていては危険だからね」

「危険って？」ネヴィルとフィリパがドレイクを見て異口同音に言い、それから互いに顔を見合わせた。

ルーシーにもドレイクが何を言いたいのかわからなかった。ドレイクから手を握られたとき、ルーシーはネヴィルたちと同じくらい驚いた。

「雪が解け、ぬかるみが乾くのを待っていたら、馬車に揺られるのが妻の体にさわるかもしれない」

「ルーシーの体にさわる？」ネヴィルが声を絞り出すように言った。

フィリパがとがった肘でネヴィルの脇腹《わきばら》を思いきり突いた。「ドレイクは、ルーシーが妊娠していると言っているのよ。なんて……すばらしい知らせなの。お……めでとう、おふたりとも」

ルーシーが黙って座る中、ドレイクは父親になる喜びに顔を輝かせ、ネヴィルたちは熱の入らない祝いの言葉をつかえながら言った。おなかのふくらみが目立つようになる前に、みんなに妊娠を告げなくてはならないのはルーシーにもわかっていたが、ドレイクが前もって言ってくれていたら、と思わずにはいられなかった。

「乾杯といこう」ネヴィルが無理やりはしゃいで言った。「ワイン貯蔵室にこの場にふさわしい飲み物はまだあるかな、ドレイク？　今夜はお祝いだ」

ドレイクは、一度も主人であると実感したことのない屋敷の玄関広間に立ち、ルーシーとフィリパが来るのを待っていた。ストック・タイは三度結び直した。灰色のズボンからありもしない埃《ほこり》を二度払った。


祖母と話をして以来、ドレイクはなぜか自信がふつふつとわいてくるのを感じていた。思いがけなくも、祖母が自分を好いてくれていることがわかったせいかもしれない。あるいは、長い年月のあいだに遭遇した数多くの動乱にもほとんど揺らがなかった祖母の辛辣《しんらつ》な性格のおかげかもしれない。

「つまり、あなたの妻は初恋の相手とともに自分の心を埋葬したと信じているわけね？」侯爵未亡人は純真な理想主義に燃えていたころを思い出し、ひそかにくすりと笑った。「どんな女性も初恋の相手と結婚する不幸に遭いませんように！　乙女の愚かな胸をときめかせるようなものは、時の試練には耐えられませんからね」

「お祖母さまはわかっていらっしゃらないんだ」ドレイクは真実をすっかり話してしまわないように気をつけた。「その男性はぼくとはまったく違うんです。彼が生きていればたしかにその魅力は色あせたかもしれませんが、今は批判の届かないところに行ってしまったんです」

「ふん！　生きているあなたのほうが有利じゃないの。ルーシーは、あなたのような男性を手に入れることができるのに、幽霊にしがみつくようなばかな女性ではないように思えるわ。気持ちが変わって、愛情のかけらくらいじゃ満足できなくなった、と彼女に伝えなさい」

ドレイクはやってみる、と約束したのだった。最初の一歩はふたりきりになれるシルヴァーソーンに戻ることだ。フィリパや、海のものとも山のものともつかぬダルリンプルがしょっちゅう姿を現さない場所に。シルヴァーソーンに戻ったら、自分の気持ちが変わったことを示し、そして……。

モスリンの衣ずれの音がした。

ドレイクが顔を上げると、息をのむほどすばらしいドレスを着たルーシーが階段を下りてくるところだった。やわらかな薔薇色で、おなかのふくらみを隠してくれる流行のハイ・ウエストのドレスには、薔薇のつぼみの刺繍《ししゅう》が施されたピンク色の薄い上衣がついている。春の女神がいるならば、ちょうどこんな感じなのだろう、とドレイクは思わずにいられなかった。

ドレイクの姿を目にしたルーシーは、唇を噛《か》み、不安そうにほほえんだ。

「ホランド邸のパーティーにはこのドレスで大丈夫かしら？」ルーシーはうつむいてたずね、それから顔を上げて濃いまつげのあいだからドレイクを見た。

ドレイクの舌は石になり、内臓はぶるぶる揺れるゼリーになった。

「どう？」ルーシーが期待をこめた表情で言った。「ロンドンで過ごす最後の夜にふさわしいかしら？」

「ああ」ドレイクは自分はばかではないかと思った。美しいルーシーを見て、こんな気分を味わっているというのに。シェイクスピアにも負けない詩がとうとうあふれ出てきてもおかしくないはずだ。それなのに、一音節以上の言葉が何も浮かばない。「いいよ」ドレイクは心のうちで自分を叱《しか》り、言葉を継いだ。「そのドレスはとても……新しいドレスだよね？」

「高すぎたと思う？　仕立て屋から値段を聞いたとき、気を失いそうになったのだけど、フィリパがロンドンの女性はみんな……」

ルーシーがしゃべりまくるのを聞いて、ドレイクは自分が口ごもったせいで彼女にあんなふうに思わせてしまったことを悔やんだ。どうしてよいかわからなかったドレイクは、ルーシーの唇にそっと人差し指をあてて黙らせた。

指先でやわらかな唇がかすかに震えるのを感じたとき、ドレイクは初めて自分の犯した間違いに気づいた。ルーシーはぼくを恐れている。ぼくはそう思われても当然のふるまいをした。ルーシーとの関係を前に進めたいのなら、ゆっくりと慎重にやらなければ。張りつめた情熱をまた暴走させて彼女をこわがらせ、永遠に手に入れられなくなる危険を冒すわけにはいかない。

やけどでもしたかのように、ルーシーの唇からドレイクはぱっと手を引っこめ、口ごもりながら言った。「好きなだけ……お金を使うといい。うちには……たっぷりあるからね。ドレスは……きれいだよ」

ドレイクは自分の言葉にたじろいだ。きれいだって？　気の抜けた、平凡で、ありふれた言葉ではルーシーのすばらしさを言い表すことなどできやしない。その晩、ドレイクは初めて亡き弟の気取りのない魅力のかけらでもあったらよかったのに、と心底思った。

ルーシーの心を勝ち取ろうと決心したにもかかわ

らず、いや、ひょっとするとそのせいで、ドレイクの努力はことあるごとに不首尾に終わった。ルーシーとダンスを踊ろうと男性たちが押し寄せ、ドレイクははじき飛ばされてしまった。心から楽しそうな笑みを目と唇に浮かべてステップを踏むルーシーを、ドレイクはむかつきながら見つめた。曲が終わり、次のダンスを踊ってもらおうと男たちが群がってきたとき、ドレイクはみんなを肩で押しのけて前に進み出た。

有名なシルヴァーソーンの目つきでしつこい紳士をにらみつける。「男が自分の妻と踊るのは、最近ではよいマナーではないのかな?」

ルーシーの崇拝者たちはブラッドハウンドに追われるうずらの群れのように散らばった。

「踊りたかったの?」ルーシーの目はおもしろがっているのをこらえていた。「あなたを義務から解放してあげているつもりだったのよ」

「ぼくと踊るんだ」意思とは裏腹に、ぶっきらぼうな命令口調になってしまった。

ドレイクのステップはぎこちなかった。ダンスを二曲踊り、ルーシーの爪先を踏んでしまったドレイクは、自分に対する腹だちで今にも爆発しそうだった。

「パンチが飲みたいわ」下手なダンスから逃れる口実ならなんでもいいといった感じの口調だった。

「パンチだね。取ってくるよ」ドレイクはルーシーの頼みを聞くことで名誉を挽回《ばんかい》しようと思い、男たちがまた彼女を取り囲む前に急いで戻ろうとした。そして、でっぷり太ったウェイマス伯爵にぶつかり、ルーシーのほうによろめいた。パンチグラスの中身が彼女の新しいドレスの前面にぶちまけられた。

ルーシーはあえぎ、びしょ濡《ぬ》れのドレスを見つめた。彼女の頬がまっ赤になる。彼女から傷ついた目で見られ、ドレイクは何千倍も罪の意識を感じた。

「ごめんよ……」ドレイクは胸ポケットのハンカチでルーシーのドレスを拭《ふ》いた。「まったく、ぼくはなんて不器用なんだ。馬車を呼ぼうか？」

ドレイクの脇をすり抜けながら、ルーシーは彼だけに聞こえるように言った。「帰りたかったのなら、こんなふうにわたしに恥をかかせるのではなく、そう言えばよかったのよ」

ルーシーは堂々と顔を上げて階段に向かい、威厳のある態度を保って階上へ行った。

ドレイクの口から激しい悪態が出かかったが、ユージーン・ダルリンプルが勝ち誇った生意気な表情でこちらを見ていることに気づき、ぐっとこらえた。若い伊達《だて》男はゆったりとしたしぐさで体の向きを変え、階段の下に向かった。そして、柱にもたれてパンチをすすりながら、ルーシーが戻ってくるのをじっと待った。

ドレイクは声に出して悪態をついた。

ウェイマス伯爵夫人が注意をすると、ドレイクは彼女をきつい目でにらみ、ダルリンプルとは反対側の柱の脇に立った。くだらない意地の張り合いであることはわかっていたが、シルヴァーソーンの名誉がかかっているのだ。

控え室は空っぽで、ルーシーはほっとして洗面台からタオルを取り、濡れたドレスにあてた。水気を拭き取ると、スカートを振って乾かした。

鏡に姿を映して確認し、ルーシーはくすりと笑った。ドレイクにかけられたのがパンチでよかった。それに、新しいドレスがシルクではなくモスリンだったのも幸いだ。

今夜のドレイクはどうしたのかしら？　あんなにぎこちなく、おどおどとこちらに気をつかう彼は見たことがない。やましいことをした償いをしようとでもしているようだわ。今ではなじみとなった疑念に襲われ、ルーシーの胸が凍りついた。それと同時に女のプライドが頭をもたげる。

ドレイクが恥じ入るようなことをしたのなら、いくらでも良心のとがめをやわらげることをしてくれてかまわないが、ロンドンでの最後の夜を台なしにされるのはごめんだ。

ルーシーは頭を振っていらだちのため息をつき、ついたての後ろにまわって用をたした。ついたての後ろから出ようと思ったとき、ドアの開く音がして、女性がふたり、大きな声でおしゃべりをしながら控え室に入ってきた。フィリパが開いた予定外のティー・パーティーのときの二の舞を演じたくなかったので、咳《せき》払いをして自分がそこにいることを示そうとしたとき、女性の言葉が耳に入った。

「あれを見た？　パンチを奥さんのドレスにかけるなんて！　何年かかっても彼の無粋さは直らないみたいね。彼と結婚しなくてよかったと思ったんじゃない？」

ルーシーは凍りついた。今彼女らに見つかったら、先日の十倍もばつの悪い思いをすることになるだろう。

「さあ、どうかしら」もうひとりの女性が考えこむように言う。「彼があれほど裕福になるとはだれも想像もしなかったもの。それに、優雅さには欠けていてもハンサムだし」

「ルーシャスと駆け落ちしたことを後悔しているの？」

「まさか。ルーシャスはとても明るくておもしろい人だったもの。いつだって完璧《かんぺき》な紳士だったし。ドレイク・ストリックランドについての噂《うわさ》は本当よ。彼は称号を持ったただの商人なの」

ふたりはさらに知人の悪口を言ったあと、ペチコートが出ていないことを確認して控え室を出ていった。しばらく待ったあと、ルーシーも腹をたてながら控え室を出た。

ドレイクが結婚をしぶったのも当然だ。自尊心と、ひょっとしたら心までも、あの鋭い鉤爪《かぎづめ》を持った雌猫にずたずたにされたのだから。上流階級の人たちの中で彼が居心地の悪い思いをするのもうなずける。

称号を持った商人。たしかにドレイクは、自分の楽しみにしか興味を示さない一般的な貴族とは共通点がほとんどない。上流階級の寄生虫ともいうべき人たちと一緒にいるよりも、事業の責任者たちや、ハイ・ヘッドの鉱夫の家族といるときのほうが、生き生きしている。

ルーシーは階段の踊り場で立ち止まり、深呼吸をした。階下の舞踏室に目をやると、左右の柱にドレイクとダルリンプルがそれぞれ歩哨《ほしょう》のように立っていた。ユージーン・ダルリンプルの姿を認めて、ルーシーの気持ちが一瞬明るくなった。彼なら気の利いた言葉で噂話をそらして、ルーシーのきまりの悪さを消してくれるだろう。

ドレイクが若いダルリンプルをにらみつけているのを見て、ルーシーはつい先ほど耳にした会話を思い返した。そして、彼がダルリンプルに敵意をむき出しにしている理由を不意に悟った。若かったドレイクの婚約者を奪い、彼を上流階級の笑い物にしたのは、ダルリンプルのような慇懃《いんぎん》で気取ったお調子者だったのだろう。

ルーシーはくつろいで見える笑みを浮かべた。眉を上げたり作り笑いをされるのを覚悟で、階段を下りていく。最後の一段で立ち止まると、ダルリンプルがルーシーの手を取って大げさにお辞儀をした。

「あなたの毅然とした態度にひれ伏します、ルーシー女王さま。すばらしい対処でしたよ、まったく。ダンスを踊って、ドレスが少し濡れたくらいではあなたの優雅さと快活さは無傷だというところをみんなに見せつけてやりませんか？」

とても誠実な言葉に聞こえたが、ほんの少し見方を変えれば、痛烈なあてこすりに聞こえる。彼女の返事はよそよそしかった。「あなたのお誘いには惹《ひ》かれるけれど、お断りしなければ」

ダルリンプルに握られた手を引っこめ、ルーシーはドレイクに向き直った。「夫にはパンチの貸しを返してもらうつもりだから」唖然《あぜん》とした表情のドレイクを無視し、ルーシーは彼の腕を取ってからかうように言った。「あなたにも一杯持ってきてあげましょうか、だんなさま？　ほかの女性に見とれなければ、あなたの服にパンチをこぼさないと約束するわ」

緊張でこわばっていたドレイクの体から力が抜けていった。

「きみがいるのに、ほかの女性になど見とれるわけがない」

ダルリンプルやジェレミーの甘い言葉に比べたら、たいしたほめ言葉ではなかった。だが、きまじめな短い賞賛の言葉はルーシーにはとてもすばらしいものに感じられた。

なぜか目を刺す涙を瞬きでこらえ、喉のつかえを押して話した。

「お上手だこと！　でも、そんなに簡単には許してあげないわよ。今夜はロンドンで過ごす最後の夜なんですもの、わたしを楽しませてちょうだい。あなたが政治の話をするために出かけてしまったあいだ、わたしは同情して誘ってくれた紳士とダンスを踊っておとなしく耐えていたんですもの。いいこと、今夜あなたはわたしのものよ」

ドレイクは非常に慎重にパンチのグラスをルーシーに渡し、自分のグラスを傾けた。「なんなりとお望みのままに、奥さま」

ドレイクの黒い瞳の熱さに、〈ブラック・シグネット亭〉で過ごした夜に燃え上がったルーシーの激しい渇望が再燃した。わたしがどこまで望んでいるかを知っても、ドレイクはそんなことを言ってくれるかしら?

18

ドレイクはその晩、ホランド邸で夢を見ている気分だった。階下に下りてきたルーシーにはねつけられるものとばかり思っていた。それに、彼女はダルリンプルのよどみないほめ言葉を真に受け、彼と腕を組んでダンス・フロアに向かうと思いこんでもいた。

まさかルーシーが自分を軽くからかい、思いがけなくも二度目のチャンスをくれることになろうとは。自分のためにどんな天使が仲裁に入ってくれたにせよ、心の底から神に感謝するだけだ。

夜が更けていくにつれ、妻がドレイクのすべてをよく思うことにしたらしいとわかってきた。うまくもないダンスをほめ、一緒に踊ってと何度もせがんだ。夫の陳腐な言葉を一心に聞き、つまらない冗談にも楽しそうに笑った。ドレイクにとって何よりうれしかったのは、ことあるごとにルーシーが腕に手をかけてきたことだ。このすべてが何を意味するのか、困惑し、幸せに酔っていたドレイクには考えることもできなかった。今夜、運命はぼくにすべての恩恵を与えてくれるつもりなのだろうか？

ドレイクは魔法を壊したくなかったので、ふたりはホランド邸に最後の最後まで残っていた。

ふたりが帰ったあと、レディ・ホランドは目をきらめかせて夫を見た。「あんなに愛し合っているご夫婦を見たのは初めてかもしれないわ。彼らがロンドンに来るたびにご招待しましょうね」

帰りの馬車の中で、ドレイクはいつも以上に静かだったが、ルーシーは彼の沈黙に今までにないものを感じ取った。ルーシーがダルリンプルと親しく過ごした社交行事から戻るときの、冷たい敵意のようなものは皆無だった。今夜のドレイクは、ルーシーがホランド邸での様子や上流階級の人々のことをしゃべるのを聞いているだけで満足そうだった。

ルーシーは彼に見つめられていることを意識した。賞賛と敬慕が同時にこめられた彼のまなざしは、ダルリンプルのあからさまな凝視よりさりげなくて真《しん》摯《し》なものに思える。そんなドレイクをどう理解すればよいのかわからなかったが、何週間も無言の非難を受けてきただけに、うれしかった。

グラフトン・スクエアの屋敷で出迎えてくれた若い従僕は、立ったまま眠ってしまいそうな顔をしていた。あと何時間かで早春の夜明けだった。

「ベッドに入っていいぞ」従僕に外套《がいとう》を渡しながらドレイクが言った。

「書斎でポートワインを召しあがるのでは？」従僕

はあくびをこらえようとした。

ドレイクは頭を振った。「パンチを飲みすぎたよ。そのうえにポートワインを飲んだりしたら、悪酔いしそうだ」

ルーシーはドレイクの言葉を信じていなかった。〈ブラック・シグネット亭〉で酔っ払ったあの夜以来、ドレイクはアルコール類をかなり控えていて、今夜も例外ではなかった。最近の彼はルーシーが寝室に下がるあいだ、階下で一杯のポートワインを時間をかけて飲むようになっていた。けれど今夜の彼はルーシーと一緒に階段を上った。

ルーシーは一歩ごとにすぐ後ろにいるドレイクの存在を痛いほど意識した。彼にはわたしの体を駆け巡る欲求が感じられないのかしら？　その欲求はルーシーの手足をなめ、口の中をからからにした。踊り場まであと少しのところで靴がドレスに引っかかり、ルーシーはよろめいた。すぐ後ろにいたドレイクは、何もできないまま彼女にぶつかった。

「すまない。けがをしなかったか？」

ルーシーはドレイクにしがみついて体勢を立て直した。「わたしが悪かったの。大丈夫よ」

どういうわけか、ふたりは体をからませたまま残りの段を上った。

熱を少しでも冷まさないと、ぱっと燃え上がってしまいそうでルーシーはこわかった。羊皮紙のようにかさかさに乾いた喉から、ドレイクを行かせずにすむ言葉をなんとか絞り出そうとする。喉が言うことを聞いてくれず、なかなか声を出せずにいると、ドレイクが口を開いた。ドレイクの声は欲望でかすれ、ほとんど聞こえないくらいのささやきだった。

「一緒にいさせてくれ、ルーシー。頼む」

ルーシーも同じことを言おうとしたが、断られるのを見越したのか、ドレイクが急いで先を続けた。

「結婚前にした約束を破るつもりはないんだ。ジェレミーの思い出が、いつだってきみの心のいちばん大切な部分を占めているのはわかっている。ただぼくには……」

ルーシーは、ほんの数時間前にドレイクにされたように、指先を彼の唇に押しあてた。今この瞬間にジェレミーの名前を聞くのは耐えられなかった。

「男の欲求があるんでしょう」ルーシーはドレイクの言葉の続きを言いながら、最悪の偽善者である自分を嫌った。ルーシーを突き動かしているのは、ドレイクの欲求ではなく自分自身の欲求なのに。

ルーシーは震える手で寝室のドアを開け、夫を中に入れた。消えつつある暖炉の火が、部屋をやわらかく照らしていた。ベッドの上がけがめくられ、寝巻きが広げられている。無言のままドレイクをベッドのほうへ引っぱっていきながら、ルーシーは息がつまりそうなほどの恥辱感と闘っていた。

これはジェレミーを裏切る行為ではないわ。ルーシーは強く自分に言い聞かせ、ほとんど信じかけていた。妊娠したせいで起こった欲求を静めると同時に、夫の正当な要求に従っているだけ。教会と国家の掟《おきて》によって、ドレイクにはわたしを抱く権利があり、わたしは彼の思うがままなのよ。ルーシーはドレイクに懇願しそうになったことを都合よく忘れ、今度こそは積極的になりすぎて彼に逃げられないようにしようと決心した。

ドレイクはゆっくりした動きで上着を脱いだ。白いストック・タイをゆるめ、浅黒い首もとからはずす。ベストのボタンをひとつずつはずし、それからシャツのボタンにかかる。ルーシーはその動きをじっと見つめた。ドレイクは上質でしなやかな革のブーツを脱いだ。上半身の服を脱ぐと、細身のズボンだけの姿になった。ルーシーは欲望をがまんできなくなりそうだった。細くしなやかで浅黒い体のドレイクは、危険なのがわかっていても近寄りたくなる、猟師のように見えた。

　ドレイクはルーシーに注意を移した。ドレスの背中を留めている小さな真珠のボタンを手際よくはずしていき、それから彼女の両肩に軽く手を置いた。彼の唇がルーシーのうなじの敏感な部分に触れる。くすぐるような軽いタッチで耳の後ろまでキスが上がっていき、反対側にも同じことをする。

　ドレイクはけだるそうにルーシーのドレスの袖《そで》を下ろしていった。襟ぐりの深い身ごろが下へと落ちる。胸に触れて、とルーシーは心の中でドレイクに言った。象牙《ぞうげ》色の胸を温かくて浅黒い彼の手に包まれ、胸の先を親指で愛撫《あいぶ》してもらいたい。けれどドレイクはそうしようとしなかった。

　ドレイクがルーシーの腕から袖を抜くと、ドレスはゆっくりした優雅な動きで落ちていき、彼女の足もとに下着とともに落ちた。ルーシーは大きな喉のつかえをのみこみ、目を閉じた。長靴下と靴以外、何も着ていない状態だ。ここまでの姿を人目にさらしたのは初めてだった。ドレイクの愛撫を待って脈が耳もとで高鳴り、体じゅうがぴりぴりした。

　ルーシーの背後でドレイクがゆっくりとズボンを脱ぎ、それからまたルーシーに注意を戻した。ルーシーのうなじに長々とキスをし、彼女の胸をどきりとさせる。腹だたしいほどゆっくりと、ドレイクの唇がルーシーの背中を下りていく。ルーシーは彼の熱い息を感じた。呼吸が一定しないことが、ゆっくりとした誘惑とは対照的な彼の思いの激しさを表していた。

　ドレイクが膝をつき、唇でさらに下へと探索を続ける。丸みを帯びたお尻をドレイクの唇か手で触れられるのが待ち遠しい。だが、ドレイクはその手前で止まった。

　彼はルーシーの背中に頬とシルクのような手触りの頬ひげを寄せた。ルーシーは唇をきつく結んで喜びのうめきと耐えられないほどの思慕をこらえたが、動きはしなかった。みだらな衝動を抑えると誓ったのだ。抑えなければならない。ここまで興奮を高められた今、ドレイクを追いやるようなことになったら、欲求不満の拷問に耐えられそうもなかった。

ドレイクに足首を触れられ、ルーシーはあえいだ。彼の手は上へと動いていき、長靴下のいちばん上までやってきた。大きくて力強い手に似合わず、繊細な動きで薄いシルクを下げていき、靴と長靴下を脱がせる。ついに身につけているものがなくなり、ルーシーは次に来るものをじれったい思いで待った。

不意にドレイクの手が離れ、ルーシーは彼は何をしているのかと聞き耳をたてた。不安に負け、目を開ける。ドレイクは暖炉のおきの薄明かりを受けて影になって立っていた。細く引き締まり、大きな力を持っているすばらしい男性。

ドレイクは渇望をたたえた目をしてベッドのほうに顎をしゃくった。震える手足があとどれくらい体を支えられるかわからなかったルーシーは、ほっとしてベッドに身を沈めた。両腕をドレイクに向けて伸ばし、彼がゆっくりとかきたてた欲望を静めてほしいと無言の嘆願をする。ドレイクは隣に身を横たえ、片手でルーシーの頭を包み、もう一方の手で彼女の体を愛撫した。ルーシーは〈ブラック・シグネット亭〉での夜のような深く激しいキスをされるものと思っていたが、そんなキスはされなかった。

ドレイクの唇は触れるか触れないかのところをうろついた。一瞬の軽いキスで誘惑され、ルーシーはドレイクのほうに体をすり寄せた。甘い拷問を紡ぎ出す彼の指先は、ぼんのくぼや肋骨《ろっこつ》のいちばん下を愛撫したが、ルーシーがいちばん触れてほしい場所だけは触れようとしない。ドレイクはルーシーのすべての骨が耐えがたい欲求にうずくまで彼女を攻めたてた。

ルーシーは自分にした約束を忘れ、この世のすべてを忘れて脚を広げ、ドレイクに懇願した。ドレイクはなめらかな動きでいきなりルーシーの奥深くまで身を沈めた。同時にルーシーの唇を唇でふさぎ、屋敷じゅうの人間を起こしてしまいかねない叫び声を封じこめた。ドレイクが中に入ってくると、ルーシーはすべてをこっぱみじんにするような恍惚《こうこつ》とした解放感にわれを忘れた。

ルーシーは少しずつ現実の世界に戻ってきて、暖かい風に運ばれるあざみの冠毛のように、幸せだがまごつく感覚を味わった。気づくとドレイクの腕の中で横向きになっていた。頬が彼の胸にあたっていて、激しい鼓動が聞こえる。彼はなぜ途中でやめたのかしら？　ルーシーはまどろみそうになりながらいぶかった。わたしの経験が間違っていなければ、ドレイクは今の行為だけでは満足を得ていないはずだ。それなのに、彼はこれ以上何もしようとしない。ルーシーを喜ばせることだけが目的だったかのように。

ルーシーは何か言いたかった。ドレイクからかけがえのない贈り物をもらったことを示したかった。けれど、相反する気持ちもあった。途中でやめた彼が理解できない。ベッドをともにしてくれと頼んでおきながら、自分の欲望を完全に満たさないまま終えるなんて。彼はなんと謎《なぞ》の多い人なのかしら！　彼がわたしの中に引き起こす感情と同じくらい不可解だわ。

そんなことを考えているうちに、ルーシーは深くて心地よい眠けに負けてしまった。

ルーシーが眠ったと確信してから、ドレイクはふたりのからだに上がけをかけた。まだルーシーの中に身を沈めたまま、ドレイクは彼女を抱き寄せた。暗闇《くらやみ》の中でひとり微笑を浮かべる。肉体の関係についてこれまで聞いたことのある話や、数少ない体験が完全に間違っていたというのでないかぎり、彼はついさっき、ほとんどの女性が旅することのない場所にルーシーを連れていったのだ。ドレイクにとってももちろん未知の世界だった。

不思議なのは、それを意図していなかったことだ。自分を熟練した恋人と思ったことは一度もない。控えめと言えるほど慎重にルーシーを誘惑したのは、彼女をこわがらせたくないという気持ちからだった。最初のときのいやな記憶を思い出させることはしたくなかったのだ。

ドレイクは、自分が何か言えばふたりのあいだの雰囲気をぶち壊しにするかもしれないとこわくて、言葉を発するのも自制したのだった。愛を交わしたあとで疲れ果てたルーシーが静かに横たわっていたとき、ドレイクは体が言いたいことを表現してくれたことに満足して彼女を抱き寄せた。

崇拝する女性を興奮させ、満足させられたことはうれしかったが、ドレイクは長く満たされることのなかった自分自身の飢えにのみこまれそうになっていた。春の明け方の薄明かりの中で、ルーシーの豊かな体の線が見える。魅力的な胸が呼吸とともに上下している。ルーシーの欲望の麝香《じゃこう》の香りがかすかにドレイクの鼻をくすぐった。彼女にきつく包まれ、狂気の縁まで運ばれた。そして、その向こうの、音も動きもない圧倒的な激しさの絶頂へと達したのだ。

19

窓の外でさえずる雲雀《ひばり》に起こされ、ルーシーが目を覚ましたのはお昼ごろだった。冬のあいだ暖かい気候の土地に逃れていた雲雀は、春が来てイギリスに戻れたのがうれしくてたまらないというように歌っている。わたしの心も帰郷の無限の喜びを感じているのはなぜかしら。

ベッドに横たわったままこのうえない満足感にひたっていると、初めておなかの赤ちゃんが動くのを感じた。もろい心の平穏が大理石の床に投げつけられたガラスの飾りのように砕け散った。

子どもを授かったときの眠っていた記憶が目を覚ました。今、この瞬間まで抑えていた記憶だ。ジェレミーはルーシーが純潔なのを知っていて、やさしく抱こうとしたが、最後には自分の欲求に圧倒された。彼はルーシーの顔にキスの雨を降らせながら、愛している、すぐに終わるとささやいたが、それは嘘《うそ》だった。彼が最後に突き上げるようにして、自分を解き放ち、ルーシーから身を離したころには、彼女は傷ついた動物のように泣いていた。

ルーシーはその記憶を何カ月も薔薇《ばら》色のカーテンで閉ざしてきたのだった。今になってまざまざと記憶がよみがえる。ルーシーは自分自身とドレイクに対し、自分のしたこと――ジェレミーに体を許したことを、決して後悔しないと何度も言ってきたが、今はそれも、確信を持っていたほかのことも、よくわからなくなっていた。

少年のような魅力を持った異母弟とは正反対の、ぶっきらぼうで口数の少ない夫を愛するようになったなどということがあるのかしら？　ドレイクはわたしをどう思っているの？　彼の気持ちも、愛情を抱いて相手の重荷にはならないという愚かな約束をした日から変わったのかしら？

ルーシーがつらい問いと格闘していると、寝室のドアを慌ただしく何度もノックする音が聞こえた。一瞬、ドレイクかもしれないと思って胸がはずんだが、彼がこんなノックをするはずがないと思い至った。部屋に入るように言いかけて、上がけの下は裸なのに気づく。

床から寝巻きを拾い上げ、頭からかぶった。「ちょっと待ってちょうだい。今起きたところなの」

ショールと上靴を急いで身につけてドアを開けると、そこにいたのはフィリパだった。ドレイクのいとこから乱れた髪を興味津々で見つめられ、ルーシーは顔が赤らむのを感じた。フィリパの視線を追って、ベッド脇《わき》に脱ぎ捨てられた服の山を目にすると、さらに顔が赤くなる。夜会服や下着に交じってドレイクのストック・タイとベストもあった。

フィリパは服の山に目を据えたまま、何度か口を開けたり閉じたりしたあと、ようやくあえぐように言った。「何時に戻ってきたの？　あなたが階下《した》に来ないから、具合でも悪いのかと見に来たのよ」

「少し疲れているけれど、わたしは元気よ」

ドレイクの服がわたしの寝室の床にあったって赤くなることはないのよ。ルーシーは自分に言い聞かせた。ふたりが結婚してからもう何カ月もたつし、いとこたちの前でベッドをともにしていることをあからさまに示してきたのだ。けれど、あれは芝居だった。今は違う。結婚指輪をしているのに、こそこそと違法なことをしているような気がした。

「わたしはただ……」フィリパは脱ぎ捨てられた服の山を見つめ続けた。「つまりね、あなたたちが今日ここを発《た》つとドレイクから聞いていたのに、あなたはまだ荷造りをしていないでしょう？」

ルーシーは肩をすくめた。「ひょっとしたら出発を明日に延ばすかもしれないわ」

フィリパが勝ち誇った笑みを浮かべたので、ルーシーは言葉を継いだ。

「それとも、服を鞄《かばん》に投げ入れて、残りの荷物はあとであなたに送ってもらうかもしれないわ」

「ドレイクの接客にどれくらい時間がかかるかによるんでしょうね」意地の悪い口調でフィリパが言った。

「接客？」餌《えさ》に食いついてはだめだとわかっていたが、きかずにはいられなかった。

「あなたは知っていると思っていたわ」

「いいえ」フィリパから顔をそらし、ルーシーは床の服を拾い上げてたたみはじめた。「きっと出発前に片づけておかなければならない議会のことか何かでしょう」

フィリパが含み笑いをし、ルーシーはぞっとした。

「女性の議員なんてひとりもいないはずよ」

ルーシーが頑《かたく》なに無視していると、フィリパは嚙《か》みつくように言った。

「ドレイクがだれと会っているかきかないの？」

ルーシーは旅行用の服を選ぶのに忙しいふりをした。「きかなくたって、どのみちあなたが教えてくれるんでしょう？」

「あなたが好きだから、話すのがわたしの務めだと思っているのよ。お客というのは、あの女優なの。覚えている？　コヴェント・ガーデン劇場であなたが名前をたずねた女優よ」

ルーシーは冷たい短剣に内臓を突き刺されたように感じた。「覚えているわ」

「彼女、三十分前にいきなりやってきて、シルヴァーソーン卿《きょう》に会わせろと要求したのよ。ふたりはずっと書斎にこもりっきりなの。ドアを閉めてね」

「だったら書斎の鍵《かぎ》穴に耳を押しつけて盗み聞きす

ればいいでしょう？　わたしはミセス・ボーモントがなんの用向きで来たのか、夫が話してくれるのを待つわ」

「でも、ルーシー……わたしはただ――」

「あなたはただ、ドレイクとわたしの仲にひびを入れるチャンスを逃すのはもったいないと思ったのよね。よけいな口出しはやめて、フィリパ。わたしはとても高潔な夫を全面的に信じているの。ミセス・ボーモントの用向きはきっと変なことじゃないわ。悪いけれど、着替えと荷造りにかかるわ」

ルーシーはフィリパを部屋から閉め出し、ベッドにへたりこむと、自分の言葉を信じたいと心から願った。ドレイクのことをなんとも思っていないなら、なぜ書斎でどんな話が交わされているのか気になるのかしら？

「たしかなのかい？」疑念と激怒のはざまで揺れながら、ドレイクは向かい側に座っている女性を見つめた。

「ええ、女ならだれでもわかるようにね、シルヴァーソーン卿」ロザリンド・ボーモントはかすかにほほえんだ。色白をみごとに際だたせる薄緑色のドレスと濃い緑色の上着は、朝の訪問には少しばかりはでだった。小さなボンネットは黒っぽい髪をほとんどおおっていない。「わたしのおなかの子の父親は、亡くなったあなたの弟さんです」

「異母弟だ」ドレイクがジェレミーを遠ざけるように異母弟を強調するのは初めてだった。「悪いが、ぼくが簡単には信じないことをわかってほしい」

彼女はかすかにうなずいた。「裏づけもないでたらめを主張しに来たのではないの。お話ししたことすべての証拠をお見せすることができますわ」

「状況が状況だけに、それは無理だと思うが」

彼女は手提げ袋を探ってくしゃくしゃになった手

紙を取り出し、ドレイクに渡した。「その字に見覚えがあるのでは？」

ドレイクは言葉を発する勇気がなく、引きつったようにうなずいた。なじみのある筆跡で書かれた文章を読んで、落ち着かなくなる。ジェレミーが生き返ったような気分だ。筆跡は彼のものに間違いなかった。少年っぽいとがった文字で美辞麗句が書き連ねてある。若い愚か者はロザリンド・ボーモントに夢中だったようだ。親しげなあだ名で彼女に呼びかけ、結婚を含む軽率ないくつもの約束をしていた。ジェレミーは、年上の女優との結婚を兄が許すと本当に思っていたのだろうか？

ジェレミーに対するいらだちが口調に出た。「弟があなたに夢中だったらしいことは認めよう、ミセス・ボーモント。だが、それ以外のことは……」

見るからにしぶしぶといった様子で、彼女は別の手紙を渡した。スペインから出されたその手紙は、ジェレミーが亡くなるほんの数日前の日付だった。そこには〝一緒に過ごした特別な夜〟のことが書かれていた。ドレイクはストック・タイがきつくなってくるように感じた。ルーシーといい、ミセス・ボーモントといい、ジェレミーの最後の休暇はとても……生産的だったようだ。

ドレイクはなんとか冷静で実務的な態度を装った。「なるほど。弟はあなたに恋をしていて、あなたは弟をベッドに迎え入れた」

「これ以上どんな証拠が必要だというの？」

「少なくとも、あなたが本当に妊娠していることを確認する必要がある」

ミセス・ボーモントは目をむいて席を立った。ドレイクは彼女が腹をたてて部屋を出ていくものと思った。だが、彼女がドレスの裾《すそ》をたくし上げているのを見たときは、驚愕《きょうがく》のあまり視線をそらすこともできなかった。ミセス・ボーモントはドレスを胸まで上げ、ふくらんだおなかを見せた。

あえぎ声がした。ドレイクは自分がそんな声を出したのだろうと思った。

「納得してくれたかしら？」ミセス・ボーモントはドレスを戻し、椅子に座り直した。

「お、おなかの子の父親がほかの男の可能性はないのか？」

書斎で話を始めてから、彼女の自制心が初めて揺らいだように見えた。「わたしはあなたに平手打ちを食わせるべきなんでしょうね、シルヴァーソーン卿。残念ながら、それはできないわ。恋人はジェレミーだけだったというわたしの言葉を信用してもらうしかないわね。女優に対してよからぬ噂《うわさ》があるのは知っているけれど、わたしたちだって普通の女性と同じ倫理観を持っているのよ」

「ぼくは人を見る目があるんだ、ミセス・ボーモント。今の質問は謝罪とともに取り消す」彼女の顎が一瞬震えたように見えた。「ぼくに何をしてほしいんだ？」ドレイクはたずねた。

ミセス・ボーモントはふたたび手提げ袋を探り、ハンカチを出した。「施しを乞《こ》うのは慣れていないの。でも、ジェレミーの子どものために自分のプライドは捨てるわ」

「わかるよ」ドレイクはため息をついた。ジェレミーの女性の好みに感心し、弟が女性から受けた献身をうらやましく思わざるをえなかった。だが、それと同じくらい激しく、彼女たちに対する弟の仕打ちを嫌悪した。

ロザリンド・ボーモントは緑色の目でドレイクの目をのぞきこみ、そこに見たものを気に入ったらしい。「わたしはこの子を育てたいの、シルヴァーソーン卿。この子を里子に出して、ほとんど会えなくなるのはいやなの。でも、私生児をおおっぴらに育てたりしたら、わたしの女優生命は終わってしまう。

多少の蓄えはあるけれど、引退するにはまったく足りないわ」

「安心してくれ、ミセス・ボーモント」彼女の話が信頼できるとわかったのだから、彼に無心するという最後の屈辱を味わわせずにすませてやりたかった。「弟の子どもに貧しい暮らしをさせるつもりはない。自分で子どもを育てるというのは感心だ」

ドレイクは背後の書き物机に向かい、一枚の紙にある数字を書いた。「一時金としてこれだけの額を信託にすれば充分かい？」

ドレイクから紙を受け取った彼女は、目を丸くして見つめた。「こんなにたくさんお願いするつもりはなかったわ。子どもをだしに使ってお金をせびるなんてしたくないの」

「もちろんだ。だが、物価は上がり続ける。ぼくはジェレミーの子どもに充分な躾《しつけ》とできるかぎりの教育を受けさせたいんだ。それに、女優をあきらめるあなたの埋め合わせもしたい。行き先は考えてあるのかな？」

「子どもが生まれるまでロンドンにいて、そのあと部屋は人に貸して、わたしのことなどだれも知らないデヴォンかコッツウォルド丘陵の静かな村に行こうと思っているわ。士官の未亡人だと言うつもり」

「当たらずといえども遠からず、だ」ドレイクはうなずいた。「あなたと子どもがストリックランドの名を名乗ってくれたら光栄なんだが」

彼女はついに泣き出した。あまりに唐突であまりに激しく泣くものだから、ドレイクは思わず彼女に手を差し伸べていた。彼女の前に膝をつき、涙がおさまるまで肩で泣かせてやった。ルーシーと結婚する前の彼だったら、こんなふるまいなどとてもできなかっただろう。ルーシーはドレイクが思ってもいなかっただけでなく、苦心して養おうとすら考えていなかった面を育ててくれたのだ。そしてドレイクはそのことを喜んでいた。

ミセス・ボーモントは荒れ狂う感情をようやく抑えられるようになると、この話し合いを終えたがるそぶりを見せた。ドレイクは事務弁護士に相談してお互いに納得できる取り決めを結ぶまでロンドンでの滞在を延ばすと約束した。書斎のドアから顔を出し、だれもいないのを確認する。

玄関まで来ると彼女が振り向き、ドレイクの手を握った。「あなたに神の祝福がありますように」声をつまらせてささやく。「あなたの寛大さは伝説的だけれど、ここまでとは思っていなかったわ。ストリックランドの名を名乗っていいと言ってくれたことは、わたしにとっては世界じゅうのお金よりもありがたかったわ。あなたの奥さんは本当に幸運な方ね」

ぼくの妻。ルーシーをジェレミーから引き離すチャンスがここにある。ロザリンド・ボーモントを紹介し、ジェレミーがルーシーを利用した証拠を見せればいい。彼女の腕からそのまま別の女性のベッドへ行き、そのつもりもないのに結婚をロマンチックな約束手形として渡した証拠を。

ミセス・ボーモントが奇妙な顔をしてドレイクを見た。「あの、何か失礼なことを言いました？」

ドレイクは頭を振って軽率な衝動を追い払った。競争相手を情け容赦なく叩《たた》きつぶしてトップの座を手に入れた経営者たちを知っていたが、それはドレイクのやり方ではなかった。仕事であろうと心の問題であろうと、ドレイクはライバルを蹴《け》落とすのではなく実力で成功したかった。

それに、ルーシーの美しい思い出を踏みにじってまで彼女の愛を勝ち取ったとしたら、自分自身に顔向けができないだろう。崇拝する男性から無頓着《むとんじやく》に利用されたのだと知ったら、ルーシーはどんな気持ちになるだろう？

「ひとつだけ条件があるんだが」

「それは？」ドレイクの声が突然切迫したことに動揺したのか、彼女は警戒するような顔をした。

「妻にはこのことをいっさい知られたくない」

「約束するわ」

階段の踊り場にくずおれたルーシーの頭の中で、ドレイクがミセス・ボーモントに言った別れの言葉が鳴り響いた。

〝妻にはこのことをいっさい知られたくない〟

盗み聞きなどした罰だ。盗み聞きをする者は自分のいい噂を聞くことがない、というではないか。ドレイクのことを探ろうとしたわけではないが。荷造りをしようと小さめの旅行鞄を取りに行く途中で、ふたりのメイドが噂話をしているのが聞こえてしまったのだ。

「鍵穴からちょっとのぞいたら、思わず気絶しそうになったわ。あの女の人ったら、ドレスをたくし上げているのよ。まっ昼間にうちのお屋敷の書斎で！」

「まさか！」

「命にかけて本当よ」

メイドたちが行ってしまうと、ルーシーは踊り場から階下をのぞかずにはいられなくなった。そこからなら、自分の姿を見られずに書斎のドアがよく見えるのだ。ドレイクとあの女性が書斎から出てくるまで十分以上はかからなかったはずだが、ルーシーには何時間にも感じられた。決心したり考え直したりを百回はくり返した長い時間だった。

書斎のドアが開くと、さらに身を引いて物陰に隠れた。夫と女優の話の内容はわからなかったが、ドレイクの最後の言葉だけははっきりと聞こえた。彼女の評決を揺さぶる破滅的な告発が。

あらゆる有罪証拠を突きつけられたにもかかわら

ず、かすかながら希望が瞬いた。ドレイクがあの女優を愛していて、ルーシーのことなどなんとも思っていないのなら、ほんの数時間前にあんなにすばらしい愛を交わすことなどできなかったのではないだろうか？

あれこれ憶測したり疑ったりするのは耐えられない。ルーシーは不意にそう思った。けれど、ドレイクと対峙《たいじ》して、後悔に満ちた目をのぞき、彼が認めるのを聞くのはつらすぎるわ。どんないやな真実と向かい合わなければならないとしても、彼以外の人から聞かされるほうがまし。

ルーシーはボンネットの紐《ひも》を結びながら、ドレイクに知られずに馬車と付き添いを頼むにはどうしたらよいだろうと考えていた。ちょうどそのとき、玄関のドアを丁寧にノックする音が聞こえた。ミセス・ボーモントが戻ってきたのかもしれないと思った彼女は、困惑すればよいのか安堵《あんど》すればよいのかわからなかった。

ルーシーはドアを開けた。

そこにいたのは、ビーバーの毛皮の帽子と淡黄褐色のズボンと仕立てのよい上着という小粋《こいき》ないでたちのユージーン・ダルリンプルだった。

「レディ・シルヴァーソーン！」彼は子爵夫人自らが玄関のドアを開けたことに驚くと同時に、おもしろがっている表情だったが、すぐに落ち着きを取り戻した。宮廷ふうのお辞儀をし、ブーケを渡す。「いとしいレディ・シルヴァーソーン、ぼくのつまらない謝罪のしるしと、これからも変わらずあなたを崇拝する気持ちをどうか受け取ってください」

「謝罪ですって？」ルーシーは不安そうに肩越しに振り返り、ブーケを受け取って外に出ると、玄関のドアを閉めた。「謝らなければならないようなことをあなたが？」

「ぼくに腹をたてていないんですか？」心配そうに

寄せられていた眉から見るからに力が抜けた。「ゆうべあなたからダンスの誘いを断られ、そのあともずっと避けられたから……ぼくはてっきり……」

ルーシーはダルリンプルの手を握った。あんな場面を見てしまった彼女は、ほかのだれにもつらい思いをさせたくなかったのだ。「もちろんあなたに腹などたてていないわ。わたしがロンドンに来てから、あなたはずっとやさしくしてくれたじゃないの」

「ぼくにとって栄誉と喜びでしたよ。ほんの少しでもあなたのお役に立てれば、これ以上の喜びはない」手袋をはめたルーシーの手にキスをする。

縁石に彼の馬車が止まっているのを見て、ルーシーにアイデアがひらめいた。

「さっそく役に立ってもらえるかしら？　コヴェント・ガーデン劇場に行かなければならないのに、乗っていく馬車がないの。連れていっていただけます？」

彼のハンサムな顔が喜びにぱっと輝いた。ルーシーは、シルヴァーソーンの森で密会することを承諾したときにジェレミーが浮かべた表情を思い出した。そして、なぜだかわからないが、落ち着かない気持ちになった。

「なんなりと仰せのままに」ダルリンプルが答え、ルーシーの疑念は消えた。

彼が御者に短く指示を出し、馬車は動き出した。

「幸先《さいさき》のいい偶然だな」ダルリンプルが言った。「運命の女神がぼくを導いてくれているのかもしれません」

「どういうこと？」ルーシーはブーケに顔を埋《うず》めて彼の視線を避けた。

「あなたとふたりで話がしたいと思っていたら、ほら、ふたりきりになれた」

ルーシーは馬車の趣のある内装を見まわした。夫以外の男性とふたりきりで馬車に乗って、礼儀作法を破っていることが突然気になってきた。そんな思いをきっぱりと退け、ドレイクが書斎で女優を〝もてなした〟ことのほうが不謹慎だと結論を下す。

「急いで話してね」ルーシーは言った。「あと何分もしないうちに劇場に着くから」馬車がいきなり右折してキング・ストリートに入ったので、ルーシーはダルリンプルをいぶかしそうに見た。「これはコヴェント・ガーデン劇場へ行く道じゃないわ。お願いよ、急いで劇場へ行かなければならないの」

ダルリンプルは軽やかに手を振ってルーシーの言葉を無視した。「いずれそのうちにね、レディ・シルヴァーソーン。御者にはちょっとハイド・パークに寄り道するように言ったんだ。次にいつ会えるかわからないのだから、十分くらいは時間を割いてくれるでしょう？」

ルーシーは感じて当然の憤りを呼び起こそうとしたが、物言いたげな笑みと懇願するようなまなざしを見たら、憤りは消えてしまった。

「しかたないわね」ルーシーはため息をついた。「話ってなんなの？」

「あなたと出会ったときから言いたいと思っていたことがあるんだ。でも、まずは重要な知らせから話さなければ。ついさっき、フィレンツェから手紙が届いて、おばのスウォンジー公爵夫人が亡くなったことを知ったんだ。遅くとも明日には地中海に向かって発つつもりだよ」

訃報《ふほう》を受け取ったにしてはあまり悲しんでいるようには見えなかったが、ルーシーはお悔やみを言った。

「たしかにおばが亡くなって寂しくなるが、突然の死というわけでもなかったからね。実際……運がよかったんだ。ぼくはおばの唯一の相続人だから、少なく見積もってもあなたのご主人と同じくらいの富を持つ身となったんだよ」

「よかったわね。それで少しは悲しみもやわらぐでしょう」ルーシーはつい非難がましい口調になるのを抑えることができなかった。

「わからないの、ルーシー？」彼は馬車の床にひざまずき、ルーシーの手を取った。「おばの財産を相続したから、やっと言えるようになった。ぼくはあなたをとても愛するようになったんだ。明日ぼくと一緒に航海に出て、大陸の大邸宅で王族のように暮らすと言ってほしい」

ひどくショックを受けたあと、ルーシーはようやく声を出せるようになった。「立ってちょうだい、ミスター・ダルリンプル」彼の手から自分の手をもぎ離す。「わたしにそんなことを言うのはお願いだから控えてください。わたしが結婚していることを思い出してくれたらありがたいわ」

ダルリンプルは立ち上がるそぶりも見せなかった。

「ふん！　子爵とは名ばかりのあいつとは愛のない結婚じゃないか。彼との結婚生活であなたがどれだけみじめな思いをしているか、ぼくにはよくわかっているんだよ。彼などあなたを妻にする価値もない男だ」

「わたしの夫がどれだけりっぱな人か、あなたにはわからないわ。もうこんなばかげたことを言うのはやめて、今すぐわたしを家に連れて帰って」

ダルリンプルはルーシーの顔を両手で包んでキスをした。ルーシー以外の女性だったら、膝の力が抜けてしまうほどの経験を積んだ熟練のキスだった。だがルーシーは、腹をたてると同じくらい吐き気を催した。

「放してちょうだい、ミスター・ダルリンプル。自分で勝手に帰るから、馬車を止めて。御者さん！　馬車を今すぐ止めてちょうだい！」

ダルリンプルは少しだけ身を引いたが、席には戻らなかった。哀れみと拒絶された恥辱感がハンサムな顔の上でせめぎ合っている。「謝るよ。あなたがぼくと同じ気持ちでないなどとは思いもよらなかったんだ。あなたを動揺させてしまったみたいだ。ほら、ぼくのハンカチを使って」

白いハンカチがルーシーの目の前で振られた。そして、いきなり激しい苦痛と暗闇《くらやみ》がルーシーを襲った。

20

「いなくなった？」ドレイクは唾《つば》を飛ばさんばかりの勢いで言った。「いなくなったとはどういうことなんだ？」

「言葉どおりの意味よ」フィリパがいつになく鋭い口調で言った。「ルーシーはどこにもいないし、彼女がどこにいるかだれも見当がつかないの」

ドレイクは、快適な椅子をお尻の下からいきなり抜き取られたような気分だった。それでもなんとか何げない口調を心がける。「シルヴァーソーンに戻る前に買っておかなければならないものを急に思いついたのかもしれない。彼女がうちの馬車に乗っていったか調べたのか？」

「最初に思いついたのがそれよ」フィリパが頭を振り、その可能性を否定した。

「彼女の姿が最後に目撃されたのはいつだ?」

フィリパは答える前にしばし考えた。「マーティンが、ホランド邸から戻ってきたあなた方に会ったけれど、今朝はどの使用人もルーシーの姿を見ていないの。つまり、彼女を見た最後の人はあなたたということになりそうね。使用人たちが今朝目を覚ます前にルーシーが外へ行ったということはない?」

「彼女は六時にはまだここにいた」ドレイクは六時にルーシーのベッドから抜け出て、寝室をこっそりと出たのだった。ルーシーが目を覚ましたとき、何を言えばよいのかわからなかったからだ。「六時から今まで、屋敷のだれもルーシーの姿を見ていないということなのか?」ドレイクが声を荒らげた。

「みんなにきいてまわったのよ」

「ぼくにはきかなかったよ」レジナルドが階段の上から言った。大きな口にジャムがついている。

フィリパは恐怖に両手を上げた。「レジー! 今すぐ育児室に戻りなさい!」

「ママったら! ぼくは赤ん坊じゃないんだよ。みんなみたいに学校に行きたいんだ」

「あなたはとても繊細で、厳しい学校には向いていないし、いい学校はとても高くつくのよ」

ルーシーのことをこれほど心配していなければ、ドレイクはフィリパとレジナルドのやりとりに大笑いしていただろう。「あの子の言うことももっともだよ、フィリパ。レジーはもう学校に行ってもいいころだ。学校の費用はぼくが銀行為替手形を切ろう」

ふくれっ面をしていたレジナルドは、ドレイクが見たこともないほど心のこもった笑みを浮かべた。

「レジー、じゃあぼくがきこう。今日ルーシーを見たかい?」

少年は首を力強く縦に振った。「お昼ごろに。黄色い髪のめかしこんだ男の人が来て、ルーシーは彼の馬車で出かけたよ。男の人はルーシーにお花をあげたんだ」

「どっちの方向に行ったか見たかい？」喉がひどく締めつけられたが、ドレイクはなんとかたずねた。

「あっちだよ」レジナルドは親指をロンドンの中心部の方向に向けた。

「ほかに覚えていることはあるかい？」

「馬は茶色だったよ」

「きみのおかげでとても助かった、レジー。ありがとう」

レジナルドが声の届かないところに行ったか行かないうちに、フィリパが叫んだ。「ダルリンプルよ！　ルーシーはダルリンプルと逃げたんだわ！」

「ダルリンプルかどうかはまだわからない」ドレイクがぴしゃりと言った。「それに、ルーシーが逃げたかどうかもわからない」

フィリパは頭の弱い人に向けるような哀れみの表情でドレイクを見つめた。「彼のほかに、ルーシーが一緒に馬車に乗るほどよく知っている人がロンドンにいて？　レジーの話した人相は、ミスター・ダルリンプルにそっくりよ」

「別れの挨拶《あいさつ》をしようと思っただけかもしれない」

ルーシーと一緒にいたのはダルリンプルだと暗黙のうちに認めながら、今の言葉は自分の耳だけでなくフィリパの耳にもうつろに響いただろうか、とドレイクはいぶかった。

どうやらそうらしい。フィリパが書斎の隅に置かれた時計を顎でしゃくってみせた。三時半だった。

「もしそうなら、ずいぶんゆっくりお別れの挨拶をしていることになるわね」

ドレイクはこれ以上フィリパとこの話を続けるのに耐えられなくなった。

「ルーシーの部屋に行って、持っていったものがないか見てきてくれ。彼女が鞄《かばん》のたぐいを持っていなかったかどうか、レジーにきいてくれ」

フィリパが舌打ちをし、ぶつぶつ言いながら行ってしまうと、ドレイクは書斎のドアに鍵《かぎ》をかけて椅子にへたりこんだ。ルーシーが伊達《だて》男のダルリンプルと逃げたなんてことがあるだろうか？　前もって計画をたてていたのか？　だから疑われないよう、ゆうべはぼくをベッドに入れたのだろうか？　それとも、ぼくが夫の権利をしつこく主張したから、衝動的に飛び出したのだろうか？　自分がユージーン・ダルリンプルのようなごろつきの腕の中にルーシーを追いやってしまったのだとしたら、一生自分を許せないとドレイクは思った。

窓の外で雲雀《ひばり》がさえずる声で目を覚ますと、春の夜明けの光が薄く差していた。しばしのあいだ毛布の中に潜りこみ、さっきまで見ていた鮮明でばかげた夢を思い出してくすくすと笑った。やがてしつこい頭痛を感じ、ここがグラフトン・スクエア十七番地の屋敷なら、フィリパが決して許さないような、じめじめしたかびくさいにおいに気づいた。

ルーシーはそっと目を開けた。ここがどこにしろ、ドレイクの優雅な屋敷の風通しのよい自分の部屋とは似ても似つかない。どちらも同じくらいの大きさだが、共通点はそれだけだ。この部屋の壁は花と小枝模様の壁紙ではなく、傷だらけの黒っぽい羽目板張りだった。明るい色の寝椅子があるべき場所には、先祖代々伝わったかのようながっしりとした木製の肘かけ椅子が鎮座している。たったひとつの窓は、ルーシーの部屋の半分ほどの大きさしかない。やわらかなダマスク織りのカーテンはかかっておらず、頑丈な鉄格子がはまっていた。これだけはどうやら新しくこの部屋につけ加えられたものらしい。

頭を押さえ、めまいでよろめきながら、ルーシーは狭い天蓋《てんがい》つきベッドからドアへとふらふらと向かった。ドアには外側からしっかりと鍵がかけられていた。ドアの下は切り取られ、蓋《ふた》つきののぞき窓になっていた。ルーシーは膝をついて大きさを確かめた。小さな子どもか犬ならくぐり抜けられそうだが、大人の女性、それも妊娠している女性となると、とうてい無理だ。崩れかけた暖炉と古びた洗面台を見やり、よろよろと窓辺に行って外を見た彼女はがっかりした。

鉄格子がはまっていなくても、三階から飛び降りるのは魅力的な逃亡方法ではなかった。ルーシーの監獄となった部屋がある建物は、田舎道からずっと奥まったところに建っていた。田舎道まで声は届きそうにないし、近くには家もない。

ルーシーはゆっくりと床にくずおれた。どうすることもできない怒りと自責の涙で目がちくちくした。ドレイクに注意されていたにもかかわらず、ダルリンプルのようなやくざ者を信用するなんて軽率なまねがなぜできたのかしら？　彼のハンサムな顔と親切に完全に欺かれていた。

外見にだまされたのはこれが初めてではない。よく知りもしない男性と恋をしているなど、なぜ想像できたのだろう？　彼女はジェレミーのまぶしいほどの美しさとおっとりした魅力に惹《ひ》かれた。人として重要な面では彼のことは何も知らなかった。ジェレミーが、ルーシーが思いこんでいた比類なき紳士だったなら、彼女の心の準備ができるのを待たずに愛を交わそうと迫ったりしなかったはずだ。

愛を交わすですって？　ルーシーの口から皮肉な笑いがしゃっくりのようにこぼれた。ジェレミー・ストリックランドはルーシーと愛を交わしたのではない。彼は自分の欲求を満たすために、ルーシーの気持ちなどまったく考えずに彼女の体を利用したのだ。

かたやドレイクは、自分のことなど考えもせずにルーシーと愛し合った。結婚して何カ月かのあいだに、ルーシーは彼の真価をかいま見るようになった。ドレイクのことだから、発見すべきことがもっとあるに違いない。それもよいことばかりだろう。彼がダルリンプルのことを注意してくれたのに、耳を傾けなかったのは愚かだった。彼とミセス・ボーモントのあいだに何かあると疑ったのは間違いだった。彼のもとに戻る方法さえ見つけられたら……。

近づいてくる足音がルーシーの思いをさえぎった。彼女は急いで涙を拭《ぬぐ》い、武器として使えるものはないかと部屋を見まわした。選択肢は気が滅入《めい》るほど少なかった。できるだけ物音をたてないようにしてぼろぼろになった暖炉のモルタルから大きめの石を掘り出す。ショールの端を石に巻きつけ、ユージーン・ダルリンプルのブロンドの頭にうまく命中しますようにと祈る。左耳の後ろでうずく大きなこぶのお返しをしてやるわ。

足音はドアの向こう側で止まった。蝶番《ちょうつがい》のついた窓が開き、食べ物の入った小さなかごが差し入れられた。ルーシーは足音がふたたび遠ざかりはじめるまで彫像のようにじっと動かなかった。

ここに閉じこめた相手を最悪の言葉でののしってやりたかったが、できるだけおだやかに訴えるような口調で言った。「ミスター・ダルリンプル、あなたなんでしょう？　この部屋で話をしない？」

足音は近づいてきたが、鍵のがちゃがちゃ鳴る音もかけ金の上げられる音もしなかった。

「やっとお目覚めですか」むかむかするほど聞き慣れた声だった。「ぐっすり眠れたでしょう」

手が届くものなら、喜んで彼の首を絞めてやりたかった。けれど、彼はいちばん簡単な脱出手段になるかもしれなかった。

わざとらしく聞こえなければいいがと思いながら、明るい声で言う。「とってもよく眠れたわ、ありがとう。あなたのプロポーズをもっとゆっくりと考えてもらいたくてわたしをここに連れてきたのなら、そんな手間をかけさせて申し訳なかったわ。あなたのプロポーズは受けるつもりだったのよ、そのうちにね。最初に断ったのは、待ってましたとばかりにイエスと言ったら、あなたから尊敬されなくなってしまうのではないかと恐れたからなの。こんなことまでして、わたしの心を勝ち取りたいと思ってくれているなんて、光栄だわ」

「なかなかお上手ですね」ダルリンプルはわざと丁寧な口調でルーシーを嘲《あざけ》った。「一緒に逃げるふりをして、ドーバーでぼくをまくつもりなんでしょう?」

ルーシーは心の中で悪態をついた。ぺてんの達人をぺてんにかけようなんて、なぜ思ったりしたのかしら?

「傷ついた虚栄心を癒《いや》すためだけにでも、あなたを信じたいところだ」ダルリンプルが続ける。「ただ正直に言うならば、昨日の返事がどうであれ、あなたはここに連れてこられたんですよ。あなたが断ったから、協力を得るために暴力に訴えるしかなくなっただけでね」

ダルリンプルの丁寧な口調は、乱暴な口のきき方をされるよりも腹がたった。巻きすぎたぜんまいのようにルーシーの落ち着きはぷっつりと切れた。

「悪党! わたしの意思に反して誘拐し、監禁するなんてどういう了見なの? いつまでここに閉じこめておくつもり? 知っている? わたしの健康状態は微妙なのよ」

「本当に? それがぼくの行動に影響すると思っているなら、がっかりさせて申し訳ない。実際、あなたの……健康状態はぼくに有利に働く。ぼくの保護下から逃れようと愚かな試みをして、おなかの子を危険にさらすようなまねはしたくないだろうからね。言っておくけれど、ここはどんな場所からも何キロも離れているんだ。この家をなんとか逃げ出せたとしても、あなたがいくらも行かないうちにぼくにつかまえられてしまうよ。あなたの滞在期間だが、それはシルヴァーソーン卿《きょう》が離婚手続きを完了するのにどれくらい時間がかかるかによる」

「ドレイクが？」ルーシーは喉がつまったような声を出した。「彼もこの一件にかかわっているの？」

しばらくためらったあと、ダルリンプルが答えた。

「なかなかやりますね。思った以上にあなたに情報を与えてしまった。だが、せっかくだから教えてあげましょう。最初からぼくはご主人に雇われていたんだ。彼は無分別に踏みきってしまったあなたとの結婚を解消したいんですよ」

「嘘《うそ》つき！　ドレイクはあなたに近づくなとわたしに警告してくれたのよ」

ダルリンプルがくっくっと笑った。「あなたのご主人は、ちゃんとした動機があれば驚くほどすばらしい役者になれるんですよ。あなたがぼくとつき合うのを禁じるようご主人に助言したのは、もちろんこのぼくだ。そうすればあなたは抑圧的な雰囲気から逃れたくなるだろうと思ったから」

ルーシーは激しく反論しようとして言葉につまった。男性の高潔さを信じる気持ちに命をかけるなんてできない。何度もだまされてきたのだから。

「朝食を楽しんで、今の状況の中でできるだけくつろぐといい。ここの設備はかなり……貧相で申し訳ない。夕食を運んでくるときに、またあなたの話を聞けるのを楽しみにしていますよ」

ルーシーは涙も出ないほど深い失望の穴にのみこまれ、床にくずおれた。むき出しの木の床にどれくらいうずくまっていたかわからない。ふと気づくと、赤ん坊がしつこくおなかを蹴《け》っている。

おなかに手をあてて円を描くようにして撫《な》でる。

「おなかがすいたのね？」

ダルリンプルの置いていったかごには、粗末なパン四枚、干しりんご、チーズ、冷たくなった固ゆで卵、そして牛乳の入った小さなピッチャーが入っていた。ダルリンプルは少なくともルーシーを飢えさせるつもりはないようだ。卵とりんごとパン二枚を牛乳で流しこむ。パンとチーズの残りは取っておいた。緊急時用の食料が必要だと考えたのだ。

ルーシーはとぼとぼと窓辺に行き、外を見た。田舎道を干し草を積んだ車がごろごろと通っていった。近くの町の飼料市場に向かっているのだろう。湿気でゆがんだ窓枠を押し上げ、助けを求めて叫ぼうとしたが、結果がどうなるかを考えてやめた。

遠くの干し草車の御者の耳に叫び声が届いたとしたら、ダルリンプルの耳にも届くということだ。食べ物や水を彼に頼っている身としては、彼を怒らせるのはまずい。それに、通りがかりの人がルーシーの声を聞きつけて調べに来たとしても、口先のうまいダルリンプルのことだから、もっともらしくてたわいのない説明をでっち上げてしまうだろう。耐えがたいほどのいらだちを感じてルーシーが窓枠に拳《こぶし》を打ちつけると、湿って腐った木が落ちた。

ルーシーの胸にかすかな希望の火が灯《とも》った。

自分ひとりなら、ベッドに横たわってあきらめたかもしれない。ドレイクの裏切りとロマンチックな理想が残酷にも粉々に打ち砕かれた悲嘆の中でのたうちまわっていたかもしれない。けれど、ルーシーはひとりではなかった。

本能的に、ここで子どもを産むのは危険だとわかった。監禁されたままでいるかぎり、おなかの子は安全ではない。どんなに困難で危険であろうと、逃げ出さなければ。

チャンスは一度きりだろうから、絶対に確実な計画をたてなければならない。騒ぎたてずにおとなしくしていれば、日一日とダルリンプルは警戒をゆるめ、行動を起こすことのできる日が来るだろう。

「たしかなのか？」ドレイクは読んでいた報告書から顔を上げた。四月のこんなおだやかな天気の日ですら、ドレイクの胸には一月の氷が張っていた。

「もちろんです」報告書を書いた本人が答えた。彼は小柄な男だったが、調査員に必要な機敏さと詮索《せんさく》好きな雰囲気を持っていた。「足跡は目の見えない者でもたどっていけるくらいはっきりしていましたから」

「馬車の御者を尋問したんだな。御者のことはどうやって突き止めた？」

「情報には謝礼をするという広告を新聞に載せたんです。ひとりの男が、わざと新聞に載せなかった詳細を知っていました」

「なるほど。その御者はハイド・パークをまわってから川に向かったんだな。おかしな話だと思わなかったのかい？」

男は肩をすくめた。「この仕事を長くやっていると、人間というのはおかしなことをするものだと思い知らされますよ。馬車の乗客がポルトガルの国旗を掲げたバーク型帆船に乗ったという御者の話は本当だと思います」

ドレイクはもう一度報告書に目を落とした。「サンタ・イネス号はふたりが乗りこんですぐにフィレンツェに向かって出航したのか」

珍しく自制心を働かせてこれまでのやりとりを聞いていたネヴィルが口を開いた。「これ以上どんな証拠が必要だというんだ、ドレイク？　彼女はダルリンプルとフィレンツェに向かう船で逃げたのさ」

「彼の裕福な血縁者のいる場所へね」フィリパが口

をはさむ。「議会には証拠はそれで充分だと思うわ」

「ぼくの私生活に議会がどう関係してくるんだ？」ドレイクは必死で癇癪《かんしゃく》を抑えた。いとこたちがこの調子で続けたら、ふたりの頭と頭をぶつけてやりたくなるだろう。彼らのほくそ笑みに三日もがまんしてきたのだ。もうこれ以上一分たりともがまんできるとは思えない。

ネヴィルはドレイクにふたつ目の頭が生えてきたかのような顔をして彼を見つめた。「きみの離婚を決めるのが議会だからに決まっているじゃないか。単純明快な案件になるだろう。議員の大半は、きみの奥さんがロンドンのあちこちでダルリンプルのやつと楽しんでいたのを目撃しているんだから」

「この件に関してきみの意見をきいた覚えはないが、ネヴィル」フィリパが得意げな顔をしたのを目にして、ドレイクは彼女のこともにらんだ。「きみの意見もだ、フィリパ。議会でぼくの私生活をさらすつもりはまったくないと、きみたちの鈍い頭にわからせるにはどうすればいいんだ？」

フィリパの薄い下唇が震え、目に涙があふれそうになった。「わたしたちはあなたと家名のことを思っているだけなのよ、ドレイク」

ネヴィルがおそるおそるフィリパの肩に腕をまわし、ハンカチを差し出した。そしてドレイクを非難の目でにらみつけた。「フィリパの言うとおりだ。きみはいずれルーシーを離縁せざるをえなくなる。だったら、みんながきみに同情している今、離婚したほうがいい。すばやく手を打てば、すぐにも忘れてもらえる。きみはこの件を忘れ、前に進んでいかなくちゃならないんだよ」

「やめろ！」ドレイクが大声でどなり、フィリパが首を絞められたような金切り声をあげて飛び上がった。彼はなけなしの自制心をかき集め、もっとおだやかな声で言ったが、脅すような口調は変わらなかった。「ぼくの人生にきみの指図は不要だ、ネヴィル。離婚はしない。以上。ミスター・ラングストロースとふたりだけで話をさせてくれ」

フィリパとネヴィルが書斎を出ていくと、ドレイクとラングストロースは顔を見合わせて頭を振った。

「きみの仕事ぶりが気に入ったよ、ラングストロース。徹底的で慎重で信頼できる仕事ぶりだ」

「報酬に見合う仕事をしようとしただけです」

「その考えにはぼくもまったく賛成だ。ぼくのためにさらなる仕事をしてもらいたいと思っているんだが。イタリアの春を満喫するというのはどうだい？」

「旅行は前々からしたいと思っていました。どんな仕事でしょうか？」

ドレイクは封蝋《ふうろう》で閉じた重い封筒を手渡した。

「妻を見つけてこれを渡してもらいたいんだ。フィレンツェのイギリス人社会はそれほど大きくない。ダルリンプルのおば上の線から妻を見つけ出すのはそれほどむずかしくないだろう」

「わかりました。船を予約できしだい出発します」

ラングストロースは手にした封筒を何度かひっくり返した。中身はなんだろうといぶかっているのだとしても、彼はたずねたりしなかった。

「それを渡したあと、すぐに戻ってくることはないよ」ドレイクが言った。「きみがしばらくフィレンツェに滞在することと、その滞在先を、レディ・シルヴァーソーンに伝えておくんだ。妻がきみの助けを必要としたら、きみは彼女の言うとおりにしてくれ。骨折りには手厚い謝礼をするつもりだ」

「それでは、奥さまに頼まれたら、あなたのもとへお連れしてもよろしいのですね？」ラングストロースは、道を誤った妻を喜んで受け入れる男など理解できないとばかりに少しばかり疑わしげな顔をした。

ドレイクは頭を振った。「妻に頼まれたら、どこであれ連れていってやってくれ」

調査員が行ってしまうと、ドレイクは手近の椅子にどさりと座った。多額の金貨とともにルーシーに渡すよう手配した手紙は、これまで書いた手紙の中でいちばんむずかしいものだった。昼も夜も手紙をしたため、何枚も暖炉にくべた。けれどなんとか、自分にとってルーシーがどういう存在であるかを伝える言葉を心の奥底から絞り出せた。

ルーシーにしたことを謝り、二度としないと誓った。肉体的に親交を深めたことはすばらしかったが、それはルーシーへの愛のほんの一部にすぎない。彼女を抱かずにいるのはとてもつらいだろうが、帰ってきてくれさえしたらそれに耐えよう。ルーシーが人生の中にいてくれることだけが彼の望みだった。

一週間後、ドレイクはニコルスウェイトに戻った。そして、何も考えないようにするために仕事に没頭した。長い一日のあと、ドレイクは毎日一、二時間馬に乗り、足もとで吠《ほ》える疑念から逃げるように急勾配《こうばい》の道を疾駆した。

時がたち、春から夏へと季節が変わっても、湖水地方にいるドレイクは調査員からの報告を待った。なんの報告もないまま毎日が過ぎていき、ドレイクの希望はじわじわと苦しめられ、枯れていった。

21

「急いでよ、ダルリンプル、この人でなし！」ルーシーはベッドに横たわり、近づいてくる足音に耳をすましながらつぶやいた。

みすぼらしいこの屋根裏部屋で果てしなく続く三カ月を過ごしてきたルーシーは、あと一時間でも正気を失わずにいられるかどうか自信がなかった。それに、逃亡のチャンスはどんどん少なくなっている。素人判断だが、赤ん坊はそろそろこの世に生まれ落ちることを主張し出すだろう。おなかがまだそれほど大きくなっていないのは幸いだが、このままそれが続くとあてにすることはできない。

逃亡の準備はゆっくりとしか進まず、丸二カ月かかった。手に入る水気のものはすべて、腐りかけの窓枠に垂らして常に湿っているようにした。そして、頑丈な鉄格子の周囲の弱った窓枠から少しずつ木をはがした。今ではひと押しすれば窓がはずれて地面に落ちるところまできていた。

それに、ベッドのシーツを細く裂き、強度を増すために編んだ。ロープとして使える長さまでつなぎ、それを伝って下りるつもりだ。監禁された初日から、日持ちのしないものだけを食べ、それ以外は取っておき、前日に取っておいたものを食べた。こうすれば、非常時にも食べるものが常にあることになる。

逃亡計画の最後の鍵《かぎ》が観察だった。無事逃げおおせるのは無理だと豪語したダルリンプルが正しいのはわかっていた。暖炉の炭を使って雑なカレンダーを隅の床に書いた。何日もかけて定期的に通る馬車はないかと窓の外を眺めた。努力が報われて、監禁初日に見かけた干し草車が毎週決まって通ることがわかった。あとは火曜日の朝、干し草車が通るのに間に合うようにこの家を脱出して、干し草の中に隠れて町まで乗せていってもらうだけだ。

だが、それがなかなかむずかしかった。

二週間前、計画を実行に移す準備ができた。だが、ダルリンプルが朝食を持ってくるのがかなり遅れ、干し草車はとっくに行ってしまったあとだった。翌週ダルリンプルは早く来たが、ひどい暴風雨だったのであきらめるしかなかった。

今朝はルーシーの目的にかなう完璧《かんぺき》な天気だった。軽い霧が行動を隠してくれるから、通行人に怪しまれる心配はない。それも、あのならず者のダルリンプルがすぐにも来なければ意味がなくなってしまうけれど……。

「何か問題でも？」

ダルリンプルの言葉に不意打ちを食らったルーシーは、次にすべきことを忘れそうになったが、なんとか思い出した。

「痛いわ！」ルーシーはつらそうにうめいた。

足音が近づいてくる。「どうしたんだ？」ダルリンプルがきいた。「そこで何をしている？」

「何をしていると思うのよ、まぬけね。陣痛が来たに決まっているでしょう！　痛い！　何時間も前から痛みがだんだんひどくなってきているわ。あなたは来てくれないんじゃないかと思った」少なくとも、その部分は本当のことだ。「お願いだからお産婆さんを連れてきて。連れてくると約束してくれたでしょう。お願い。うう！」ルーシーは腹の底から真に迫ったうめき声をあげた。

何かが床に落ちる音が聞こえた。ルーシーの朝食に違いない。

「わかった、わかった。そこにいてくれ」

この何週間かでルーシーは監禁者のことをあれこれ探り出した。ある意味で、彼はひどく甘やかされた子どもだった。彼の仰々しい慇懃《いんぎん》さの裏には凶暴な気性が潜んでおり、思いどおりにならないとそれがぱっと燃え上がる。何週間もふたりきりでいることがそれに拍車をかけた。そんな冷酷なダルリンプルが、出産に関してはひどく怯《おび》えていて、ルーシーは困惑した。けれど今は、彼の弱さを利用できることに感謝した。

「待ってろ！」ダルリンプルが叫んだ。「あっという間に産婆を連れてくるから」

ダルリンプルの声があまりに慌てふためいていたので、苦痛にむせび泣く芝居も忘れてヒステリックに笑い出してしまいそうになる。

ルーシーは陣痛に苦しむ芝居を続けながら、窓ににじり寄ってダルリンプルが馬で出ていくのを見た。彼が見えなくなると、ルーシーはすぐさま行動に移った。食べ物の包みを肩にかけ、編んだロープを頑丈なベッドの支柱に結びつける。洗面台を鎚《つち》として使い、腐った窓枠の鉄格子を押した。鉄格子はくぐもったたしかな音をたてて地面に落ちた。

窓のあった場所にぽっかり開いた穴から体を出したとき、一瞬勇気が萎《な》えた。地面まではとても遠いうえ、ルーシーは高いところが苦手なのだ。

だが、今さらそんなことを言ってもはじまらない。これが最後とばかりに息を吸いこみ、太く編んだロープをつかんで両膝ではさむ。歯を食いしばり、目の前の石壁だけを見て、慎重に下りていく。

全身の筋肉がこわばり、ロープがちぎれるかと肝を冷やしたのもつかの間、ルーシーは無事地面に下り立った。

身を隠す場所もないところを突っ切って生け垣まで走り着くころには、ルーシーは息を切らしていた。脱出のために体力を使ったせいだ。それだけではない。神経が高ぶり、目前まで迫った勝利感のせいでもある。数分が過ぎ、ルーシーのなかで不安がふくれあがった。

干し草車はどこ？　曜日を間違えたなんてことがある？　いくつもの疑念がルーシーを襲う。遠くから蹄《ひづめ》の音が聞こえ、さっきから続いていた胃がねじれるような痛みがわずかに治まった。でも、変ね。農夫の荷馬車にしては近づいてくる馬の蹄の音が軽く、威勢がよすぎる……。

産婆を後ろに乗せ、栗毛《くりげ》の馬にまたがったダルリンプルが通り過ぎたとき、ルーシーの危惧《きぐ》は現実のものとなった。いらだちのあまり、思わずすすり泣きがもれる。ここにとどまってはいられない。ダルリンプルがすぐにも追ってくるだろうから。

でも、どこへ？　ルーシーは道の先に目をやった。あちらの方向に町がある。毎週飼料市を開くくらい大きな町が。ダルリンプルにつかまる前にその町にたどり着けるだろうか？　たぶん無理だ。ルーシーは道の逆方向に転じ、歩きはじめた。こちらの方向のどこかで干し草車の所有者の農場を見つけよう。その前にダルリンプルに見つかってしまうだろうか？


ドレイクが帳簿から顔を上げると、小柄なラングストロースが事務所に入ってくるところだった。一瞬ドレイクの鼓動は速まった。だが、ラングストロースの日に焼けた顔に重々しい表情が浮かんでいることに気づく。ドレイクは希望に高揚した気持ちを握りつぶした。

「どんな知らせだ？」挨拶《あいさつ》も抜きでたずねる。「妻は……妻に会ったのか？　話をしたのか？　妻は元気だったか？　赤ん坊は？」

ラングストロースはドレイクの視線を避けて頭を振った。「あなたの奥さまがどこにいるにしろ、フィレンツェ周辺にいないことだけは請け合いますよ、シルヴァーソーン卿《きょう》」

「フィレンツェ周辺にいない……？　そんなばかな！　あの御者はふたりが船に乗るところを見たんだぞ」船が難破したのだろうか？　海賊に襲われた？　そんな恐ろしい想像に、ドレイクの血が凍った。

「サンタ・イネス号はたしかにフィレンツェに入港しましたが、奥さまは乗船されていなかったのです。ミスター・ダルリンプルも。それが彼の本名だったとして」

「何が言いたい？」

「ふたりの居所を突き止めようとフィレンツェのあちこちに足を運んだのですが、何ひとつ手がかりを得られませんでした。そこでスウォンジー公爵夫人の使用人と接触したところ、公爵夫人にはたしかにユージーン・ダルリンプルという甥《おい》がいたが、彼は二年前にバルバドスで亡くなったそうです」

「それならあの男はだれなんだ……？」

「彼の正体と、ふたりがサンタ・イネス号をどこで降りたかを突き止めなければなりませんね。彼らは御者の姿が見えなくなると、すぐに下船したのではないか、とわたしはにらんでいます。あなたの奥さまがフィレンツェに駆け落ちしたと見せかけるため、だれかが相当の骨折りをしたのです。何かきなくさいことが進行中のようですね」

ドレイクは事務所の腰かけにどすんと座った。疑問と可能性と気が狂いそうなほどの恐怖が頭の中に渦巻いていた。

「どうすればいい？」ラングストロースの報告にあまりに動揺して、考えることもできない。

「確実にわかっている事実から新たに捜査し直すしかありません。わたしはあの御者をもう一度尋問し、あの日船着き場でいつもと違うことを目撃した人間がいないか探します。何カ月も前のことですから、手がかりはほとんど期待できませんが。奥さまからはなんの知らせもないのですね？　身の代金の要求も？」

身の代金という言葉を聞いて、ドレイクは腹をいきなり激しく殴られたような衝撃を受けた。機械的に首を横に振る。

「ここを離れられますか？　ロンドンでわたしの捜査を手伝ってくれますか？」

「ああ……もちろんだ。仕事を片づけたらロンドンに行こう。きみはすぐロンドンに戻って、捜査を続けてくれ。必要なことはなんでもしてくれ。捜査員を増やすのでも、情報への謝礼でも買収でも」

ルーシーが進んで出ていったのではないという可能性をなぜ無視したのだろう？　ドレイクは自分をなじった。ルーシーがドレイクを捨て、ジェレミーにそっくりの男のもとへ走ったというのは、あまりにもありそうなことに思えたのだ。

「真相を突き止めるまでぼくはやめないぞ」

「では、ロンドンでお会いしましょう」ラングストロースは小股でドアに向かったが、不意に立ち止まって戻ってきた。上着のポケットから、地中海へ持っていってそのまま持って帰ってきた封筒を取り出す。ルーシーへのドレイクのラブレターだ。

「こういう状況ですから、これはあなたがお持ちになっていたほうがいいと思います」

ラングストロースが立ち去ると、ドレイクは手の中の封筒を何度もひっくり返した。どんなにこらえても、手の震えを止めることができなかった。ルーシーが裕福な若いやくざ者と一緒にフィレンツェの別荘で過ごしていると考えるのはつらかったが、彼女がどこにいるか、あるいはだれといるかわからないのはもっとつらかった。

ルーシーは鼻をくすぐる干し草を払いのけ、くしゃみが出ませんようにと祈った。農場は思っていたより近くにあって、なんとかたどり着くことができたのだった。小道には、干し草を積み、車輪が壊れて傾いている干し草車があった。だれもいないのを確かめ、干し草の山に飛びこむと、体をすっぽりと隠した。ちくちくと肌を刺し、甘い香りのする干し草に抱かれ、夏の満天の星の下で、ルーシーは何カ月ぶりかでおだやかな眠りを楽しんだのだった。

早朝、農夫と息子がやってきて干し草車の修理を始めた。ルーシーはじっと動かず、修理が早く終わって町に向かってくれますようにと祈った。

「ちょっとたずねたいんだが」ダルリンプルの声がして、恐怖の鉄環がルーシーの喉を絞めた。「このあたりで若い女性を見なかったかな？　ぼくの妹なんだが。夫がスペインで戦死して以来、かわいそうに頭がおかしくなってしまってね」

「だれも見てませんよ」農夫は修理の手を休めようともしなかった。

ダルリンプルは無愛想な返事にもくじけなかった。「妹を見かけたら、ヴァインランズのぼくのところまで送り届けてもらえると助かるんだが。かわいそうな妹は妊娠していて、赤ん坊がいつ生まれてもおかしくない状況なんだよ。早く見つけてやらないと、たいへんなことになるかもしれない」

ダルリンプルに見つかったらどうなるかと考え、ルーシーはぞっと身を震わせた。彼が馬に乗って行ってしまい、干し草車がゆっくりと動きはじめると、ルーシーは涙が頬を流れるに任せた。

しばらくのち、何もない田舎から町はずれまで来たことがわかり、ルーシーは大きく安堵《あんど》のため息をついた。ルーシーをかくまい、安全なバースのおばの家に行くのを手伝ってくれる親切な人が、きっとひとりくらいは見つけられるだろう。ここがそのバースの郊外だなどという幸運はあるだろうか？　たしかに見覚えのある建物がいくつかあるのだが。

でも……待って。

干し草車はバースではなくロンドンに入ろうとしていることに気づき、ルーシーは驚愕《きようがく》した。この道はオックスフォード・ストリートに違いない。ルーシーの身を隠してくれる干し草がコヴェント・ガーデンかスミスフィールドに運ばれるのであれば、干し草車はグラフトン・スクエアの近くを通る。思いがけず幸せだったころの場所に戻ってきたことがわかり、ルーシーは感きわまった。歓喜の波にどっと襲われる。正気が戻ってきて、この三カ月が不快な悪夢でしかなく、ようやくその悪夢から目覚めたような気分になった。

ルーシーは隠れ場所から這《は》い出て、ゆっくりと進む干し草車からすべり降りた。干し草を服と髪から払い落とし、十七番地に急ぐ。

玄関前まで来たときになって初めて、まっすぐライオンの巣に飛びこもうとしているのかもしれない、と気づく。わたしを厄介払いするためにあれこれ手を尽くしたあとで、いきなり屋敷に姿を現したら、ドレイクはどうするかしら？　わがもの顔でグラフトン・スクエアにいるミセス・ボーモントを見ることになるの？　それとも、ドレイクは美しい愛人をシルヴァーソーンに連れ帰ったのかしら？

どうしようかとためらっていると、貸し馬車が十七番地の前で止まり、ユージーン・ダルリンプルがそそくさと降りてきた。ルーシーは一瞬、猟師の銃に狙《ねら》いをつけられた野生動物のように凍りついたが、すぐに裏手にある厩《うまや》へと続く路地に飛びこんだ。

煉瓦《れんが》の壁に体を押しつけ、ダルリンプルに気づかれませんようにと祈る。心臓の鼓動が耳を聾《ろう》するほどだったが、徐々に話し声が聞こえるようになってきた。動揺し、怒っている声だ。ルーシーは顔を上げた。ほんの一メートルほど頭上で、居間の窓が開いていた。すぐさま逃げろという本能の叫びに逆らい、ルーシーは話の内容に注意深く耳を傾けた。

ここしばらく、ネヴィル・ストリックランドは巨大な機械の歯車にはさまれているような気がしていた。彼は強力なエンジンを動かしてしまったのだ。今、機械は制御不能になり、ネヴィルはそれを止めることも、歯車から逃げ出すこともできなくなっていた。つのりつつあった彼の不安は、動揺し、だらしない格好のダルリンプルがフィリパの居間にいるのを見て頂点に達した。

フィリパも同じくらい狼狽《ろうばい》しているようだった。

「よくもずうずうしくここに来られたものね？　ドレイクの雇った調査員がほんの二、三日前、北へ向かう途中でこの町を通ったのよ。彼は前以上にあれこれたずねたわ。使用人があなたに気づいたらどうするの？」

「彼女に猿ぐつわをかませてくれよ、ストリックランド」ダルリンプルは、ブランデーのデカンターに飛びついた。グラスに見向きもせず、デカンターに直接口をつけて飲み干した。

ネヴィルは激怒してにらみつけるフィリパの視線にひるみ、ダルリンプルに話しかけた。「まさかきみにまた会うとは思わなかったよ。地中海の太陽のもとで、のんびりしているとばかり思っていたんだから」

嘘《うそ》だった。しばらく前から、自分が雇った男はスウォンジー公爵夫人の甥などではないと疑っていたのだ。

「あんたがくれたわずかな金で、フィレンツェまで行けると本気で思っていたのか？　おれはイーリングのはずれの小さな隠れ家にずっとこもっていたんだ。あんたのいとこの離婚は成立したのか？　新聞に目を通したが、何も書かれていなかったぞ」

ネヴィルの警戒心が十倍にはね上がった。「ドレイクは離婚したくないと言っている。スキャンダルになるのがいやなんだ」

「あなたはここで何をしているの？」フィリパは唇をすぼめた。

「すてきなレディ・シルヴァーソーンがおれのもとから逃げ出したんですよ」丁寧な言葉づかいには苦々しい皮肉がこめられていた。

「逃げ出した？」ネヴィルが甲高い声で言った。「彼女は自発的にきみと一緒に出ていったんじゃないのか？」

「おれが辛抱強くしていたら、自発的についてきたかもしれない。だが、しぶられたもので、おれは彼女の頭を殴って引きずっていったのさ。イタリアへ向かうように見せかけてね。巧妙だろう？」

ネヴィルとフィリパは同時に長椅子にへたりこんだ。フィリパがヒステリックに泣き出した。「わたしたち、破滅だわ！　全部あなたのせいですからね、ネヴィル。あなたの言うことなんて聞くんじゃなかった。ルーシーはまっすぐドレイクのもとに行って、そして……。ああ！　ドレイクに何をされるか、考えたくもないわ！」悲しげなむせび泣きになった。

ダルリンプルがさっとフィリパの腕をつかんだ。

「黙れ、まぬけ！　彼女はシルヴァーソーンには戻ってこない。彼女を厄介払いするために、夫がおれを雇ったと話してあるからな。ルーシーもあんたらふたりと同じくらいだまされやすくて幸いだったよ。おれたちのことがばれる前に、彼女をつかまえないとな」

まっ青な顔のフィリパは、ダルリンプルの手から腕をよじって逃げた。「あなたのことがばれる前に、でしょう。わたしたちがお金を払ったのは、彼女を誘拐してもらうためじゃなく、あなたと一緒に逃げるよう説得してもらうためだもの」

ダルリンプルはハンサムな顔をフィリパの目の前

にぐいと突き出した。声は静かだったが、恐ろしい響きがあった。「いいか、レディ・フィリパ、おれが裁判にかけられるようなことになったら、あんたとそこにいるあんたのいとこは、おれの両側に立つことになるんだ。刑によっちゃ、三人並んでぶら下がることにもな。どんなことがあっても彼女を取り戻さなければならない。あんたたちはおれに手を貸す。さもなければ、あんたたちふたりを告発する説得力のある伝言をシルヴァーソーン卿に残し、おれは国外に逃亡する」

ネヴィルは知らず知らず、同意のしるしに激しくうなずいていた。「何をすればいい？」

「新聞各紙にたずね人の広告を出すんだ。愛する家族のもとから逃げ出した、頭のおかしい女性を捜している。彼女がたいへんな目に遭う前に見つける必要があり、情報をくれた人には謝礼を出すとね」

「わかった」この一件が始まる前まで時間を戻すことができるなら、ネヴィルは相続する可能性のある遺産すべてを放棄しただろう。

ルーシーは呆然《ぼうぜん》とし、ふらふらとグラフトン・スクエアから離れた。ネヴィルとフィリパとダルリンプルの会話が頭の中でこだましていた。彼らがブラッドハウンドの群れよろしく追いかけてくると思ったら、心臓の鼓動が速まり、空腹の胃が縮んだ。それでも、ドレイクが誘拐の裏にいなかったことがわかってうれしかった。

ルーシーは不意に周囲の様子に気づいた。考え事をしているうちに、コヴェント・ガーデンに来ていた。三月のあの運命の日に、軽率にもダルリンプルに馬車で送ってほしいと頼んだりせず、自分の足でここまで歩いてきていたら……。

その思いとともに、ミセス・ボーモントのことを思い出した。彼女はダルリンプルの計略には関係なかった。けれど、ドレイクが妻に隠したがっている何かを知っている。それをちらつかせれば、ミセス・ボーモントに助けてもらえるかもしれない。

劇場でミセス・ボーモントの住所をきくと、すぐ近くだった。

「彼女は近ごろお客さんには会わないのよ」雑役婦が言った。「舞台から引退して、ロンドンを離れるつもりだと聞いたわ。残念ね。あんなにきれいで人気があったのに」

ミセス・ボーモントの家に着くころには、靴ずれができて疲れ果てていた。あの女優は田舎に引退するつもりらしい。行き先は湖水地方だろうか？ドレイクは誘拐計画には関与していなかったが、ルーシーがいないことを利用しなかったとはかぎらない。それでも、彼らに近づかないと約束すれば、ミセス・ボーモントは少なくともバースまでの馬車代を貸してくれるかもしれない。

ルーシーはミセス・ボーモントの慎《つつ》ましい家のドアをノックしながら、中に入れてもらえるようなもっともらしい口実を考えようとした。ところが、ルーシーが口を開く間もなく、険しい顔つきの家政婦が彼女をじろじろ眺め、中に入るよう身ぶりで示した。

「こっちですよ。ついてきて」

ルーシーは驚きをのみこんでついていった。長く暗い廊下を通り、狭い階段を上る。家政婦は閉じられたドアの前で立ち止まり、そっとノックをし、開けたドアを押さえてルーシーが入れるようにしてくれた。ルーシーが中に入ると、ドアはほとんど音もたてずに閉められた。

優美なクリーム色のカーテン越しに六月の暖かい陽光が差しこみ、部屋を明るい雰囲気にしていた。同じようにおだやかな輝きが、小さな揺りかごをのぞきこんでいる女性からにじみ出ていた。湖水地方の水仙の色の部屋着を着た彼女は、ゲーンズボロかローレンスの描く聖母マリアのように見えた。

ルーシーは矛盾する感情の渦にとらえられ、立ち尽くしていた。

ミセス・ボーモントが顔を上げ、ルーシーに向かってほほえんだ。「乳母の面接にいらした方ね」眠っている乳児を起こさないように低い声だった。

「身なりをちょっと整えれば、あなたはみごとな乳母になってくれそうだわ。あなたの出産予定日はいつ？」

22

「あの……もうすぐです」ルーシーは口ごもった。

「座ってもいいですか？　今日はかなり歩いたので、ちょっとめまいがするんです」

「もちろんよ」ミセス・ボーモントはルーシーを揺りかごの近くの座り心地のよい椅子に座らせた。

「気がつかなくてごめんなさい。しばらくまともなお食事もしていないみたいに見えるわ。ジャネットにビスケットとお茶を持ってこさせましょうか？」

「そうですね。でも、あとで」ルーシーはミセス・ボーモントに笑みを返さずにはいられなかった。闖《ちん》入《にゅう》者も同然の人間への気づかいが、彼女の性格を雄弁に語っている。ドレイクにふさわしい女性がここにいる。

「あなたの素性についていくつか質問に答えてもらえるかしら」ミセス・ボーモントが言った。

ルーシーはうなずいた。こんなに親切な女性を誤解させたままでいるのは心苦しかったが、この赤ちゃんが、ドレイクがルーシーから隠そうとしていた秘密かどうかを知るにはこの方法しかないかもしれないのだ。

「田舎に引っこんでも問題はない？　ロンドンにあなたを引き止めるような強い絆《きずな》を持つ人はいない？　友人は？　家族は？　夫は？」

「わたしは未亡人なんです」経験豊かな女優は、露骨な嘘《うそ》を聞いたらそれとわかるだろうか。「わたしを引き止めるような友人も家族もいません。だからこの仕事は天の恵みなんです」

「かわいそうに」ミセス・ボーモントがルーシーの手を握った。「どんな女性にだってつらい境遇なのに、妊娠していればなおさらだわ。わたしもつい最近未亡人になったの。でも、ありがたいことに子どもの養育には困らないのよ」

ルーシーは良心のとがめが少しやわらぐのを感じた。少なくとも、嘘つきは自分ひとりではない。ドレイクは責任をとる代わりに現金を渡し、愛人と子どもを捨てたのだろうか？　ルーシーは喜べばいいのか幻滅すればいいのかわからなかった。

「ご主人のこと、ご愁傷さまです」ルーシーはもごもごと言った。

ミセス・ボーモントの架空の夫に何があったのかとルーシーがたずねかけたとき、赤ん坊がか細い泣き声をあげた。ミセス・ボーモントは揺りかごをそっと揺すりはじめた。ルーシーの目は赤ん坊に釘《くぎ》づけになった。細い黒髪と濃い黒い眉はなぜか乳児に似つかわしくないように思えた。

考える間もなく言葉が出ていた。「赤ちゃんはお父さんにそっくりですね」

「なんですって？」

ルーシーははっとして言い繕った。「赤ちゃんはお父さんに似ているんですか？」

「いいえ」ミセス・ボーモントが小声で言った。また静かに眠ってしまった赤ん坊をじっと見つめている。かすかな音が彼女の唇からもれた。抑えたすすり泣きがかすかに混じる含み笑いだった。「顔はどこを取ってもわたしに似ているわ。赤ん坊の最初の髪の毛はたいてい黒っぽくて、次に生えてくるのはもっと明るい色なんですって。もしそうなったら、この子はブロンドのハンサムになって……」

涙がひと粒彼女の目からこぼれ、ゆっくりと頬を伝い落ちた。

ルーシーは喉がつかえたようになり、目に涙があふれた。あとひとつだけ質問しよう。そうすれば、疑っていたことが本当かどうかはっきりする。「赤ちゃんはジェレミーと名づけるおつもり？」

ロザリンド・ボーモントは子どもへの愛とその父親への新たな悲しみが混じり合った思いにどっぷりひたっていたのだろうか。理由がなんであれ、彼女はルーシーの質問の重要性に気づいたそぶりを見せなかった。

夢見るようなうっとりした口調で彼女は静かに答えた。「いいえ、そのつもりはないわ。シルヴァーソーン卿《きょう》はとても寛大で、わたしたちに……」ミセス・ボーモントの夢想は粉々に砕け、彼女は困惑と警戒心をあらわにした。「なぜそんなことをきくの？　なぜ知っているの？　あなたはだれ？」

ルーシーは両手で顔をおおい、体を震わせて静かに泣いた。ジェレミーの最後の裏切りに苦悩の涙を流すべきだとわかっていた。彼にとって自分がちょっとした征服の対象にすぎなかったということの証拠に。実のところ、ひと粒かふた粒はそうした涙だったかもしれない。けれどもその涙はうれし涙の海にのまれてしまった。ドレイクが、ずっと信じていたような高潔な紳士だったとわかり、心も浮き立つような安堵《あんど》の波に襲われる。

忘れたくても忘れられないあの愛の夜は、彼にとってても大切な夜だったのかもしれない。

ルーシーは少しずつ落ち着きを取り戻した。「だましたりしてごめんなさい、ミセス・ボーモント。でも、あなたの息子さんの父親がだれなのか、知る必要があったんです。わたしが真実を知ったせいで、あなたやお子さんが困ったことにはならないと約束します。わたしの名前はルーシー・ストリックランド。シルヴァーソーン卿はわたしの夫なの」

ミセス・ボーモントの美しい口があんぐりと開いた。頭のおかしな女性を家に入れてしまったかもしれないと思っているような顔でルーシーを見つめている。

「レディ・シルヴァーソーンですって？　でも、どうやって？　わたしはてっきり……つまり、噂では……あなたが……男性と駆け落ちしたと……」彼女はルーシーにハンカチを渡した。

ルーシーは涙を拭《ぬぐ》い、苦笑いをした。「誘拐されたんです」髪を手櫛《てぐし》ですくと、干し草が何本か落ちた。「昨日脱出して、干し草車で町までたどり着いたんです。ここへうかがったのは、あなたなら助けてくれるのではないかと思ったからなの。誘拐犯がわたしを追っているのに、お金も、隠れる場所もなくて」

ルーシーが誘拐と監禁と脱出の話をするあいだ、ミセス・ボーモントは目を丸くし、息を荒くしていた。話が終わると、彼女は突然大きな声で言った。

「もちろんここに滞在しなくてはだめよ。できることはなんでもするわ。いらっしゃい、ちゃんとしたお食事をしましょう。それからお風呂ときれいな服と……」

ルーシーは不意に激しい空腹と身なりの乱れと疲労を感じた。「ありがとう」ささやくように言う。「あなたってとても親切ね」

「ご主人の寛大さに少しでも報いたいの。でもね、ご主人がなぜこの一件をあなたには知られたくないと言い張ったのか、さっぱりわからないわ」ルーシーは唖然《あぜん》とした。ミセス・ボーモントは明らかにルーシーとジェレミーの関係にまったく感づいていない。

「わたしの父は地元の牧師なの。夫は、牧師の娘のわたしが不道徳だと腹をたてると思ったのではないかしら。でも、わたしには人を裁く権利などまったくないのよ」

ドレイクは最後にもう一度鞍袋《くら》を確かめた。スペイン種はニコルスウェイトとロンドンを隔てる道のりを早く走りたいとばかりに黒いたてがみを振っていなないた。そして、主《あるじ》のほうも馬と同じくらい矢も盾もたまらない気持ちだった。ロンドンにどれくらいの期間、滞在することになるのかわからないまま、不在中の手配を大急ぎですませたのだった。

この段階で一日二日の遅れはたいした問題ではないとわかっていた。理性的になったときには、自分よりも冷静で能力もあるラングストロースにルーシーを見つけられなかったのだから、自分にできることはないのだと認めた。常識で考えれば、いずれにしてもルーシーはロンドンから百五十キロ内にはいない可能性がある。

だが、今やもう、すべてがどうでもよかった。ロンドンはルーシーを最後に見た場所だ。

厩《うまや》の外が騒がしくなったので、何があったのか確かめようとスペイン種を引いて出た。少年が執事と騒々しく話していたが、ドレイクを見るなり駆け寄ってきた。少年が彼の手に手紙を押しこむ。

「カーライルの治安判事からです。だんなさまの炭鉱を爆発させたクルックがつかまりました」

ドレイクはもどかしげに手紙に目を走らせた。当局が、国外逃亡をしようとしたハイ・ヘッドの炭鉱監督、ジェイナス・クルックをつかまえたのだ。治安判事はドレイクに、すぐさま北に来て、悪者に対する逮捕状を出すための宣誓をしてほしいと言ってきている。

「なぜ今なんだ?」ドレイクは手紙を握りつぶした。「あのごろつきは半年も逃亡を続けていたのに、今ごろになって当局が彼をつかまえるとは」

ドレイクがポケットを探って銀貨をひとつかみ渡すと、少年は頭をぺこりと下げ、満面に笑みを浮かべて立ち去った。

「ロンドンへの旅はどうなさいますか?」タルボットがたずねた。

ドレイクがため息をついた。「カーライルに行くよ。ジェイナス・クルックの件を片づけたら、南に向かう。ロンドンに行くのが二日も遅れるのは気に入らないが……」肩をすくめる。運命は自分に意地悪をしているのではないか、とときどき思う。

「旅のご無事を祈っております。シルヴァーソーンにはいつごろお戻りでしょうか?」

ドレイクは執事を見下ろし、いつもは感情をあらわにしない彼の顔が心配で曇っていることに気づいた。「南に向かう途中で寄るかもしれない。そのあとは、妻を連れてこられることになったときに戻ってくるよ。いつになるかはわからないが」

「じきだとよろしいですね」

「ああ」ドレイクはスペイン種にそっと出発の合図をした。「早ければ早いほどいい」

「あったわ」ルーシーは『タイムズ』紙の有料広告

欄をざっと見た。「『女性のたずね人』ですって。わたしの外見、妊娠していて予定日が近いこと、わたしが〝極度の神経ノイローゼ状態にある〟というダルリンプルのでっち上げた話まで載っているわ。彼を三カ月間監禁して、神経が耐えられるかやってみたいものね！」

赤ん坊に授乳していたロザリンド・ボーモントが顔を上げた。彼女は乳母の面接に来た女性たちをあまり気に入らず、ルーシーに勧められて、流行遅れではあるが自分で乳をやることにしたのだった。

「たずね人の広告にほかになんて書いてあるの？」

ルーシーは続きを読んだ。「問い合わせ先はピアッツォ・コーヒー店のミスター・クラークですって。すぐ近くだわ！　それと……わたしの救助に結びついた情報には五十ポンドの謝礼をするって」

「五十ポンド？」ミセス・ボーモントがまっ青になった。ロンドンの住人の多くにとって、五十ポンドは想像もできないような大金だ。「ここに来るときにだれかに見られたと思う？」

「ええ。市はいつもどおり人でいっぱいだったし、劇場で雑役婦にここへの道をきいたもの。すぐにここを出なくては。どんなことがあっても、親切にしてくれたあなたと赤ちゃんを危険にさらすことはしたくないの。ダルリンプルは危険な男だから」

「心配しないで」女優は赤ん坊を肩に抱き上げて小さな背中をさすった。「シルヴァーソーン卿が来るまでくらいなら、あなたをかくまっていられるわ」

ルーシーがはっと顔を上げた。新聞が手からふわりと落ちる。「ドレイクが来る？　でも……どうやって……？」

「あなたがここに来た日に、手紙を北に運ぶ騎馬郵便配達人をジャネットに見つけてもらったの」

ルーシーはつらそうに椅子から立ち上がった。この一週間、おなかまわりが劇的に大きくなっていた。

「彼には会えないわ。不注意なふるまいで彼を醜聞と嘲笑《ちょうしょう》の的にしたわたしなんて、彼にはふさわしくないもの。見当ちがいの義務感からわたしをまた受け入れてくれるつもりだとしても、彼にはわたしなんかいないほうがいいのよ」

「そんなことは一瞬だって信じないわ」ミセス・ボーモントは眠ってしまった赤ん坊を揺りかごに戻した。「あなたのご主人もわたしと同感だと思うわよ。ここにいてちょうだい」

「行かなくてはならないの」ルーシーはミセス・ボーモントの手を取った。「お世話になったわ。バースのおばのところに行くつもりだったけれど、ドレイクがロンドンに向かっているなら、ニコルスウェイトの父のところに戻るわ」

ミセス・ボーモントがルーシーの手をぎゅっと握りしめた。「馬車代は喜んで出させてもらうわ。でも、悪党のダルリンプルの目と鼻の先で、どうやってあなたを町から出してあげられるかしら？」

ルーシーがしょげた顔でうなずいた。「五十ポンドの謝礼をぶら下げられたら、外に出ている妊婦はだれもかれも質問を浴びせられるでしょうね」

「ええ」ミセス・ボーモントの顔にずる賢そうな笑みがゆっくりと浮かんだ。「でも、喪中の太った老婆を振り返る人はきっといないわ」


翌日の早朝、王立郵便馬車がロンドンからマンチェスターはじめ北の町に向けて出発した。馬車には喪服を着て、黒いベールのついたボンネットをかぶった太った女性が乗っていた。

ルーシーはロンドンが遠ざかっていくのを見つめながら、郵便馬車がロンドンから一キロ離れるごとに不安から解放されていった。同乗者が本に夢中の無口な年上男性ひとりきりなのも幸運だった。郵便馬車は、ルーシーとドレイクがロンドンに向かったときのようなゆっくりしたペースでは走らない。時刻表をきっちりと守り、速度が速いことを誇りとしている。約一日半の道程で、三十分の休憩が二回とれれば運がいいだろう。

六月の日中を馬車が走り続けるうち、大きなおなかを隠す分厚い外套《がいとう》と、正体がばれないためのベールつきボンネットのせいで、ルーシーは息苦しくなってきた。ミセス・ボーモントは、ルーシーのほっそりした手のせいで変装がばれないよう、黒い手袋に綿をつめることまで考えてくれた。夜になり、郵便馬車が中部地方のわびしい道を疾走している中、ルーシーは絶え間なく身じろぎした。心地よい体勢を見つけるのはほとんど不可能だった。

頭も少しも休まらなかった。何ひとつ楽しみがない状態で何時間も過ごすうち、ルーシーはこの数カ月の出来事を思い返していた。わたしはなんて愚かだったのかしら。運命がドレイク・ストリックランドのようなすばらしい男性と一緒にさせてくれたのに、わたしは彼を正当に評価しなかったわ。そして、彼の十分の一も価値のない、軽率で利己的な青年の思い出にしがみついていた。ことあるごとに真の美点ではなく見かけのよさに惹《ひ》かれ続けたのよ。輝くもの必ずしも金ならずという苦い教訓を得たけれど、もう手遅れだわ。

ドレイクがロザリンド・ボーモントの息子の父親でないとわかって、くよくよと悩んでいたルーシーの心が軽くなった。そんな疑いを抱いたことだけでも、ルーシーが彼にふさわしくないことがわかる。彼がミセス・ボーモントの子どもの存在をルーシーから隠しておこうとしたのは、あまりよいこととはいえなかった。ルーシーを大切に思っていて、自分のものにしたいと思っていたなら、ジェレミーの裏切りを嬉々《きき》として話したのではないだろうか?

父に会い、元気でいることや、罪深いことは何ひとつしていないと説明するのが待ち遠しい。けれど、赤ん坊と旅をすることができるようになったらすぐに、ニコルスウェイトを永遠に去らなければならなくなる。ドレイクと一緒の未来があると自分をごまかしても無駄だ。

二日目の朝が明け、郵便馬車がマンチェスターから北に向かっているとき、ルーシーは歯を食いしばり、ついにやってきた陣痛を無視しようとした。

23

「そこにいるのはだれだ?」シルヴァーソーンの執事は長いろうそくを食料貯蔵室の隅の暗がりに向け、鋭い口調で言った。

「ぼくだよ、タルボット」執事が気づくまで、ドレイクは陰気な笑みを浮かべながら両手を上げていた。タルボットのことだから、弾をこめたらっぱ銃を持っているだろうと思ったのだ。

「子爵さま!」部屋着姿の執事は安堵《あんど》のため息をもらし、すり足で近づいてきた。「なぜ呼び鈴を鳴らしてくださらなかったのですか?」

「ミスター・タルボット、こそ泥はつかまえた?」ミセス・メイバリーがキッチンのドアの向こうから声をかけた。

「みんなを起こしてすまない」ドレイクが言う。「時間が時間だから、自分で食べ物を探そうと思ったんだ」

カーライルを出たドレイクは、鞍《くら》から落ちてもおかしくないほど疲れてからも何時間も馬を飛ばし続け、真夜中近くにシルヴァーソーンに到着したのだった。しけた宿に泊まるより、自分の屋敷で食事をとり、清潔な自分のベッドで眠りたかったからだ。

「暖炉に火をいれてね、ミスター・タルボット」料理人が言った。「カーライルのほうはどうでした、ドレイクさま？」

「予想どおりだったよ。クルックはつかまった。裁判まで、カーライル当局に留置されるだろう。ロンドンから何か知らせはあったかい？」

「ロンドンからですか？」タルボットが言う。「いいえ。知らせが来る予定だったのですか？」

ドレイクは頭を振った。予定はなかった。だが、手がかりが途絶えてもラングストロースがなんとかルーシーの居場所を突き止めてくれるのではないかと期待していたのだった。

「ドレイクさま」ミセス・メイバリーがドレイクの前にパンと冷肉と冷たいパイの皿を置いた。「ロンドンに発《た》たれる前に、お食事と睡眠をしっかりとってくださいね。国の端まで行ったと思ったら、反対側までとんぼ返りだなんて、疲れきって病気になってしまいますよ」

ドレイクは疲れた様子で首を横に振った。「心配してくれてありがたいが、夜明けとともにまた出発しなければならないんだ。ここにとどまったら、くよくよ悩んでもっとひどい状態になる」

こんなときに、シルヴァーソーンにとどまってなどいられようか。ラングストロースと話して以来、ルーシーのことがこれまで以上に頭から離れなくなっていた。彼女はどうしているのだろう？　彼女にふたたび会えるだろうか？

ドレイクが目を覚ましたのは正午をだいぶ過ぎてからだった。炉棚の時計を取って耳にあて、動いているかどうかを確かめる。くぐもったカチカチという音を聞き、針が正確な時刻を示しているらしいと気づくと、時計を暖炉の煉瓦《れんが》に投げつけて冒涜《ぼうとく》的な言葉を長々と吐いた。大股で化粧室に入り、衣装戸棚の扉を力任せに開け、適当に服を着る。

「いったいどういうことだ？」階段を一段飛ばしで駆け下りながら、ドレイクは執事にどなった。「夜明けに起こすように言ってあったはずだぞ」

玄関の立ち位置についていたタルボットが、いつもどおりの落ち着いた顔を上げた。「申し訳ありませんでした。早くに出発なさることはうかがいましたが、だれかに起こしてもらうつもりでいらしたとは存じませんでした。南への長旅の前に、しっかり睡眠をとっておくことになさったとばかり思っておりましたので」

ほかのだれの責任でもないとわかったところで、ドレイクの癇癪《かんしゃく》はおさまらなかった。「もう半日も無駄にしてしまった。今夜は眠らずに遅れを取り戻すしかない。スペイン種に鞍をつけるよう馬丁に言ってくれ」

「お出かけ前にお食事を召し上がりませんと」

「わからないのか？　ぼくは時間を無駄にしてしまったんだぞ」

「その前に」タルボットが胸ポケットから細長い封筒を取り出した。「たった今、これが届きました。ロンドンからです」

ドレイクは封筒をひったくり、見たことのない封印をはがし、便せんを広げた。ラングストロースからの知らせだと思いこんでいたドレイクは、女性のきれいな字で書かれた短い内容を困惑の思いで見つめた。

奥さまは脱出され、わたしのところに隠れています。すぐに来てください。R・ボーモント

何度も手紙を読み返し、やっとふたつの言葉が意味をなしはじめた。妻と脱出。

「どうかなさいましたか？」

「タルボット！　ああ、よかった！」ドレイクは執事のがっしりした体に腕をまわして床から抱き上げ、ぐるぐるとまわった。

ようやくタルボットを下ろすと、よろめいた彼に手紙を押しつけてドアのほうに駆け出した。「馬には自分で鞍をつける」

王立郵便馬車は馬の交換と御者の交替で五分間の休憩をとるため、四時きっかりにニコルスウェイトの〈三つの大酒樽《だる》亭〉の前に止まった。ルーシーはどんどん強くなっていく陣痛を歯を食いしばってこらえながら馬車を降りた。

牧師館は宿から八百メートルほど離れているだけだ。けれど、また陣痛に襲われてかがみこんだルーシーは、たったそれだけの距離でもたどり着けるかしらといぶかった。陣痛が治まると、手袋とボンネットと厚地の外套《がいとう》を脱いだ。おだやかな六月のそよ風と湖水地方の春の甘い香りがルーシーを包み、ようやく戻ってきた彼女を歓迎した。

戻ってきた。ルーシーは生まれ育った牧師館に行くつもりだったが、シルヴァーソーンの屋敷に呼ばれるのを感じた。ばかみたいだわ。あそこで暮らしたのはほんの二、三カ月だけなのに。シルヴァーソーン屋敷で赤ん坊を授かったわけでもなく、ドレイクが父親でもないのに。

また陣痛が襲ってきた。巨大な手に握りつぶされるような痛みが腹部を襲い、ルーシーは哀れなあえぎ声を小さくあげた。もうこれ以上一歩も動けない。

ようやく痛みが治まり、きつく閉じていた目を開けると、目の前に馬車が止まっていて、ドアが誘うように開いていた。ルイス判事の軽四輪馬車のようだ。ルーシーは他人に親切にする湖水地方の風習に感謝した。馬車に乗せてもらえれば、牧師館まであっという間だ。

ルーシーは待っている軽四輪馬車によろよろと近づいた。次の陣痛が来る前に馬車に乗り、自分の身元と行き先を告げるつもりだった。

「ご親切にどうも、判事さん」差し出された手を借りて馬車に乗りこむ。「お礼の言葉もありませんわ。遠くまで連れていってもらう必要はないんです。ちょっとその先の牧師館まで――」

馬車のドアが鋭いかちっという音とともに閉められ、すぐ近くの牧師館まで行くには速すぎるスピードで走り出した。

「あなたを追いかけるのに、ずいぶん骨を折りましたよ、レディ・シルヴァーソーン」ユージーン・ダルリンプルだった。言葉づかいは丁寧だが、冷酷な脅しの響きがあった。「あなたが最後にぼくを見たとき、ぼくたちは馬車に乗っていましたね。そういうのをフランス語ではなんというんだったかな？　既視感《デ・ジャ・ヴ》？」ダルリンプルはくすりと笑ったが、細めた目は恐ろしいほど強く光っていた。

また陣痛が来て、ルーシーは体を座席に押しつけてうめき声をもらした。ダルリンプルが舌打ちした。

「その手はもう使ったでしょう？　新しい手を使うくらいの敬意をぼくに見せてくれてもいいんじゃないかな。とはいえ、無条件に協力するのがあなたの身のためではあるけれどね」午後の陽光が馬車の汚れた窓から差しこみ、彼が持っている恐ろしげなナイフがきらりと光った。「ご主人はあなたを厄介払いしたくないらしいから、あなたを取り戻すために高い身の代金を払ってもらうことにするよ」

陣痛が去り、ルーシーはへとへとに疲れてぐったりとなった。計画をたてて逃げ、彼をかわし、隠れ、変装をしてさらに遠くへ逃げたのに、結局は汚らわしい彼の手にまっすぐ戻ってしまった。もう疲れすぎて走れないし、闘う体力もない。

わたしだけのためだったら。

ルーシーの胸に抵抗の火がついた。わが子をこのならず者に支配させたりしない。そう覚悟を決めたとき、黒い馬が見慣れた人間を乗せてこちらに疾駆してくるのが目に入った。彼女は厚地の外套でがむしゃらにダルリンプルの頭をおおい、馬車のドアに飛びついて声をかぎりにドレイクの名を叫んだ。

ネヴィル・ストリックランドも迫り来る馬に気づいていた。大汗をかいていたが、それにもめげずに御者の変装用に着ている分厚い外套の中に潜りこむように体を丸めた。埃《ほこり》よけの襟巻きを目の下まで上げながら、恐怖と神経の高ぶりのせいで今にも吐きそうだった。

ダルリンプルが逃げ出したルーシーをふたたびとらえようと執念を燃やし、ネヴィルはいつの間にかこの窮地に首までどっぷりつかっていたのだ。今やにっちもさっちもいかなくなり、引き潮とともに地獄へと連れ去られようとしていた。

ネヴィルは、ダルリンプルが自分を裏切り、ドレイクにルーシーの身の代金を支払わせるつもりなのではないか、といういやな予感を抱いていた。たとえそうであっても、罪に問われるような秘密を握られている以上、ダルリンプルに逆らう勇気はなかった。いったいなんだって、ダルリンプルのような冷酷な詐欺師を仲間に入れてしまったのだろう？　弱くて貪欲《どんよく》で愚かな貴族から遺産を巻き上げるような男を？　ネヴィルは自分の弱さと貪欲さと愚かさを呪《のろ》った……。

「ドレイク！」馬の蹄《ひづめ》の音がとどろいていたにもかかわらず、ルーシーの叫び声が響き渡った。混乱していたネヴィルはぎょっとして飛び上がりそうになった。常識は、馬に鞭《むち》をあててスピードを上げろと告げていた。だが、長く埋もれていた本能が、ネヴィルに手綱を引かせ、猛然と走っていた馬車を止めさせた。

ドレイクもルーシーの叫びを聞いたに違いない。黒い雄馬が馬車にまっすぐに向かってきて、馬車馬の前に出て急停止させた。馬車馬たちはたてがみを振り、いっせいに不安のいななきをあげた。ネヴィルには馬たちの気持ちがよくわかった。長身のいとこが鞍から飛び降りる光景を見て、ネヴィルもすさまじい恐怖を感じたのだ。御者台から這《は》い下りた彼は、行きづまったこの企てからできるだけ距離を置くことしか考えられなかった。

ネヴィルは生け垣まで行って隠れたが、好奇心に負けて後ろを振り返った。ドレイクが軽四輪馬車のドアを力任せに開けて中に手を伸ばすのが見えた。そして、黒いブーツに胸を蹴《け》られて後ろに飛んだ。ドレイクが立ち上がろうともがいているあいだに、ダルリンプルが馬車から飛び出してきた。彼に飛びかかられ、ドレイクはまた倒れた。

ルーシーが馬車のドアのところでおろおろしているのがネヴィルの目に入った。彼女は恐怖に目を見開き、青白い顔を苦痛にゆがめ、片手で大きなおなかを守るようにしている。男たちは地面の上でしばし取っ組み合っていた。身の軽いダルリンプルが最初に立ち上がった。彼の手の中に不意に現れた細身のナイフが午後の陽光を受けてきらりと光る。

ダルリンプルがここでドレイクを殺したらどうし

よう？　ネヴィルは、借地人や労働者たちの面倒をみなければならないシルヴァーソーン卿《きょう》になどなりたくなかった。彼が望んだのは遺産相続の見こみだけだ。ネヴィルは足もとにあった拳《こぶし》大の石を拾い、争う男たちのほうにためらいがちに向かった。

ダルリンプルがすばやく切りかかる。ドレイクが腕を上げて首を守る。鮮血が地面にぱっと散った。怒りに駆られたドレイクがダルリンプルにつかみかかった。ダルリンプルはさっと飛びのき、また前に出てドレイクに切りかかる。そのときルーシーが苦悩に満ちた叫び声をあげ、三人の男はつかの間動きを止めて彼女を振り返った。

最初に気を取り直したのはダルリンプルだった。ドレイクの注意がルーシーに向いているのをいいことに、彼がとどめを刺そうと飛び出した。ネヴィルは歯を食いしばり、嫌悪に目を細めながら石を高く掲げた。そして、ありったけの力をこめてダルリンプルの頭に振り下ろした。ダルリンプルはよろめき、狙《ねら》いをはずした。

怒りのうめき声をあげながら、ドレイクがナイフを払いのけ、ダルリンプルを地面に倒した。自分より小柄なダルリンプルの胸もとにまたがり、ハンサムな顔を何度も何度も殴りつける。その一撃ごとに、見ているネヴィルはたじろいだ。

「ドレイク、赤ちゃんが！」

ルーシーのつらそうな叫び声に、残忍な衝動に駆られていたドレイクはわれに返った。ダルリンプルの生死も確認せず、傷口の出血のことも忘れ、ドレイクは急いでルーシーのもとへ駆け寄った。

「おい、きみ！」ドレイクがどなり、軽四輪馬車の御者台を指した。「さっさと戻って馬車を駆るんだ！　この道をまっすぐ行けば丘の上の屋敷が見えてくる。その屋敷に行くんだ」

ドレイクはルーシーを腕に抱き、馬車に乗せた。

軽四輪馬車は細い道を揺れながら上り、石造りの古い教会を通り過ぎてシルヴァーソーンに向かった。

「ルーシー、ここで何をしているんだ？　きみはロンドンにいると思っていたのに」ドレイクはプロポーズしたずっと前の夜と同じようにルーシーを抱いていた。彼女にキスをしたくてたまらなかったが、勇気が出なかった。正気を失いかけている本能は、これは幻覚だと告げていた。もし幻覚なら、粉みじんに砕いてしまうのがこわかった。

「あなたこそここで何をしているの？」ルーシーがあえいだ。「ミセス・ボーモントの……手紙を受け取らなかったの？　あなたがまだここにいると知っていたら……決してここには……」

また陣痛が来て、ルーシーはしゃべれなくなった。

彼女の言葉はダルリンプルのナイフよりも深くドレイクを傷つけた。ぼくがまだここにいると知っていたら、彼女は決してニコルスウェイトには来なかった。ぼくはいつになったら希望を抱くことをやめるのだろう？

ルーシーがロザリンド・ボーモントと一緒にいたのなら、ジェレミーについて本当のことを知ったはずだ。ジェレミーの裏切りのせいで、ルーシーは人を信頼し、愛することができなくなってしまったのだろうか？

24

一時間後、ドレイクはいつもと違う頼りなげな足どりでシルヴァーソーンの主階段を下りてきた。屋敷じゅうが出産の準備で大わらわだった。馬車の中であんなことを言われただけに、ルーシーは自分が近くにいるのをいやがるだろう、とドレイクは思ったのだが、ルーシーは彼の手を握って放そうとせず、彼を驚かせた。医者が来て、追い払われたドレイクは、ダルリンプルにやられた傷のことをにわかに思い出し、タルボットに手当てをしてもらった。それから血まみれの服を着替えた。

階上で進みつつあることから気をそらしたかったドレイクは、やってきた村の巡査にまつわりついた。

「ダルリンプルは逮捕したのか？　誘拐と暴行と殺人未遂の罪で彼を訴えたい」

巡査は顎をかいた。「彼の身柄は確保しましたが、彼が裁判にかけられることはないでしょう」

「裁判にかけられることはない？」ドレイクはかっとなった。「ありえない！　あのごろつきはぼくの妻を一度ならず二度までも誘拐し……ぼくに襲いかかって――」

「そういう意味ではありません、シルヴァーソーン子爵」巡査は手を上げて怒ってまくしたてるドレイクを黙らせた。「ダルリンプルはこの世で裁判を受けることはないかもしれませんが、もっと上の裁きの場で罰を受けることになるでしょう」

「ぼくが彼を殺したのか？」ドレイクはまっ青になった。「正当防衛だったんだ、巡査。ダルリンプルの御者を尋問したければ、うちに引き止めてある。彼は共犯者ではないと思う。ぼくは彼に命を救ってもらったんだ」

「ご安心ください。御者には尋問するつもりです。ダルリンプルの死亡については、子爵さまが心を痛める必要はありません。あなたが立ち去ったとき、彼はちゃんと生きていましたから。すべてを目撃した証人が、悪党はあなたの馬に乗って逃げようとする間違いを犯したのだと言っています」

たいへんな騒動だったため、ドレイクは気性の荒いスペイン種の馬のことをすっかり忘れていた。

「彼は馬に振り落とされ、首の骨を折ったのです」

ドレイクは無言でうなずいた。この世から危険な犯罪者がひとり減ったわけだ。ドレイクが何よりも感じたのは安堵《あんど》だった。彼の手は血塗られておらず、殺人罪で起訴されることもない。

「御者と話がしたいのだが、巡査」だいぶたってからドレイクが言った。「そのあとで、あなたに彼を引き渡します」

「急がなくてもけっこうですよ。今は手いっぱいでしょうから」

その言葉が合図になったかのように、メイドのひとりが階下に駆け下りてきた。「お医者さまがすぐにいらしてくださいと言っています！　奥さまが半狂乱でだんなさまの名前を呼び続けてらして、そのせいで分娩《ぶんべん》が困難になっているらしいのです」

ドレイクはけがの痛みも失血も忘れて二段飛ばしで階段を駆け上がった。階段を半分ほど上るまで、巡査のことも忘れていた。ドレイクは不意に足を止め、巡査に向かって叫んだ。「ダルリンプルの御者は書斎にいる。ぼくのほうはどれくらい時間がかかるかわからないから、よかったら先に尋問してくれ。ぼくからの礼はあとでもいい」

「ご協力ありがとうございます、シルヴァーソーン子爵。奥さまの出産のご無事をお祈りします」

ドレイクは残りの階段を駆け上がり、廊下を急いだ。

ルーシーの寝室のドアを開けると、痛みと恐怖にさいなまれた彼女の声が聞こえてきた。

「ドレイクはどこ？　夫に話さなければならないことがあるの。お願い、急ぎの用なのよ」

ドレイクが部屋に足を踏み入れると、花々が太陽に向くように、部屋にいた全員が彼を振り返った。ドレイクは精いっぱい威厳を持って言った。

「出ていってくれ」

ヴァロイ医師だけが不承不承という態度だった。

「あまり長くは困るぞ、ドレイク。奥さんを落ち着かせたらぼくを呼んでくれ。すぐ外にいる」

ドレイクが無言のままじっと見つめるだけだったので、チャールズ・ヴァロイはドアのほうにあとずさった。

ドレイクは医師が出ていくのを見届けもせずにベッドに駆け寄り、ルーシーの脇《わき》にひざまずいた。ルーシーは最初、陣痛の痛みで朦朧《もうろう》としていてドレイクに目もくれなかった。彼女の口からすすり泣きがもれる。ドレイクはルーシーの手を取り、つないだ手から少しでも苦痛を吸い取ってやれたらと願いながら指をからませた。ひょっとしたらドレイクの願いがかなったのかもしれなかった。あるいは、出産の自然の満ち引きの中で陣痛が一時的に治まったのかもしれない。ルーシーがドレイクの顔を見つめ、遠くに離れていた魂が体に戻ってきたかのようにはっと彼に気づいた。

「来てくれてありがとう」ルーシーはささやくように言った。「あまり時間がないわ。陣痛が来ると話すことができないの。あなたに迷惑をかけてとても申し訳なく思っていると伝えたかったの。最初から最後までばかだったわ。わたしなんて、あなたが示してくれたやさしさに値しない」

ドレイクは口を開いたが、言葉は出てこなかった。

やさしさ？　値する？　そんなことは関係ないと、彼女にはわからないのだろうか？　ぼくは全身全霊でルーシーを愛している。彼女のためなら、何もかも放《ほう》り出して、なんでもするつもりだというのに。

ドレイクの胸はルーシーへの愛で破裂せんばかりにいっぱいだったが、そっけなく平凡な言いまわししか浮かんでこなかった。

「そんなことを言ってはだめだよ。きみは無事で戻ってきたんだ。重要なのはそれだけだ」

ルーシーは頭を振った。ドレイクが寛大になればなるほど、彼女は自分自身に厳しくせずにはいられなかったのだ。「わたしはばかだったわ。人生のことを何ひとつわかっていなかった。外見で判断して、真の価値に気づきもしなかった。あなたにはもっとましな奥さんがふさわしいわ」

またふさわしいとか価値の話か。ドレイクの気持ちが沈んだ。こんなことを言うからには、ルーシーはぼくの気持ちに報いてはくれないのだろう。

ルーシーがドレイクの手をさらにきつく握った。

「わかってほしいの。わたしはダルリンプルと一緒に出ていくつもりなんてなかったわ」

また陣痛が起こりつつあるのをドレイクは感じた。

「わかっているよ。何があったか知っているんだ。きみを責めてはいない」

「いいえ、わたしが悪かったの。あなたとミセス・ボーモントの話を立ち聞きしてしまったのよ。あなたが、わたしには秘密にしておきたいと彼女に言っているのを聞いて、わたしはあなたと彼女が……」

「ミセス・ボーモント？　きみはぼくと彼女のことを……？」ドレイクは呆《あき》れ返った。ルーシーがふたりの話を立ち聞きしたことを知っていたとしても、彼女がそんな結論に飛びつくとは夢にも思わなかっただろう。ロザリンド・ボーモントがぼくを欲しがる？　それに昼も夜も妻を求めているぼくが愛人を作るだと？

けれど、反論している時間はなかった。ルーシーは波をかき分けて泳いでいるかのように空気を求めてあえぎ、ドレイクの手を強く握った。苦痛のせいで身もだえするルーシーを見て、これまでの人生で経験したこともないほどの無力感をドレイクは感じていた。ルーシーの手の力がゆるんで初めて、ドレイクは息を吸いこんだ。

ルーシーはさっきまで話していたことを思い出そうとしているように見えた。「怒らないで。わたしを許して。あなたが……不名誉なことを……するような人じゃないってわかっているべきだったの。でも、あのときのわたしは、とても混乱していたの。あなたを愛していると気づきはじめた矢先だったのよ」

ドレイクの頭の中がまっ白になった。口のきけない動物のように、ただただ彼女を見つめるだけだった。

ルーシーはドレイクの沈黙を誤解したようだ。「タイミングが悪いのはわかっているわ。わたしたちがした……約束に反するのもわかっている。わたしを愛してとは言わないけど、ただ聞いてほしいの」

ドレイクは、彼女の愛の告白を受けるのに悪いタイミングなどあるはずもない、と言いたかった。死ぬ間際だったとしても、ルーシーの愛の告白を受ければ、それがすばらしい時になるだろう。だが、何も言えなかった。

ルーシーの目に涙があふれ、ドレイクはその涙の中で溺《おぼ》れたいと思った。

「愛しているわ、ドレイク。わたしの中の賢明な部分は……最初からあなたを愛していたの。でも、愚かな部分が……ジェレミーを愛していると……わたしに思いこませたの」ルーシーは頭を振った。「わたしはジェレミーのことを本当には知らなかった。本や自分の空想の中の理想を、勝手に彼にあてはめていただけ。でも、あなたのことならわかっているわ、ドレイク。あなたはロマンチックな人ではないけれど、弟の十倍もすばらしい人よ。もっと早くそれに気づいていれば……」

ドレイクは、ルーシーがたった今彼の世界を一変させたことを伝えたかった。ルーシーのひと言が彼を生まれて初めて完璧《かんぺき》にしてくれたことを伝えたかった。だが、そんな思いを形にするどころか言葉にすることもできないのだった。

ドレイクの手を握るルーシーの手にまた力が入った。「最後にひとつ……あなたにお願いがあるの」

ルーシーの思いつめた目を見て、ドレイクはこう言わざるをえなかった。「なんでも言ってくれ」

「わたしの出産は何かがおかしいみたい。ヴァロイ先生の目つきでわかったわ。約束して、ドレイク……わたしの赤ちゃんを傷つけないと」

「赤ちゃんを傷つける？　とんでもない。何もかもうまくいくよ」

「誓ってくれる？」

「もちろん、誓うとも。だれにもぼくたちの子どもを傷つけさせたりしない」

ルーシーの思いつめた表情がすっと消えていった。

「ありがとう。これで安心して死ねるわ。ただ、こんなに……痛くなければよかったのだけれど」

「きみは死なないよ。死んだりできない」

ルーシーはくすりと笑った。目にはドレイクに告白した愛以上の輝きがあった。「あなたの力ではどうにもならないことよ。このほうがいいの。あなたの評判に泥を塗ってしまって……決して償えない。こんな気持ちでいるかぎり……あなたとの結婚を続けることはできないもの」

ドレイクは何か言いたかった。ルーシーがドレイクを愛し、ドレイクもルーシーを崇拝しているのに、なぜ結婚を続けられないのかとたずねたかった。けれど、次の陣痛まであまり時間がないと感じたのか、ルーシーが言いつのった。

「あなたならこの子を慈しんでくれるとわかっているわ……あなたが得られなかった愛をこの子に注いでくれると」

「そうするよ。でも……頼むよルーシー、一緒に子どもを育てられないような言い方はやめてくれ」

「この子を甘やかしてはだめよ……ジェレミーのように。息子にはすばらしい人間になってもらいたいの……あなたのような。父親の……りっぱな……跡継ぎになってもらいたい」

ドレイクが、そんなことは言わないでくれ、とまた言いかけたとき、陣痛がルーシーを襲った。肩を力強くつかまれてドレイクが振り向くと、チャールズ・ヴァロイがいた。ルーシーの言うとおりだ。ドレイクの旧友の顔には深刻な表情が浮かんでいた。

ヴァロイ医師はくしゃくしゃの頭を横に振ってドアを示した。「さあ、おとなしくここを出ていってくれ。奥さんはぼくに任せるんだ」

「チャールズ、ぼくにできることはないのか?」

医師は声を落とした。「ぼくがきみなら、礼拝堂に向かうよ。偉大なる主イエスに心から祈ることだ」

ドレイクは目を見開いた。「そんなに悪いのか?」

陣痛が治まってきて身じろぎしているルーシーにちらりと目をやり、ヴァロイ医師はそっけなくうなずいた。

部屋を出ていこうとしたとき、ドレイクはルーシーの呼びかける声を聞いた。「約束を忘れないで、ドレイク。絶対よ」

ドレイクは振り向いて返事をすることはしなかった。もしそうしたら、生きているルーシーを目にする最後になりそうな迷信じみた強い確信を突然抱いたからだ。

　何をしているのか、どこへ向かっているのか、ほとんど意識しないまま、ドレイクは家族の礼拝堂に行った。もともとのシルヴァーソーン荘園《しょうえん》は王政復古の時代にすっかり焼け落ち、唯一残ったのがこの礼拝堂だった。シルヴァーソーンの一族は、今は結婚式や葬式にもこの礼拝堂を使っていない。ドレイクが中に入ると、ラシュトン牧師がひざまずいて祈っていた。

　年老いた牧師は肩にドレイクの手を感じて顔を輝かせた。「知らせを受けたとき、わたしはミセス・サワビーのところにいたんだよ。彼女がどうしてもと言ったので一緒に来たんだが、かまわなかったかな？　ミセス・サワビーはルーシーのことをとても好いているし、目が悪くなるまでは産婆《さんば》をしていたんだ。彼女はメイドに連れられてルーシーの部屋に向かったよ。ルーシーの母はいないから……」

　ラシュトン牧師の声が尻すぼみになったが、彼は何を言おうとしていたのか思い出したようだった。

「ここへは、娘が無事戻ってきた感謝の祈りを捧《ささ》げに寄らせてもらったんだ。今、娘に会えるだろうか？　それとも、あとのほうがいいだろうか？」

　ドレイクは表情をこわばらせた。感情に圧倒されないよう、気持ちを強く持ち、短い言葉で義父に状況を説明した。

「チャールズが、ぼくに祈ってこいと言ったんです」苦々しく皮肉な笑い声をあげる。「医者が神に頼るなんて、彼は自分の腕を信用していないんだ」

　表情はこわばっているものの、牧師の声は温かくしっかりしていた。「先生は祈りがきみの助けになると思われたのだろう。ルーシーの助けではなく……。さあ、一緒に膝をついて祈ろう」

　ドレイクは精神的に疲れ果て、膝をついた。「どこから始めたらいいのかわからないんです、牧師さま。毎週日曜日に聖書台に立って聖書を読んでいますが、あれはわたしの務めの一部にすぎない。ぼくは信心深い男なんかじゃないんです」

牧師はやさしく父親の慈愛に満ちた笑みをぱっと浮かべた。「息子よ。わたしの知るかぎり、きみは自分以外の者のために生きてきた。このあたりの子どもたちは充分栄養が足りているし、大人たちは見苦しくない家に住んでいる。これらは神がきみを通してなさった仕事の証拠だよ。〝あなた方はその実で彼らを見わける〟」

牧師の言葉に心が温められたが、それでもドレイクは首を横に振った。「何を言えばいいんです？特別にぼくの願いをかなえてくださいなどとずうずうしいことを、全能の神に頼んでよいものでしょうか？　出産のときに妻と子どもを失う男はほかにもいるんですよ。ぼくよりももっと助けを必要としていて、もっと神の助けに値する男が」

「値するとかしないとかの問題ではないのだよ。神のご意志が勝つことと、きみが耐えるのに必要な力だけを求めなさい」

深くつらそうなため息がドレイクの体を震わせた。「ぼくは責任をだれかにゆだねるのがうまくないんです、牧師さま。でも、やってみます」

ふたりは数分間、恐怖と心からの願いを抱きながら、古い礼拝堂の静寂の中で一緒に祈った。論理的にはまったく筋が通らないのだが、ドレイクは心がおだやかな気持ちで満たされるのを感じた。最初彼は近づいてくるくぐもった足音に気づかなかった。だれかが咳《せき》払いをした。

ドレイクが振り向く。「巡査。何か？」

「おじゃまして申し訳ありません。ダルリンプルの御者を尋問したのですが、彼のことであなたに来ていただきたいのです」

「ぼくは今……それどころじゃないんだ、巡査。待てないのか？」

「申し訳ないですが、それは無理だと思います」

「ネヴィル！　いったいどういうことなんだ？　ダルリンプルの御者はどこに行った？」

ネヴィルの膝は、立っていられるのが不思議なほど震えていた。彼は厚地の外套《がいとう》と襟巻きを見せた。

「ぼくだったんだよ」

ネヴィルは自制心のかたまりのいとこがこんなに途方に暮れている姿を見たことがなかった。顔は無表情でたるみ、殴られたように見える。

「でも、どうやって？　ダルリンプルとどんな関係なんだ？」

「簡単な話だ」虚栄心を張って落ち着いたふりをしたが、その声は小さくうつろに響いた。「奥さんを誘惑させ、きみたちの結婚を破壊するためにぼくが彼を雇ったんだ」なぜ今さらばかげた道義心を発揮して、このあさましい計画にフィリパも一枚かんでいたことを白状してしまわないのか、ネヴィルは自分でもわからなかった。

ドレイクは今度は蹄鉄入りの袋でまともに膝頭を殴打されたような顔をした。彼の目に苦痛を見て、ネヴィルの意気は完全に失《う》せた。

「なぜだ？　ぼくがきみに何をした？」

「癪《しゃく》にさわるほどりっぱな模範を示し、ぼくに貸しを作り続けたこと以外には……何も」

「わけがわからないよ」

「そうだろうな。貪欲《どんよく》さも身勝手さもただの狭量な愚かさも、きみにわかってもらえるとは思わない」

ネヴィルは頭を垂れた。「嘘《うそ》だと思われるかもしれないが、きみやルーシーに危害を加えるつもりがなかったことを信じてほしい」

「危害を加えるつもりがなかった？　ネヴィル、きみは彼にぼくたち夫婦を引き裂かせたんだぞ」ドレイクは包帯を巻いた腕を見せた。「こんな傷は、ぼくがこの数カ月に味わってきたものに比べたらなんでもない。ルーシーのことは……」

「ぼくを共犯者として裁判にかけたいだろうね」ネヴィルは肩をいからせ、男らしく身の破滅を受け入れる覚悟をした。だが、内心では震えていた。五シリング以上の物を盗んだら絞首刑だ。貴族の妻を誘拐したら……。今でも火あぶりの刑はあるのだろうか？

まだネヴィルの話に呆然《ぼうぜん》としているかのように、ドレイクはゆっくりと頭を振った。「きみは危険な男を引き入れるというばかなことをしたが、最後には彼のじゃまをしてぼくの命を救ってくれた。あれは、きみにとってはたいていの男よりも勇気のいることだと思う。ぼくたちの生活にきみがもたらした被害は償ってもらうが、血で償ってもらってもなんの役にもたたない」

ネヴィルはがっくりと膝をついた。「ありがとう、ドレイク。この決断をしたことを後悔はさせないよ。どんなことでもして償いをする」

ネヴィルがその場で感謝の涙にくれそうになったとき、メイドのひとりがやってきた。

「早くいらしてください、子爵さま！　ヴァロイ先生とミセス・サワビーが今にもつかみ合いをしそうだし、かわいそうな奥さまは半狂乱になっていらっしゃいます！」

いとこの目を見たネヴィルは、自分の陰謀がもたらした被害をそこに見た。突然、絞首刑でも重すぎることはないと思えた。

ドレイクはドアに向かった。「ぼくが巡査と話をして、きみの処遇をどうするか決めるまで、シルヴァーソーンを出るんじゃないぞ」

ネヴィルはうなずいた。「ぼくにできることはないかい？」

ドレイクがぱっと振り向く。ネヴィルの言葉は意外だったが、うれしかった。「ぼくたちにできることはただひとつだ、ネヴィル。ぼくの妻と子どものために祈ってくれ」

ドレイクはそう言うと、ほとんどヒステリックになっているメイドのあとから部屋を飛び出していった。

静寂が戻った書斎で、ネヴィルはドレイクの頼み事を考えた。たしかにぼくはすでに膝をついている。だが、後悔している悪党の祈りが役にたつものだろうか？

25

勢いよく階段を駆け上がったドレイクは、争いを目にするより前に言い合う声を耳にした。

医師が、ドレイクが聞いたこともないようないらだった大声をあげた。「二度と中には入れないぞ、おせっかい婆《ばあ》さん。あなたはあのかわいそうな奥さんにヒステリーの発作を起こさせたんだ」

「なんなのよ、藪《やぶ》医者！」今のはおだやかなミセス・サワビーの声だろうか？「ルーシーがヒステリーを起こしたのは、先生が赤ん坊を殺すとかつぶやいたからでしょうが。陣痛に苦しんでいたって、耳はちゃんと聞こえるんですよ」

「あなたは赤ん坊も母親も救うチャンスがあるなど

と言って、事態をよけい混乱させているだけだ」

ヴァロイ医師の最後の言葉を聞いて、ドレイクは腹を殴られたように感じた。ドレイクが近づいていくと、ふたりは一瞬静かになった。つかの間の静けさの中、寝室の厚いドア越しにルーシーのかすれたかすかな叫び声が聞こえた。

「わたしの赤ちゃんを傷つけないで。お願い!」

ドレイクは怒りをつのらせ、ミセス・サワビーの目が不自由なことも忘れ、ふたりを恐ろしい顔でにらみつけた。「ここで何を言い争っている? 妻があそこで」ドレイクはドアを指さした。「赤ん坊ともども無事で出産を乗り越えさせてもらうのを待っているというのに」

ふたりは同時にしゃべりはじめたが、医師の太くて威厳のある声がミセス・サワビーの声に勝った。

「そこが問題なんだ、ドレイク。きみに期待を抱かせるのは酷だろう。奥さんか赤ん坊か、すぐにも選択しなければならない。赤ん坊は八カ月にしてはかなり大きいんだ」

ほんの一瞬、ドレイクは医師の何げない言葉に困惑した。そして、彼が結婚式の日から胎児の月齢を計算したのだと気づいた。

「少なくとも、頭がかなり大きい」ヴァロイ医師が続けた。「それなのに、きみの奥さんはほっそりしている、とくに……腰まわりが」少しためらったものの、職業柄言っておかなければと思ったようだ。

「胎児を救うなら、手術をしなければならない」

「ルーシーの体を切るのか?」ドレイクはふらついた。

医師はドレイクの視線を避けてうなずいた。「赤ん坊を取り上げるにはそれしかない。正直に言うが、帝王切開をして助かった女性は多くない」

ドレイクはよく知っていた。母は彼を帝王切開で産んで亡くなったのだ。

「ルーシーを失うわけにはいかないんだ、チャールズ。今になって失うわけには」

「それなら、奥さんが疲労と出血で亡くなる前に胎児の……頭蓋《ずがい》を押しつぶして引き出さなければならない」

「赤ん坊を殺すのか？」

医師はくしゃくしゃの髪に手を突っこんだ。「たった今そう言わなかったか？　ぼくだってそんなことはしたくないさ。だが、ほかに選択の余地はないんだ。早くどうするか決めて行動を起こさないと、赤ん坊も奥さんも両方失うことになる」

「赤ん坊を傷つけない、とルーシーに約束させられた」軽率な約束のせいでどんな犠牲を払うことになるのか不意に気づき、ドレイクは拳《こぶし》を口にあてた。

ヴァロイ医師は手を振ってドレイクの言葉を無視した。「出産という極限状態では、女性はわけのわからないことを言うものだ。決定権があるのは、夫であり子どもの父親であるきみだけだ」

ドレイクは、チャールズ・ヴァロイの示した選択肢のどちらの結果にも向き合うことができず、呆然《ぼうぜん》と立ち尽くした。いくらルーシーから言われたとはいえ、彼女に死を宣告することなどできない。二度とふたたび彼女の顔を見ることも、声を聞くこともできなくなるなんて。

もうひとつの選択肢も、負けず劣らずつらいものだった。ルーシーは、ドレイクが約束を破って赤ん坊を死なせたことを許してくれるだろうか？　選ぶことのできないふたつの選択肢。だが、どちらかひとつを選ばなければ、結果はもっと悲劇的なものになるのだ。

神さま、ぼくに賢い選択をさせてください。

ミセス・サワビーの声がして、ドレイクははっとわれに返った。「先生の話に耳を傾けてはだめですよ、子爵さま。わたしを信じてください。道はもうひとつあるんです。簡単ではないけれど、やってみる価値はあると思います。ルーシーを救ったら、彼女は赤ん坊を思って嘆き暮らすでしょう。赤ん坊を救ったら？　子爵さまはお母さまがいなくてもなんとか生き延びましたが、たいていの赤ん坊は死んでしまいます」

そのとおりだ、とドレイクは気づいた。ルーシーか赤ん坊のどちらかの死を選んだりしたら、生きていけないだろう。運を天に任せなければならない。

ドレイクはミセス・サワビーの両手を握った。小さくてやわらかな手だった。だが、人類初の赤ん坊が身をくねらせ、泣き叫びながらこの世に誕生して以来、何世紀にもわたって女性から女性へと蓄積されてきたかのような、不思議で原始的な強さを持っていた。

ドレイクはしわだらけの彼女の両手にキスをした。
「できることをしてください、ミセス・サワビー」

チャールズ・ヴァロイを目で黙らせる。「危険は承知だ。ぼくが全責任を負う。結果はどうあれ、ルーシーがあなたを必要としているときにここにいてくれて感謝しています」

ミセス・サワビーは気安めなど言わず、寝室へ手探りで向かった。勝ち誇った顔を医師に向けたところを見ると、彼女はみんなが思っている以上に目が見えるのではないか、とドレイクはいぶかった。
「なんてことをしてくれたんだ、ドレイク！」ヴァロイ医師がどなり散らした。「たった今、奥さんの命を目の不自由な老婆に託したことをわかっているのか？　赤ん坊と奥さんの両方を失うことになるぞ」

ドレイクは頭を振った。「出産は女性の専門分野だ、チャールズ。ぼくたち男には口を出す権利はないんだよ」

医師は大股でルーシーの寝室に向かった。「きみは頭が混乱しているんだ」

「そうかもしれない」ドレイクがおだやかに言う。

「だが、ミセス・サワビーの邪魔をしようとしたら、ぼくはきみの腕を折る」

怒りで顔をまだらに赤くしたヴァロイ医師が、ドレイクを押しのけた。

「心配するな。彼女がなんとかしてくれと泣きついてくるまで、ぼくは何ひとつ手を出すつもりはない。そうなったときには、できるだけのことをする」

自信ありげに言ってはみたものの、ドレイクは不安だった。赤ん坊とルーシーの両方が助からなかったらどうしよう？

ルーシーは一キロ以上も走ったかのようにあえぎながら、陣痛の合間に体を休めようと頭を枕《まくら》に戻した。廊下で荒々しく言い争う声はなんとなく聞こえていた。赤ん坊の運命が決まる瀬戸際だとわかっていたので、なんとか自分の希望を大声で叫んだ。希望を聞き入れてもらえそうにはなかったが。

ドレイクは約束を守ってくれるはず。彼に愛を告白した理由のひとつがそれだった。ルーシーが生き延びたら、ふたりの今後がどれほど耐えがたいものになるかをわかってもらうためだ。もうひとつの理由は、単に利己的なものだった。愛していると聞いてドレイクがひるんだとしても、ルーシーは何も伝えないまま死の暗闇《くらやみ》に落ちていきたくなかったのだ。たとえ、彼から愛されなくても……。

ドアの向こうの耳障りな叫び声が重々しいつぶやきに変わった。言い合いは終わったらしい。彼らがわたしの願いを無視してわたしを救うことにしたのでなければいいのだけれど。必要とあらば、なけなしの力をかき集めて赤ん坊を守るために闘おう。けれど、わずかに残った力さえどんどんなくなっていくのをルーシーは感じていた。

ドアが開き、ミセス・サワビーが手探りで中に入ってきた。メイドがルーシーの額を拭《ぬぐ》っていた布を落とし、ミセス・サワビーに駆け寄ってベッドに連れてきた。

ルーシーはまた陣痛がやってきそうな気配を感じた。今度の陣痛はかなり強そうだ。ヴァロイ医師が戻ってくる前に話しておかなければ。

「どうなった? 赤ちゃんを傷つけたりはしないんでしょう?」

ミセス・サワビーがルーシーの手を探り、安心させるように握りしめた。「だれにもあなたの赤ちゃんに手を触れさせませんよ。生まれてからならお世話をするために触らせますけどね」

痛みにもかかわらず、ルーシーの全身から力が抜けた。安堵《あんど》の涙で目が痛い。ルーシーは陣痛が遠のくまでミセス・サワビーの小さな手にしがみついた。

「せ……先生はいつ手術を?」ルーシーは帝王切開を望んでいたが、メスのことを思っただけでひるんでしまうのだった。

「手術はしませんよ」ミセス・サワビーはルーシーの手を軽く叩《たた》いた。「今からわたしがあなたを診て、ストリックランドの赤ちゃんがこの世に生まれてこられるようあなたの手伝いをするわ」

「わたしを手伝う?」ルーシーは乱れたシーツの上で身もだえした。自分の体を支配している恐ろしいほどの力から逃れたくてたまらない。「わたしには無理。もうへとへとなの。苦痛のない暗くて静かなどこかで永遠に眠っていたいの」

「赤ちゃんには生きているお母さんが必要なの。お墓で冷たくなったお母さんではなくね。子爵さまもあなたを必要としているわ」

ルーシーは汗まみれの髪を額から払った。「彼はわたしなんて……必要としていないわ。わたしは彼に混乱しかもたらさなかったもの。わたしなんていないほうが……彼のためなの」

「ばかなことを言わないで」ミセス・サワビーは顔を寄せてささやいた。「この数週間、あなたなしで過ごしてきた子爵さまをニコルスウェイトのみんなが見てきたわ。だれも、あなたがいないほうが子爵さまのためだなんて思っていないわよ。子爵さまはせっかくあなたを取り戻したのに、また彼を見捨てるようなことをしないで」

ルーシーが答える間もなく、また陣痛が襲ってきた。今回の痛みは少しましだったが、圧迫感は耐えられないほどだった。巨大な手で果汁の最後の一滴まで搾り取られるオレンジになった気分だ。深くてきしるようなうめきがもれる。

「いきみたいのね?」ミセス・サワビーがたずねた。へとへとになっていたルーシーにはうなずくしかできなかった。

「もうすぐ休めるわ。でもね、しばらくのあいだは、わたしの言うとおりに一所懸命やってもらわないといけないの。赤ちゃんのために。そして、子爵さまのために」

ルーシーはまたうなずいた。メスを入れられようと入れられまいと、さっきみたいな陣痛があといくつも来たら、きっと生きてはいられない。赤ちゃんを無事この世に送り出すためにミセス・サワビーにわたしの協力が必要なら、わたしはがんばるだけだ。たいへんな目に遭わせたドレイクに健康な跡継ぎを産むことがせめてもの償いだから。

また陣痛が来そうだ。ルーシーが体をこわばらせると、ミセス・サワビーが言った。「自然に任せるのよ。逆らってはだめ。体を陣痛に明け渡して。痛みが最高潮に達したら、思いっきりいきむの。おなかの底から力を振り絞って。だれかこの寝具をどけて、奥さまの脚を立てるのを手伝ってちょうだい」

体にそっと手を入れられて、ルーシーはぎょっとした。

「心配しないで」ミセス・サワビーがなだめるように言う。「あなたの体がどうなっているか、手で診る必要があるの。思ったとおりだわ、すっかり準備が整っているわね。赤ちゃんが生まれるまで、もうあといくらもありませんからね」

続く一時間は、ルーシーには永遠にも思われた。強い陣痛が次から次へと襲ってきて、そのたびにミセス・サワビーがいきむようにと励ましの声をかける。

「あと少しですよ。頭が手に触れたわ！」ミセス・サワビーが勝ち誇ったように言う。

さらに何度かの陣痛がルーシーを襲った。それから、ミセス・サワビーの声が遠くから聞こえてきた。

「頭が出てきましたよ。さあ、力を抜いて。あとは赤ちゃんが自分で出てくるのに任せるの」

陣痛とは違う鋭い痛みに襲われ、ルーシーは苦悶《くもん》の叫び声をあげた。

「赤ん坊の肩が恥骨でつかえているようだね」陣痛が遠のき、痛みがかすかにやわらいだとき、ルーシーの耳に医師の声が聞こえた。「こんなことになるんじゃないかと思っていたよ。あなたがドレイクをどう丸めこんだ――」

「黙っていないと、だれかに放《ほう》り出してもらいますよ」ミセス・サワビーがどなった。「だれかわたしの鞄《かばん》から獣脂の壺《つぼ》を出してちょうだい」

医師がそれ以上何も言わなかったので、ルーシーは驚いた。

「覚悟してちょうだいね」ミセス・サワビーが言う。「今からすることは死ぬほど痛いでしょうけれど、赤ちゃんを救うにはこれしかないのよ」

ルーシーは大きく息を吸いこんだ。「やってちょうだい」あえぐように言い、さらなる苦痛に備えて歯を食いしばる。

それはルーシーが覚悟していたよりも数段ひどい痛みだった。身をもぎ取り、引きちぎる、底知れぬ拷問だった。そのあとおだやかで無痛の闇が目の前に広がり、ルーシーはそこに飛びこんだ。しばらくすると明るくなり、救いの天使が天国の甘露を飲ませてくれた。

牧師が期待に満ちた目でドレイクを見た。「ずいぶん長くかかったんだね。誇らしい気持ちのお祖父《じい》ちゃんに吉報があるのかな？」

口を開く自信がなかったドレイクは、ゆっくりと頭を振って祈祷《きとう》台の義父の隣に膝をついた。義父の無邪気な信仰心がうらやましかった。長年培ってきた悲観主義がドレイクの心に重くのしかかる。「ミセス・サワビーに任せてきました。彼女はルーシーと赤ん坊の両方を救えるチャンスがあると思っています。ヴァロイはそうは思っていませんが」

牧師はドレイクの手に手を重ねて慰めた。「少なくとも、何が起ころうと赤ん坊と娘は一緒だ」

ドレイクは吐息をついた。母子が生死をともにするという考えは、少しも慰めにならなかった。

目をきつく閉じ、両手を拳に握り、ドレイクは生まれてこの方ずっと捧《ささ》げてきた祈りの言葉を唱えた。思いは礼拝堂の壁を越え、時空を超えた。記憶の宝箱を開け、短い結婚生活でのルーシーのイメージを次々と思い浮かべる。

結婚初夜に鏡の前で金褐色の髪をとかすルーシー。鉱夫救出の祝いの騒ぎの中で顔を汚し髪を乱したルーシー。ドレイクに触れられて震え、それからすっかり満ちたりて彼の腕の中にいたルーシー。これらの思い出は今、特別な新しいオーラをまとって輝いていた。ルーシーがドレイクを愛するようになったと言ってくれたからだ。

「わたしたちを悪魔から救ってください……」ドレ

イクは暗記しているはずの祈りで口ごもった。胸を押しつぶすような重みは耐えがたいものだった。ルーシーが愛を告白しないでくれたらよかったのに、とまで思いかける。ふたりが分かち合えたかもしれないものをかいま見てしまった今、ルーシーを失ったら悲しみは無限につらいものになってしまうからだ。

落ち着いた足音が背後に聞こえ、ドレイクは振り向いた。チャールズ・ヴァロイが呆然とした顔で礼拝堂に入ってきた。彼は会衆席のドレイクの隣にどさりと座った。

「チャールズ！」ドレイクは医師の腕をつかんだ。「終わったのか？　どうなった？」

ドレイクに腕をつかまれ、問いつめられても、医師は茫然自失のままだった。

「あんなすごいのは初めて見た」医師がひとり言のようにぼそりと言う。「彼女は獣脂を両手に塗って……」

「それで？　頼むから目を覚まして話してくれ。妻と赤ん坊は無事なのか？」

「ぼくには絶対にできなかっただろう」医師は両手を上げて肩をすくめた。「大きすぎた。紳士はああいったことをできない。たとえ命がかかっていようと……」

ドレイクが医師の正気を取り戻させようとしたとき、礼拝堂のドアが静かに開いてメイドの手に引かれたミセス・サワビーが入ってきた。彼女の顔はやつれ、疲れ果てていたが、にごった目は輝いていた。ドレイクは医師を押しのけて彼女のもとへ行き、手を取った。

言葉にするのが恐ろしい質問をしようとしたとき、礼拝堂の外から近づいてくる音が聞こえた。甲高い新生児の泣き声だ。こういったことに疎いドレイクですら、元気で健康的な泣き声に聞こえた。

おくるみに包まれた赤ん坊を抱いたメイドが入ってくると、ミセス・サワビーは振り向いて両手を伸ばした。彼女は赤ん坊を受け取ると、ドレイクに差し出した。

「妻は？」かすれたささやき声できく。

勝ち誇った笑みが老婆の顔に広がり、それを見たドレイクの頭に朝課や晩祷で何度も読んだ聖書の一節が浮かんだ。「いかに美しいことか……よき知らせをもたらす者は」

「奥さまは勇敢で強い方です。睡眠薬を飲んでいただきましたが、一週間ほどですっかり元気になられますよ」

ドレイクは小さいながら大声を張りあげている赤ん坊をおずおずと腕に抱き取り、頭を垂れた。胸は急にいっぱいになり、喉が締めつけられて話すことができない。泣いている赤ん坊を胸に抱き寄せ、父の涙で赤ん坊に洗礼を施した。

26

結局わたしは死ななかったみたい。ルーシーはおぼろげな意識の中で思った。ひとつには、ひどい痛みがあったからだ。出産の痛みはすでに薄れかけているが、それとは違う鈍痛で体がずきずきしていた。

赤ちゃんはどうなったのかしら？　ルーシーは必死に目を明けようとした。まぶたが震え、夏を間近に控えたやわらかく暖かい陽光が見えた。感覚を研ぎすまし、赤ちゃんの気配を探る。泣き声も喉を鳴らす声も聞こえなければ、隣でもぞもぞ動くおくるみの気配もない。新生児の愛くるしいお乳のにおいもしなかった。

つのってくるパニックを必死で抑えながら、ルーシーは目をしっかりと開けた。怯《おび》えながら部屋を見まわす。部屋にいるのはメイドひとりで、窓際に立って外を見ていた。赤ん坊の存在を示すものは何もなかった。赤ん坊がいたという痕跡《こんせき》すらない。

「お、お願い」ルーシーは乾ききった口を動かした。

窓際にいたメイドはすぐさまベッドにやってきた。彼女は明るい笑みを浮かべていたが、目のまわりに緊張と疲労が表れていた。

「ようやくお目覚めになられたんですね、奥さま。何か欲しいものはありますか？」

何が欲しいかわかりきっているでしょう。ルーシーは叫びたかったが、空の腕を差し出した。

「わたしの赤ちゃんはどうなったの？　息子は生きているの？　元気？」

メイドはさらにほほえんだ。「ええ、生きていますとも。お元気ですよ」

ルーシーは疲れた腕を上がけの上に戻した。涙がどっとあふれてきて、止めることができない。

「強くて元気だと先生はおっしゃってます。ストリックランド家に五百年ぶりに生まれた女のお子さんだと、ミセス・タルボットは言っています。今お嬢さまをお連れしますね」

頭の中に渦巻く質問の数々を何ひとつ口にできないでいるうちに、メイドは部屋を出ていってしまった。女の子ですって？　ストリックランドの家系に男の子しか生まれないのは湖水地方の伝説になっている。シルヴァーソーンの称号と地所は中世以来、父から息子へと確実に受け継がれてきたのだ。

ルーシーは泣きながら、この皮肉に苦々しい笑い声をあげた。男の子の跡継ぎを授けるために結婚したのに、生まれてきたのは何百年ぶりかの女の子だったとは。ドレイクは笑い事ではないと思うだろう。今やドレイクは望みもしない妻を背負いこんだ。さらには、彼が生涯をかけて再建してきた地所を悪辣《あくらつ》な親戚《しんせき》が相続するのを止めることのできない娘まで背負いこむはめになったのだから。

「さあ、お嬢さまですよ」メイドがルーシーの赤ん坊を抱いて戻ってきた。「きれいなお嬢さまですねえ。お手々にむしゃぶりついているところを見ると、おなかが減っているようですわ」

メイドは赤ん坊をルーシーの隣に置いた。

ルーシーは手を伸ばして小指で赤ん坊のやわらかな頬を撫《な》でた。赤ん坊は小さな赤い手で指をつかみ、口に入れて力強く吸いはじめた。

ルーシーは指を抜き、襟ぐりの深い寝巻きの前を引き下げてそっと横向きになった。赤ん坊は薔薇《ばら》のつぼみのような小さな口を開けてお乳を飲みはじめた。

「なんてお利口さんなの」ルーシーはあやすように言い、赤ん坊の黒髪に顎をすり寄せた。強い母性愛に満たされたルーシーは、腕の中にいるこの小さな奇跡が男の子でなかったことを後悔することはできなかった。

「だんなさまはお嬢さまを抱いたまま、幸せそうに眠ってらっしゃったので、とてもお起こしすることはできませんでしたわ」メイドが言った。

その言葉はあまりにルーシーの想像からかけ離れていたため、一瞬意味がわからなかった。

「ドレイクが……赤ん坊を抱いていたの？」ようやく勇気を出してたずねてみる。

「ええ！」メイドはくすくすと笑った。「ミセス・サワビーからお嬢さまを渡されてからずっと、だんなさまはだれにもお嬢さまを抱かせなかったんですよ。牧師さまにはもちろん抱かせていらっしゃったけれど、ほんの少しのあいだでした」

「それじゃあ……」ルーシーは思いがなかなか言葉にならず、口ごもった。「ドレイクはがっかりしていないのね……女の子でも？」

「がっかりする？　奥さま、わたしが言った言葉を聞いていらっしゃらなかったんですか？　あれがかっかりされただんなさまなら、大喜びされただんなさまを見るのがこわいですよ。お目覚めになったのですから、何か食べるものをお持ちしますね。お嬢さまにご自分でお乳をやるつもりなら、しっかり召し上がらないと」

メイドが出ていくと、ルーシーは赤ん坊をさらに抱き寄せた。体は動かなかったが、思いは遠くまで疾駆した。おだやかなあきらめのあとの、このちっぽけな希望は、ルーシーを怯えさせた。

ドレイクは赤ん坊を愛している。本当の父親でないにもかかわらず。喉から手が出るほど欲しがっていた跡継ぎでないにもかかわらず。りっぱな名前に泥を塗った妻のことも愛してくれるだろうか？

「ルーシー！　ミランダ！」

ドレイクはベッドにがばっと起き上がった。まだゆうべの服を着たままだ。髪の生え際に汗の玉が浮かび、心臓は全力疾走するスペイン種の蹄《ひづめ》の音のようにとどろいている。ほほえむふたりのブロンドの男の夢を見たのだった。ドレイクが縛られて何もできないあいだに、彼らは妻と娘を連れ去った。

娘！　ドレイクは寝具のあちこちをめくって赤ん坊を探した。ゆうべ、ミセス・サワビーがドレイクに赤ん坊を手渡して以来、だれも彼から赤ん坊を引き離すことができなかった。ドレイクは赤ん坊を連れて屋敷じゅうをまわり、使用人すべてに見せびらかした。彼は娘の無事の生誕を祝うため、ワイン貯蔵室で最高のワインを屋敷のみんなにふるまうように指示を出した。できることなら、二十一発の礼砲で国じゅうの人を叩《たた》き起こしたいくらいだった。

父親としての誇りと愛という津波が、かつては難攻不落だったドレイクの自制心という砦《とりで》を破壊した。娘が眠っているときは、この子は行儀のよい天使だと断言し、大きな声で泣いているときは、元気がいいとうれしそうに笑った。娘を抱き、キスをし、あやした。ドレイクは出し抜けに娘をミランダと名づけた。シェイクスピアの『テンペスト』に出てくる人物、プロスペロー最愛の美しい娘の名だ。

娘に夢中の父親は眠れないまま、娘のための壮大な将来の計画をささやいた。ポニー、海辺で過ごす休暇、きれいなドレス、本、お金で手に入れられる最高の教育。やがてドレイクは大事な娘をしっかりと腕に抱いたままベッドに横になって目を閉じた。ほんの数分目を休ませるだけのつもりだった。

目を覚ましたドレイクは、黒魔術で消されたかのように娘がいなくなっていることに気づいた。

慌ててベッドから出たドレイクは、朝食をのせたトレイを運んできたタルボットを危うく突き倒すところだった。気持ちは動揺しているのに、ドレイクのおなかは食べ物のにおいに、哀れっぽくごろごろと鳴った。キッチンで真夜中に軽食をつまんでから食事をした覚えがなかった。だが、食事よりももっと差し迫った問題がある。

「タルボット、警鐘を鳴らしてくれ。だれかが娘をさらっていった！」

執事はまじめな顔を繕おうとしたが、思わず笑みが浮かんでしまった。

「お嬢さまを連れていったのはメイドのネルです。奥さまがお嬢さまに会いたがっていらっしゃったので」

ドレイクは長くゆっくりと息を吐き出し、力を抜いた。ミランダが、自分の命を犠牲にしてまで赤ん坊を救おうとしたルーシーと一緒にいるのなら、なんの心配もいらない。ドレイクはタルボットの持っているトレイの蓋《ふた》をひとつ上げ、ハムをひと切れ口に放《ほう》りこんだ。こんなにおいしいものはなかった。

ドレイクはタルボットからトレイを受け取って寝室に戻った。ミランダが無事でいることがわかったのだから、急ぐことはない。ドレイクがそうしたように、ルーシーにも娘とふたりだけの時間を楽しませてやればいい。

「もうひとつお話があるのですが」タルボットが言った。

ドレイクは眉を上げた。

「ネヴィルさまのことです」執事が続ける。「ネヴィルさまはゆうべは書斎でおやすみでした。あの方はここに滞在なさるのでしょうか？　いつものお部屋をご用意したほうがよろしいでしょうか？」

ドレイクは首を横に振った。「だが、食事は出してやってくれ。長旅にも腹持ちのするものを」

三十分後、ドレイクは生まれ変わった気分で書斎に入った。ネヴィルは最後の食事をむさぼる死刑囚のように、とてつもない量の朝食を食べていた。

「ゆうべはすべてうまくいったと聞いて喜んでいるんだ」ネヴィルが食べる合間に言った。「ルーシーの出産のことだよ」沈んだ声だが、心からの言葉のようだ。「ぼくの処分はもう決めたかい？」

ドレイクは、ひと晩で数年分年をとったように見えるいとこの向かい側に座った。

「簡単に勘弁してやるつもりはないよ。きみをロンドンに送り返すのは愚行だと思う。悪《あ》しき習慣と悪しき仲間にまた戻ってしまう誘惑が大きすぎる。きみに必要なのは、以前の生活をきっぱり忘れることと、名誉を挽回するチャンスだ」

ネヴィルの青白い顔がさらに青白くなった。それでも彼は背筋を伸ばし、必死の決意をみなぎらせた。

「ぼくはどこへ行くことになる？」

「ノヴァ・スコシア植民地だ。ぼくは先ごろハリファックスという守備隊駐屯都市にある造船所を買ったんだ。仕事に身を入れてしっかり学んでくれる責任者が必要だ」

「ハリファックス？　聞いたことがないな」ネヴィルの顔がぱっと明るくなった。「それでも、なんだかよさそうだ。ぼくがちゃんと仕事を習得できないなんてだれにも言わせないよ」

「ひとつ条件がある、ネヴィル」

「うん？」

「フィリパとレジーもきみと一緒に行く。きみにレジーの世話をしてもらいたい。レジーは悪い子じゃない。ただ、母親のフィリパが彼を甘やかさないように目を光らせるだれかが必要なだけなんだ」

「フィリパも一緒に？」更正計画のこの部分に関しては、ネヴィルはあまり乗り気ではなさそうだった。

「この点は交渉の余地なしなんだろうね？」

ドレイクは申し訳なさそうにほほえんだ。「とくに曲げられない点だな。生まれたのが娘だから、きみとレジナルドがいつの日か、シルヴァーソーンの家督を相続するかもしれないだろう？　きみたちふたりには、ぼくの始めた仕事を受け継げるようになっていてもらいたいんだ」

「周囲の予想に反して今回は女の子だったが、跡継ぎで育児室をいっぱいにする可能性はまだあるじゃないか。なぜぼくとレジーを育てようとする？」

ドレイクはいきなり立ち上がった。ドレイクの明るい水平線にかかるひとつの暗雲に、ネヴィルはそうと知らず触れてしまったのだ。「たいへんな出産だったんだ。妻はまたそんな思いをしたがらないかもしれない」

ルーシーはまだまだ子どもを産める、とミセス・サワビーは請け合ってくれたのだが、ドレイクにはドレイクの心配があった。なんとか命拾いをしたもの、今回のようなことを彼女がくり返したがるとは、ドレイクには思えなかった。ルーシーがもう子どもは欲しくないと決めたとしても、ドレイクは彼女の望みを尊重するつもりだ。ルーシーと愛を交わすことができないのはつらいことだが。

ネヴィルがしかめっ面をした。「それはつらいな」

ドレイクは、ネヴィルの策謀のせいでルーシーが命を落としていたかもしれないことを不意に思い出し、書斎を去り際に、振り向きもせずに言い放った。

「ところで、体面的にもきみとフィリパは結婚しなくてはならないよ」

ドレイクの背後でかなり重みのあるものが床に倒れたような音がした。

寝室のドアがそっと開く音を聞いたルーシーは顔を上げ、慌てて目をそらした。ドレイクがついにやってきたのだ。

ルーシーはお乳を飲んでいる娘に気をとられているふりをした。娘はすでにお乳をほとんど飲んでおらず、ただ母親の胸を吸うことで満足しているようだった。ルーシーは赤ん坊のシルクのような黒い初毛に目を据えながら、ドレイクが何か言うのをじっと待った。彼は長いあいだドアの近くで静かに立っていた。勇気を振り絞ってドレイクのほうをこっそり見たルーシーは、彼の目が涙で光っているように思った。

不思議じゃないわ。ドレイクは跡継ぎを手に入れるために愛してもいない女と結婚までしたのに、その計画が台なしになっただけでなく、約束をたがえて彼を愛してしまった妻を背負いこむはめになってしまったのだから。

「ごめんなさい」しっかりした声を出そうと思ったのに、ルーシーの声は震え、涙がこみ上げてきた。罪悪感や義務感からドレイクにこの結婚を続けさせるようなことはしたくない。わたしは結婚前の約束を守れなかったのだから。ドレイクひとりが約束を守り続けなければならないいわれはないわ。

ドレイクが用心深く一歩ベッドに近づいた。「ごめんなさい?」感情をこらえきれないような声でつぶやく。「なぜきみが謝らなければならない?」

「わたしに言わせるの?」ドレイクの目にあるものを見るのがこわくて、ルーシーは彼と目を合わせることができなかった。「シルヴァーソーンの家名に泥を塗ってごめんなさい。それから……」

ルーシーはためらった。百万年たっても娘の誕生を後悔することはない。メイドはああ言ってくれたが、ルーシーにはドレイクが同じ気持ちだと期待することはできなかった。なんといっても、赤ん坊はドレイクの子どもではないのだから。彼が人生をかけて行ってきた事業がどうしようもない人間の手に渡ってしまうのを、ルーシーは阻止することができなかったのだ。

「あなたが必要としている跡継ぎを産むことができなくてごめんなさい。それと……」

言おうとしていた言葉がまた喉につかえた。ドレイクを愛したことは決して後悔していない。これほど愛に値する男性を愛した自分の成長を誇りに思う。けれど、望んでもいない義務を背負わされたドレイクには、申し訳ない気持ちでいっぱいだった。

「あなたとの大切な約束を破ってごめんなさい。この償いはすると誓うわ。わたしがダルリンプルと一緒にフィレンツェにいないのを知っているのは、信用のおけるごくひと握りの人だけよ。わたしがここを去れば、あなたは議会に離婚を申し立てることができるわ。娘のために、ミセス・ボーモントと彼女の息子にしたように、養育費はお願いしたいけれど」

ドレイクは残りの距離をよろよろとベッドまで行き、そこでどさりと膝をついた。

「だめだ、ルーシー。もう二度とぼくを置いていかないでくれ。絶対に。もしきみが出ていったら、ぼくは死んでしまう。ぼくが自分の命よりきみを愛しているのがわからないのか?」ドレイクは打ちひしがれた様子で胸のうちを吐露した。「きみたちふたりを害悪から守るためなら、ぼくは最後の息も差し出す。それに、男の子ふたりとだって、ぼくたちのすばらしい娘を交換したりはしない」

「でも……醜聞が。みんなはわたしがあなたを捨てて駆け落ちをしたと……」ルーシーは声をつまらせた。「あなたのように誇り高い人に……」

「誇りなんて知るものか、ルーシー」ドレイクの黒い目を見れば、彼が本気で言っているのだとわかる。「誇りなんて冷たくてうつろなものだ。少しでも分別のある男なら、誇りよりも……愛を取るさ」

ルーシーはドレイクを信じたいと心から思った。でも、その勇気がわたしにあるかしら?

「わたしはあなたにふさわしくないわ。それを何度も証明してしまったでしょう?」

「ふさわしいとかふさわしくないとかも関係ない」ドレイクの強い口調と視線を受けて、ルーシーはようやく信じられる気になった。「ぼくは人から愛されるにふさわしい男になろうと何年ももがいてきたが、うまくいかなかった。そんなとき、思いがけない贈り物のようにきみがぼくの人生に現れた。きみはゆうべまで愛を口にしなかったが、それでもぼくはきみの愛を感じていた。この何カ月か、きみはぼくの愛を感じなかったのか?」

言葉の庭というものがあるならば、彼の言葉はいちばん美しい花ではなかったし、いちばんかぐわしい花でもなかった。だが、その花は深くて強い根を持つ愛を謳《うた》っていた。えも言われぬ甘い実を結ぶであろう花だ。

ルーシーは言葉で返事ができそうになかったのでうなずいた。キスして、と目で訴える。

ドレイクはルーシーと娘の頬にそっとキスをした。

それから、今度はルーシーの唇にやさしく、けれど深くキスをした。

残る障害はあとひとつ。

シルヴァーソーンだ。

そもそもドレイクがルーシーと結婚したのは、領民に対する彼の強い義務感だった。

「赤ちゃんのことだけど。娘はあなたの称号を受け継ぐことはできないし、領民の面倒をみることもできないわ」

ドレイクの愛情のこもった目がかすかに翳《かげ》った。

ルーシーは彼の気持ちを思ってつらくなった。

「シルヴァーソーンがとんでもない人間の手に落ちないよう、できるかぎりのことをするつもりだ。だが、ぼくにとってかけがえのないのは、きみとぼくたちの娘だよ。シルヴァーソーンのためであっても、ぼくはきみたちをあきらめたりしない」

ドレイクがまたルーシーにキスをした。熱いながらもやさしいキスに、ルーシーは自分に対する彼の愛が本物であると認めざるをえなかった。ひょっとしたら過去は関係ないのかもしれない。ひょっとしたら、大切なのは将来だけなのかもしれない。ルーシーは、この先ドレイクにふさわしい妻になるために一所懸命努力し、ドレイクが受けて当然の愛を注ごうと思った。

ドレイクはキスを続けながら、片手でルーシーの空いているほうの胸を包んだ。ルーシーは体の痛みが不意に消え、欲望のすばらしいうずきに変わるのを感じた。

ドレイクは少し身を引いて、ルーシーの目をのぞきこみながら表情豊かな唇に苦笑を浮かべた。「それに、二、三カ月したら今度は男の子を目指してがんばっていけない理由はない、とミセス・サワビーに言われたよ。でも、きみがもう子どもはいらないと言っても、ぼくはきみを責めたりしない……」ドレイクの声は物悲しそうで、だんだん小さくなっていった。

ルーシーは幸せの涙で目をきらめかせながら、ドレイクの頭を胸に引き寄せた。もう一方の胸もとでは、満足しきった娘が眠っていた。ドレイクの黒髪に頬をすり寄せ、ルーシーはかすれたささやき声で言った。

「待ちきれないわ」

とっておきの、ときめきを。
ハーレクイン

花嫁の醜聞

2007年1月5日発行

著　　者	デボラ・ヘイル
訳　　者	辻　早苗（つじ　さなえ）
発 行 人	ベリンダ・ホブス
発 行 所	株式会社ハーレクイン 東京都千代田区内神田 1-14-6 電話 03-3292-8091（営業） 03-3292-8457（読者サービス係）
印刷・製本	凸版印刷株式会社 東京都板橋区志村 1-11-1
編集協力	有限会社イルマ出版企画

ISBN4-596-32277-5 C0297